Lauren St John ist auf einer Farm in Simbabwe, Afrika aufgewachsen. Sie studierte Journalismus, liebt Tiere und ist begeisterte Pferdeliebhaberin. Heute lebt Lauren St John in London.

Bisher bei FISCHER erschienen:
Band 1 One Dollar Horse
Band 2 One Dollar Horse – Frei wie der Wind

Weitere Informationen zum Kinder- und Jugendbuchprogramm der S. Fischer Verlage, auch zu E-Book-Ausgaben, gibt es bei *www.blubberfisch.de* und *www.fischerverlage.de*

Lauren St. John

One Dollar Horse

Frei wie der Wind

Roman

Aus dem Englischen
von Christoph Renfer

FISCHER Taschenbuch

MIX
Papier aus verantwortungsvollen Quellen
FSC® C083411
www.fsc.org

Erschienen bei FISCHER Kinder- und Jugendtaschenbuch
Frankfurt am Main, Februar 2016

Lizenzausgabe mit freundlicher Genehmigung
des Verlags Freies Geistesleben, Stuttgart
Die englische Originalausgabe erschien 2013
unter dem Titel ›Race the Wind‹
bei Orion Children's Books, London

Druck und Bindung: CPI books GmbH, Leck
Printed in Germany
ISBN 978-3-7335-0180-8

Für meine Schwester Lisa und in Erinnerung an
Morning Star und Cassandra

1

Lange bevor sich irgendein Mensch regte, sah das Pferd die Gefahr kommen. Es starrte in die Dunkelheit hinaus. Auf der Landstraße, über die nachts um 03:35 Uhr nur selten ein Auto fuhr, waren zwei winzige Lichtpunkte zu sehen, die nach und nach größer wurden.

Storm Warning rumorte in seiner Box. Er verspürte einen leichten, wenn auch nicht unangenehmen Schmerz in den Muskeln. Der Jubel der Zuschauer, der ihn vor wenigen Stunden noch zum Sieg getragen hatte, hallte in seinen Ohren nach. Er hatte alles gegeben, bis sein Herz, das doppelt so groß wie ein normales Pferdeherz war, beinahe in seiner Brust explodiert wäre. Dennoch würde er es heute nicht anders machen, wenn er könnte. Denn für ihn gab es nur eines, was er noch lieber tat, als über Hindernisse zu fliegen: Galoppieren. Es mit dem Wind aufnehmen.

Ungeduldig presste er seine Schulter gegen die Stalltür. In zwei Stunden würden die Vögel mit ihrem Gezwitscher den Morgen begrüßen und die Sonne die Blätter der alten Eichen, denen das White Oaks Equestrian Centre seinen Namen verdankte, mit goldener Farbe überziehen. Kurz darauf würde Morag, die Leiterin des Reiterhofs, eine Frau, der er weder freundlich noch unfreundlich gesinnt war, mit ihren scheppernden Eimern in den Stall poltern. Und schließlich würden die verschlafenen Helfer mit zerzaustem Haar aus ihren Zimmern, die sich über dem Betriebsbüro befanden, die Treppe heruntergestakst kommen.

Doch das alles war nicht der Grund für Storms Unruhe. Er wartete ungeduldig auf den Moment, in dem das Mädchen, für das er schwärmte, über die vom Tau weißen Felder herankommen würde, begleitet von der alten Frau, die nach fremden Ländern duftete und Hände mit magischen Heilkräften hatte. Wenn Casey und Mrs Smith morgens in seinem Stall auftauchten, war seine Welt in Ordnung.

Doch heute fühlte sich irgendetwas nicht richtig an. Irgendetwas war nicht in Ordnung. Auf der Höhe des Eingangstors zu White Oaks bremste der Wagen auf Schritttempo ab, und das Licht der Scheinwerferaugen erlosch. Wie ein Panther schlich er über den Fahrweg, um schließlich vor dem Peach Tree Cottage zum Stillstand zu kommen. Drei dunkle Gestalten stiegen aus dem Fahrzeug.

Casey Blue war in einen tiefen Traum versunken. Sie lag in ihrem Bett im Peach Tree Cottage, dem kleinen Landhaus inmitten der grünen Grafschaft Kent. Ein Lächeln ging über ihre Lippen. Sie griff mit beiden Händen nach der Siegertrophäe der *Badminton Horse Trials*, einer beeindruckenden Skulptur, bestehend aus drei silbernen Pferden auf einem massiven rotblauen Sockel. Um sie herum toste der Jubel, brandete der Applaus.

Durch die Lautsprecher schallte die Stimme des Ansagers: «Was für eine großartige Leistung von Casey Blue, der jüngsten Gewinnerin eines der weltweit härtesten Vielseitigkeitsturniere!»

Er erwähnte mit keinem Wort, dass dies noch in anderer Hinsicht überraschend war. Aber vermutlich dachte er es. Wer hätte schon von einem aus ärmlichen Verhältnissen stammenden und in einer düsteren Sozialsiedlung aufgewachsenen Teenagermädchen erwartet, dass es auf einem 1-Dollar-Pferd, das eigentlich dem Schlachthof geweiht war, die besten Vielseitigkeitsreiter schlagen könnte? So etwas kam normalerweise nicht vor. Und dennoch war das Unmögliche möglich geworden. Denn beim Springen, das am dritten und letzten Turniertag anstand, hatte sich Storm für Casey trotz der unheimlichen Strapazen der Geländeprüfung am Vortag so kräftig und selbstsicher angefühlt wie nie zuvor.

Im Traum zog sich das Lächeln so breit über Caseys Gesicht, dass es sie beinahe schmerzte. Doch im Augenblick, als sich ihre Hände auf die Trophäe legten, wurde sie ihr entrissen. Eine Gruppe von Funktionären umstellte sie.

«Es liegt ein Fehler vor», sagte einer. «Du hast nicht gewonnen. Du verdienst es nicht, die Meistertrophäe nach Hause zu tragen.»

«Was soll das», gab Casey zurück. «Warum nicht?»

«Dein Vater ist ein Einbrecher. Ein gemeiner Dieb.»

«Das stimmt nicht!», entfuhr es Casey wie ein Schrei. «Das dürfen Sie nicht sagen. Er hat einmal einen Fehler gemacht. Das war vor langer, langer Zeit. Und er hat längst gebüßt dafür. Er musste ins Gefängnis und hat seine Zeit abgesessen. Haben Sie nie einen Fehler gemacht? Und überhaupt: Warum sagen Sie das? Es geht hier nicht um meinen Vater, sondern um mich und Storm. Wir haben die Dressur- und Geländeprüfungen bestritten. Die Zeiten und Wertungen auf der Anzeigetafel sind *unsere* Leistungen. Das ist *unser* Leben. Und das ist alles, was hier zählt.»

Doch die Funktionäre ließen sie stehen und marschierten mit der Trophäe davon. Die Tribünen hatten sich beinahe vollständig geleert. Die wenigen verbleibenden Zuschauer warfen ihr über die Schulter letzte scheele Blicke zu.

«Wir haben gewonnen», rief Casey protestierend. Tränen liefen ihr über das Gesicht. «Wir haben gewonnen! Alle wissen das!»

Ein lautes Hämmern riss sie aus dem Schlaf. Sie blieb bewegungslos liegen und versuchte, Wirklichkeit und Albtraum voneinander zu trennen. Hatten sie und Storm Badminton gewonnen oder nicht? Natürlich! Sie war um Mitternacht nach der Siegesfeier ins Bett gegangen und erschöpft eingeschlafen. Die Siegertrophäe stand inmitten von leer getrunkenen Champagnergläsern auf dem Küchentisch.

Erleichtert ließ sie sich in die Kissen zurückfallen. Sie lächelte. Vor ihr lagen nur schöne Dinge. An allererster Stelle das *Kentucky Three Day Event*, für das sie als Siegerin von Badminton automatisch qualifiziert war: Das war nach dem schönsten Tag ihres Lebens das Tüpfelchen auf dem i gewesen.

Wieder hämmerte es, und diesmal klickten bald darauf die Lichtschalter, und Treppenstufen knarrten unter hastigen Schritten. Doch Casey rührte sich immer noch nicht. Draußen war es noch völlig dunkel. Der Wecker zeigte 03:46 Uhr. Selbst wenn heute Turniertag gewesen wäre, hätte sie es gehasst, so früh aufzustehen.

Außerdem waren genügend andere Leute im Haus. Ihr Vater war ebenso ein Frühaufsteher wie Peter, Storms Hufschmied und ihr ... Freund. Sie musste sich erst noch an dieses Wort gewöhnen. Denn seit gestern war er ihr Freund. Und da war auch noch Angelica Smith, ihre dreiundsechzigjährige Trainerin, die unter Schlaflosigkeit litt und nachts ohnehin mehr Zeit damit verbrachte, Chai-Tee zu trinken als zu schlafen.

Aus der Küche drangen Stimmen nach oben. Erst waren sie gedämpft, nach und nach wurden sie immer lauter. Dann kamen Schritte die Treppe herauf. Durch die Tür hörte sie Peters Stimme: «Casey, bist du wach?»

Sie setzte sich auf und wischte sich das Haar aus der Stirn. «Dreimal darfst du raten.»

Peter öffnete die Tür. Licht drang ins Zimmer. Er hatte das Hemd nicht zugeknöpft, sodass Casey einen Blick auf seinen gebräunten Waschbrettbauch erhaschen konnte. Trotz der frühen Stunde spürte sie Schmetterlinge im Bauch.

Sie erinnerte sich an den Vorabend und errötete. Er hatte sie geküsst und gesagt, dass er sie liebe. Doch heute Morgen sprach aus seinen Augen nicht Liebe, sondern Besorgnis.

«Was ist los?», fragte sie. «Schon wieder der Bauer? Es scheint ihm Spaß zu machen, uns vor Tau und Tag aus dem Bett zu holen. Oder ist es Morag mit einem Fohlenproblem?»

«Casey, du solltest dich anziehen und runterkommen. Es ist die Polizei.»

«Die *Polizei?*» Plötzlich war Casey hellwach. «Warum? Ist etwas mit Storm? Bitte sag mir nicht, dass er entführt wurde.»

«Nein, Casey, die Polizei ist wegen deinem Vater da. Du musst rasch runterkommen.» Sagte es und stürmte wieder die Treppe hinab.

Voller Panik sprang sie aus dem Bett und schlüpfte hastig in ihre Jeans. Ihre Hände zitterten, als sie sie zuknöpfte. Vor lauter Aufregung zog sie sich den Pullover verkehrt herum an. Tausende von Gedanken jagten durch ihren Kopf.

Sie war vierzehn gewesen, als Roland Blue wegen Einbruchs und Körperverletzung verhaftet worden war. Dass er eigentlich keiner Fliege etwas zuleide tun konnte, hatte die Sache nur noch schlimmer gemacht. Der Vater, den sie kannte, war immer nur liebevoll, lustig und herzlich gewesen. Vor Gericht hatten ihn seine Freunde und ehemaligen Arbeitgeber samt und sonders als ehrlich und loyal bezeichnet.

Aber er strotzte nicht gerade vor Selbstvertrauen und ließ sich leicht übertölpeln. Er sah immer nur das Gute in den Menschen, mit denen er zu tun hatte. Leider stand diesem durchaus positiven Wesenszug kein kritisches Urteilsvermögen entgegen.

Ein paar Jahre zuvor war er in schlechte Gesellschaft geraten. Man hatte ihm eingeredet, ein Multimillionär könne ohne Weiteres auf ein paar Tausender verzichten. Leider aber zog ausgerechnet er dem Millionär eine Lampe über den Schädel, nachdem dieser aufgewacht und mit einem Schürhaken auf ihn losgegangen war. Genau in dem Augenblick tauchte die Polizei auf. Seine Komplizen hatten längst das Weite gesucht, als es brenzlig geworden war.

Weil Roland sich geweigert hatte, seine Kumpel zu verpfeifen, wurde ihm vom Gericht die gesamte Strafe – achtzehn Monate Gefängnis – aufgebrummt.

Seither hatte er sich nichts mehr zu Schulden kommen lassen. Nach einer Ausbildung zum Schneider ging er in seinem neuen Beruf völlig auf. Mit großer Hingabe hatte er für Casey einen Frack geschneidert und ihn ihr zusammen mit einem Zylinder zur Dressurprüfung in Badminton geschenkt. Schulterpartie und Ärmelaufschläge bestickte er mit einem kunstvollen Rosenmotiv, um sie an ihre Mutter zu erinnern, die Casey im Alter von nur zwei Jahren verloren hatte. Rosen waren die

Lieblingsblumen ihrer Mutter gewesen. Casey, die ihren Vater trotz all seiner Fehler über alles liebte, war über alle Maßen stolz auf ihn.

Doch was nun?

Sie polterte die Treppe hinunter und platzte in die Küche. Was sie sah, erschien ihr wie ein lebendes Gemälde mit eingefrorenen Figuren.

Mrs Smith stand in ihrem alten seidenen Morgenmantel gegen den Gusseisenherd gelehnt; aus ihren Augen sprach nackte Wut. Und genau das machte Casey am meisten Angst, denn es gab kaum etwas, das Mrs Smith aus dem Gleichgewicht bringen konnte. Neben ihr stand Peter. Er wollte gerade einen Schritt vorwärts machen, da hielt ihn Mrs Smith mit einer leisen Bemerkung zurück.

Ihrem Vater gegenüber saß am Tisch, auf dem immer noch die Badminton-Trophäe stand, ein massiger Mann mit bläulich-schwarzem Haar. Sein Gesicht war von Pockennarben übersät, und er hatte ein ausladendes Mehrfachkinn. Eine seltsame, düstere Anziehungskraft ging von seiner ganzen unbeweglichen Gestalt aus. Er ließ kurz seine Augen über Casey schweifen, als sei sie ein Kühlschrank oder sonst ein Küchenmöbel. Dann nahm er wieder ihren Vater ins Visier, der dieselben zerknitterten Kleider trug wie am Vorabend.

Roland Blue war von zwei Männern flankiert. Der eine war schwarz und sportlich, der andere – ein Mittfünfziger – klein und stämmig, hatte eine ungepflegte Pilzkopffrisur und kaffeebraune Augen. Seine blasse Hautfarbe war typisch für einen Mann, der zu wenig schlief und zu viel Koffein und Fastfood konsumierte. Aber sein konzentrierter Blick verriet eine gute Portion Intelligenz.

«Kriminalinspektor Lenny McLeod», sagte er und streckte

ihr die Hand entgegen. «Das hier sind meine Kollegen, Wachtmeister Dex Higgins (dabei deutete er auf den schwarzen Polizisten) und Hauptkommissar Bill Grady. Sie sind bestimmt Casey. Bitte entschuldigen Sie die Störung, aber die Sache duldete keinen Aufschub.»

Casey ließ seine Hand in der Luft hängen. Eigentlich wollte sie zu ihrem Vater eilen, aber die Haltung der beiden Polizisten hielt sie davon ab. «Was geht hier vor?», fragte sie energisch. «Welche Sache? Und warum duldet sie keinen Aufschub? Lassen Sie meinen Vater in Ruhe. Er hat nichts verbrochen.»

«Darüber muss der Richter entscheiden», warf Grady ein. «Wir haben jede Menge Beweise für das Gegenteil.»

Roland Blue gab ein trockenes Lachen von sich. «Das ist eine Lüge. Was soll dieses Material beweisen? Ich bin in ungekündigter Stellung als Schneider erwerbstätig und ansonsten ein Musterbürger. Was haben sie mir vorzuwerfen? Habe ich vielleicht in der Hackney High Street einen Kaugummi auf den Bürgersteig gespuckt?»

Higgins legte die Stirn in Falten. «Nein, es ist schon eine etwas ernsthaftere Sache.»

«Ein Knöllchen vielleicht? Nein, ganz ernst jetzt. Wenn Sie eine Referenz brauchen, sprechen Sie doch bitte mit meinem Arbeitgeber Ravi Singh. Er wird Ihnen sagen ...»

«Das haben wir bereits getan, Mr Blue. Können Sie uns sagen, wo Sie sich am 27. April zwischen Mitternacht und 01:15 Uhr aufgehalten haben?»

Ein Schauer durchfuhr Casey, als würde sie von einem kalten Winternebel umhüllt, der sie bis ins Knochenmark erstarren ließ.

«Ich war zu Hause in meiner Wohnung, 414 Redwing Tower. Sprechen Sie mit Ravi. Wir beide haben zwei Nächte durchgearbeitet, um eine Reitjacke für Casey fertigzustellen. Ich kann sie Ihnen gerne zeigen.»

«Mr Singh hat in der Tat bestätigt, dass er am 26. bei Ihnen war», sagte McLeod. «Allerdings habe er ihre Wohnung kurz vor Mitternacht verlassen, als er zu müde war zum Weiterarbeiten. Sie sollen ihn ermuntert haben, nach Hause zu gehen, da er dringend Schlaf benötigte.»

«Meine Herren, ohne Anwesenheit eines Anwalts muss dieses Gespräch sofort abgebrochen werden», mischte sich Mrs Smith ein. «Ich glaube, wir haben mehr als genug gehört. Und ich denke, es ist Zeit, dass Sie gehen, bevor Sie hier noch mehr Unruhe stiften.»

Roland lächelte. «Besten Dank, Mrs Smith. Aber ich habe nichts zu verbergen.» Zu den Polizisten gewandt, fügte er hinzu: «Und wenn ich ihm geraten habe, nach Hause zu gehen? Ist es verboten, einem Freund zu sagen, er soll jetzt lieber schlafen gehen?»

«Nein, aber uns geht es eher um einen Überfall auf ein Lagerhaus, der in den frühen Morgenstunden stattfand, als Sie allein waren», sagte Grady. «Bei diesem Überfall wurden Schüsse auf einen Wachmann abgegeben. Gestern ist er seinen Verletzungen erlegen. Seither ermitteln wir in einer Mordsache.»

Roland wurde leichenblass.

Casey stieß einen Schrei aus und stürzte auf ihren Vater zu. Doch Higgins hielt sie am Arm zurück.

«Lassen Sie sie sofort los», herrschte ihn Peter an.

Grady drehte sich zu ihm um. «Eine Bewegung, mein Junge, und du landest in einer Haftzelle, bevor du weißt, wie dir geschieht. Du bleibst jetzt ganz ruhig, wo du bist, und machst keinen Pieps, verstanden?»

Mit bösem Blick sagte Mrs Smith: «Sie wissen ganz genau, dass Mr Blue das Recht auf einen Anwalt hat, Herr Hauptkommissar, und auf eine respektvolle Behandlung!»

Grady stemmte sich hoch und warf ein Blatt Papier auf den Tisch. «Klar, Sie dürfen alle Anwälte dieser Welt rufen, aber für den Moment hat unser Haftbefehl Vorrang. Und was die respektvolle Behandlung angeht, so sparen wir uns die für jene auf, die sie verdienen. Dex, lesen Sie Mr Blue bitte seine Rechte vor.»

McLeod bedachte Casey mit einem warnenden Blick und schob sie in Peters Richtung.

Darauf verkündete Wachtmeister Higgins: «Roland James Blue, ich verhafte Sie wegen Verdachts auf Mord. Sie haben das Recht zu schweigen, aber ich mache Sie darauf aufmerksam, dass eine Aussageverweigerung später gegen Sie verwendet werden kann. Alles, was Sie sagen, kann oder wird vor Gericht ...»

«Was soll das? Ich glaub', ich bin im falschen Film. Ich bin der falsche Mann. Casey, du glaubst mir doch? Ich bin unschuldig.»

«Natürlich glaube ich dir, Dad. Das ist alles eine schreckliche Verwechslung. Wir stellen das richtig. Das versprech' ich dir.»

«Auf jeden Fall», bekräftigte Mrs Smith.

«So, jetzt haben wir aber genug Zeit verschwendet», knurrte Grady. «Dex, legen Sie ihm Handschellen an, und dann ab in die Zelle, wo er auch hingehört.» Dann schob er Higgins und Blue in die Dunkelheit hinaus.

Casey ließ die Schultern hängen. Auf einmal fiel ihr ganzes Leben wie ein Kartenhaus in sich zusammen.

Im Vorbeigehen deutete McLeod auf die Trophäe. «Ich habe in den Nachrichten gehört, dass du gestern bei den *Badminton*

Horse Trials gesiegt hast. Als jüngste Reiterin in der Geschichte des Turniers. Hut ab, das ist eine tolle Leistung. Es tut mir leid, dass dir diese Sache die Freude darüber verdirbt. Ich hoffe, du verstehst, dass wir nur unsere Pflicht tun. Und ... äh ... herzlichen Glückwunsch!»

Die Tür knallte ins Schloss. Ein Motor heulte auf. Und weg waren sie.

2

Casey beugte sich so tief über Storms Hals, dass seine Mähnenhaare sie im Gesicht kitzelten. *Schneller*, drängte sie ihn. *Schneller.*

Sie wusste nur zu genau, dass es kaum etwas Dümmeres gab, als Storm knapp zwei Tage nach Badminton über ein vom Regen seifig gewordenes Terrain zu jagen, aber sie wollte so lange galoppieren, bis die Erlebnisse des letzten Tages in ihrem Kopf so verschwommen waren wie die regnerische Landschaft in ihren Augen.

Sie hatte ihren Vater erst am Montagnachmittag erreicht. Zuvor hatte man ihn vierundzwanzig Stunden zum Verhör festgehalten. Seine Worte hallten in ihren Ohren nach.

«Du fliegst nach Kentucky, das ist ein Befehl», hatte er ihr über eine rauschende Telefonverbindung aus einer Londoner Polizeiwache gesagt. «Ist doch klar, dass du dir mit einem Sieg in Kentucky die Chance auf den *Grand Slam* eröffnest. Du musst dann nur noch die *Burghley Horse Trials* gewinnen, um in die Geschichte einzugehen, Casey Blue.»

Ihr Blut war in Wallung geraten. Wie konnte er nur so etwas sagen? Wie konnte er überhaupt daran denken? Was zählte ein sportlicher Erfolg schon, wenn ihr Vater wegen eines Verbrechens, das er nicht begangen hatte, hinter Gittern saß?

«Haben Sie das gehört?», hatte sie hinter vorgehaltener Hand Mrs Smith gefragt, die das Gespräch über den eingeschalteten Lautsprecher mit verfolgte. «Vor knapp einer Stunde wurde Dad wegen Totschlags angeklagt, doch er will, dass ich das alles vergesse, in die USA fliege und beim *Kentucky Three Day Event* mitreite. Wenn man ihn so hört, könnte man meinen, eine Falschanklage wegen Totschlags sei für ihn nichts Schlimmeres als eine hundsgewöhnliche Erkältung.»

«Hallo, bist du noch dran?», war die Stimme ihres Vaters durch die Leitung gekommen. Er klang erschöpft. «Und ja, ich will, dass du nach Kentucky fliegst.»

Mrs Smith hatte den Kopf geschüttelt. «Roland, das ist wirklich Unsinn. Sie können doch nicht ernsthaft davon ausgehen, dass wir in dieser Situation, wo wir Ihnen hier beistehen und Ihre Unschuld beweisen sollten, zu einem Turnier in die USA reisen. Wenn wir Sie diesem Grünschnabel von einem Anwalt überlassen, den man Ihnen zugewiesen hat, sind Sie erledigt.»

«Dad», hatte Casey ihn angefleht, «sei bitte vernünftig.»

«Casey, es bleibt mir nur noch eine Minute Sprechzeit an diesem Telefon. Hör mir also gut zu. Ich habe keine Ahnung, wer mir diese Sache angehängt hat oder wer dahintersteckt, aber es sieht nicht gut aus für mich. Die Polizei hat jede Menge Beweise. Natürlich sind sie alle falsch und manipuliert, aber sie lassen sich auch nicht über Nacht widerlegen. Das braucht Zeit. Und du hast diese Zeit nicht. Kentucky findet in dreieinhalb Wochen statt. Deshalb will ich, dass du mir jetzt versprichst, in die USA zu fliegen, und dass du diese ganze Sache hier vergisst und dein Bestes gibst. Mein eigensinniges und törichtes Verhalten hätten dir beinahe den Start in Badminton gekostet. So was darf nicht noch mal passieren.»

Und dann fing es an, in der Telefonleitung zu piepsen.

«Du musst mir versprechen, Casey ...»

«Dad, bist du noch dran? Warten wir doch die Kautionsverhandlung von morgen ab, Dad. Wenn der Richter auch nur einen Funken Vernunft hat, lässt er dich gegen Kaution frei und ...»

«Und wenn er es nicht tut?»

Es knackte, und die Leitung war tot.

«Schneller», spornte Casey Storm an. «Schneller.»

Storms Reaktion ließ nicht lange auf sich warten. Das Rennpferd in ihm wurde wach. Ein Platzregen hatte sein silbergraues Fell schwarz gefärbt, und seine geblähten Nüstern waren tiefrot. Er schoss nur so davon. Casey konnte sich mit knapper Not an seinem Hals festklammern. Der Wind pfiff in ihren Ohren.

Als sie mit einem Schlenker knapp das Gattertor passierten, das als Start des Geländeparcours von White Oaks galt, überkamen sie für einen Augenblick Zweifel. Was, wenn sie auf dem morastigen Boden ausrutschten?

Davon war bei Storm nichts zu spüren. Wild entschlossen steuerte er auf das erste Hindernis, einen halbhohen Baumstamm, zu und nahm es, als handle es sich um ein harmloses Bodenrick. Doch das zweite, eine an sich unproblematische Stange, streifte er prompt. Zuerst flog er unbeeindruckt weiter, scheute dann aber vor dem Wassergraben, um ihn schließlich mit einem unbeholfenen Satz zu überspringen, der Casey beinahe abgeworfen hätte.

Es hatte wieder zu regnen begonnen. Die Tropfen traktierten ihr Gesicht wie spitze Nadeln. Sie gab zwei halbe Paraden, doch Storm reagierte nicht. Er war offensichtlich erregt und wollte nur Tempo machen. Sein Gleichgewicht stimmte nicht, er galoppierte lang, kurz und auf der Vorhand. Die Durchlässigkeit, die sie in Badminton erreicht hatten, war wie verschwunden.

Dann ging es die Böschung hoch, mit einem kleinen Ausrutscher über die Kante und auf der anderen Seite voll in eine Pfütze. Caseys Magen fühlte sich vor lauter Anspannung bleischwer an. Doch Storms unaufhaltsamer Vorwärtsdrang hatte auch etwas Betäubendes.

Als sie über den Trakehnergraben flogen, wurde Casey blitzartig in die Schlussphase des Springreitens von Badminton zurückversetzt. Mitten im Sprung hatte sie sich da bei dem Wunsch ertappt, für immer mit Storm so in der Luft hängen zu bleiben – an diesem Ort der vollendeten Glückseligkeit. Frei von den Zwängen des Lebens und den Launen der Liebe. Frei von Ängsten, Abweisungen oder Verletzungen. Frei.

Seither waren keine zwei Tage vergangen. Doch sie fühlten sich an wie ein ganzes Leben.

Storm übersprang das nächste Hindernis, eine Hecke, mühelos und galoppierte weiter. Caseys tränende Augen juckten. Da vorne baute sich der Oxer vor ihnen auf. Viel zu schnell hielten sie auf ihn zu, doch Casey fehlte die Kraft, ihr Pferd zu zügeln. Storms Hufschläge hallten in ihren Ohren wider.

Sie zwang sich zu vollster Konzentration. Der Regen war stärker geworden und verschleierte ihren Blick auf den Parcours. Wenn sich Storm bloß nicht verletzte. Noch ein Sprung und dann würde sie es sein lassen. Noch ein Sprung und dann würde sie ihn in den Stall zurückbringen und die Zukunft ins Auge fassen, was immer sie auch bringen mochte.

Storm hetzte weiter über den Parcours, dass der Morast hinter ihm nur so aufspritzte. Wieder versuchte Casey, ihn zu beruhigen, doch Storm war nicht auf Empfang. Nun konzentrierte sie sich ganz darauf, Hände und Körper völlig still zu halten. Es brachte nichts, gegen ihn anzukämpfen. Schließlich würde sie ohnehin nur seine Mähne im Gesicht zu spüren bekommen.

Erschreckend rasch näherten sie sich nun dem Oxer. Nur keine Angst haben. Positives Denken ist der Schlüssel zum Erfolg beim Geländereiten. Beim Springreiten bewältigt Storm Hindernisse, die drei Mal so schwierig sind wie dieser Oxer.

Storm stellte die Ohren auf. Als habe er ihre Gedanken gelesen, wurde er langsamer. Aus dem Augenwinkel nahm Casey eine kleine Bewegung war. Sie drehte den Kopf.

Eine schwarze Gestalt sprang auf den Parcours.

Storm trat auf die Bremsen. Casey wurde aus dem Sattel katapultiert wie ein Kampfpilot auf einem Schleudersitz. Im Bruchteil einer Sekunde schoss ihr ein Gedanke durch den Kopf: Wenn das bloß nicht böse endet. Dann spürte sie einen stechenden Schmerz in der Schulter, und alles wurde dunkel.

3

«Casey? Casey! Hörst du mich?»

Casey öffnete die Augen. Peter und Storm blickten auf sie herab. Regen tropfte von ihren Nasen auf sie herunter. Sie wusste nicht so richtig, wer von beiden besorgter dreinblickte. Kichernd sagte sie: «Meine Ohren funktionieren noch, also bin ich wohl nicht tot ...»

Jetzt prasselten die Erinnerungen an die Ereignisse vor ihrem Sturz wieder auf sie ein. Sie versuchte, sich aufzurichten, doch ein höllischer Schmerz in ihrer Schulter hinderte sie daran. «Ist Storm verletzt? Oh, mein Gott, wenn er sich verletzt hat, werde ich mir das nie verzeihen. Ich bin ja so ein Dummkopf.»

Mit der Hand ihres heilen Arms griff sie nach den Nüstern ihres geliebten Pferdes und streichelte sie.

Mittlerweile war Peters sorgenvolle Miene einem Grinsen gewichen. Er umarmte sie, was sie zusammenzucken ließ. «Storm geht es gut. Ich habe ihn mehrmals durchgecheckt, während du im Land der Träume warst. Die Zügel sind gerissen, und er ist natürlich geschockt, aber vor allem scheint er sich um dich Sorgen zu machen. Da ist er in guter Gesellschaft. Casey, du hättest dir das Genick brechen können. Als ich mit dem Kombi hergefahren kam, habe ich ..., habe ich gedacht ..., du wärst ...»

Und dann fügte er mit einer für ihn untypischen Heftigkeit hinzu: «Warum in aller Welt hast du keinen Helm getragen?»

Doch Casey hörte ihm nicht zu. Das Gesicht des Mannes in Schwarz, seine Horrorfratze, hatte sich aus ihrer Erinnerung zurückgemeldet. Sie zog sich an einem nassen Steigbügelriemen hoch. «Peter, hast du jemanden gesehen? Als du hergefahren bist, hast du einen völlig schwarz gekleideten Mann gesehen? Ist dir auf dem Hof irgendein Verdächtiger aufgefallen? Er hatte so ein ... äh ... schreckliches Gesicht. Er ist uns direkt über den Weg gelaufen, sodass Storm abrupt abbremsen musste. Das ist das Letzte, woran ich mich erinnere.»

«Keine Menschenseele. Mich erstaunt, dass du überhaupt etwas sehen konntest. Es regnete doch wie aus Kübeln. Bist du sicher, dass es keine optische Täuschung war? Vielleicht hast du eine Gehirnerschütterung und siehst Gespenster.»

«Vielleicht», sagte Casey unsicher.

Sie machten sich langsam auf den Weg zum Haus. Casey versuchte, die Messerstiche in ihrer Schulter zu ignorieren, aber ihr tat einfach alles weh. Peter hatte sie inständig gebeten, sie mit dem Auto zurückfahren zu dürfen. Doch davon hatte sie nichts wissen wollen, weil Storm dann allein zurückgeblieben wäre, bis eine der Helferinnen ihn hätte holen können. So führte Peter nun Storm mit der einen Hand und stützte Casey mit dem anderen Arm.

«Hat dir eigentlich schon jemand gesagt, dass du unheimlich stur bist?»

Casey quälte sich ein Lächeln ab und gab zurück: «Oh, das höre ich höchstens sieben Mal die Woche.»

Sie schmiegte sich an ihn. Sie waren beinahe zwei Jahre befreundet gewesen, bevor ihr Peter seine Gefühle gestanden hatte. Sie war ihm gegenüber immer noch sehr zurückhaltend, und doch brauchte sie seine Nähe. Peters positives Wesen war das pure Gegenteil der schlechten Energie, die von dem Monster ausgegangen war, das ihren Sturz herbeigeführt hatte. Ihr Unfall war kein Zufall gewesen. Davon war sie überzeugt. Der Mann in Schwarz hatte ihr direkt in die Augen geblickt, als er auf den Parcours getreten war.

Aber warum hatte er das getan? Und wer war er? Ein geistig verwirrter Wanderer? Ein Pferdehasser? Ein Stalker? Sie musste an Anna Sparks denken, die nichts unversucht gelassen hatte, sie in Badminton zu schlagen. Mittlerweile war sie vor einen Disziplinarausschuss zitiert worden und musste mit einer lebenslangen Sperre rechnen. Anna hatte viele ihrer schmutzigen Tricks von ihrem Stallburschen Raoul ausführen lassen. Vielleicht steckte Raoul auch hinter dieser Geschichte. Vielleicht wollten sie sich so an ihr rächen.

Es hatte jetzt aufgehört zu regnen. Goldene Dunstwolken hingen über den Feldern. In jeder anderen Situation hätte sich Casey über die romantische Stimmung gefreut. Doch nun suchte sie die Landschaft nur nach dem Mann in Schwarz ab. Eigentlich sollte sie mit Peter oder Mrs Smith darüber reden. Doch was würde es bringen? Es würde sie nur beunruhigen. Und dass sie der Polizei nicht vertrauen konnte, wusste sie ja schon.

Als sie den Hof erreichten, fühlte sie sich sicher. Morag schimpfte zwar mit ihr, weil sie keinen Helm getragen hatte, aber sonst kam sie mehr oder weniger ungeschoren davon. Gerade als sie dabei war, die Stalltür zu schließen, legte Peter seine Arme um sie. Wie er jetzt so auf sie herabblickte, wurde ihr zum hundertsten Mal klar, was für eine gute Ausstrahlung er hatte. Er war nicht schön im herkömmlichen Sinn, wie etwa ein Filmstar. Aber stark und gut. Und dann waren da noch seine schmachtenden dunklen Augen, die in Casey eine Sehnsucht weckten nach …

«Casey, ich hätte es nicht ausgehalten, wenn dir etwas zugestoßen wäre.»

Vielleicht wartete er ja darauf, dass sie ihm ihre Gefühle offenbarte, was sie bisher nicht getan hatte – zumindest nicht wortwörtlich.

Es war ihr innigster Wunsch, ihm zu gestehen: «Peter, ich liebe dich. Was immer geschehen mag, ich will nicht, dass die Verhaftung meines Vaters einen Keil zwischen uns treibt.» Aber irgendwie brachte sie die Worte nicht heraus. Sie waren zu egoistisch. Zu selbstsüchtig! Ihr Vater steckte in einem Polizeigefängnis, und sie hatte nur ihre dämliche Liebe im Kopf!

Und aus diesem Schuldgefühl brach es plötzlich aus ihr heraus: «Peter, wir sind jetzt knapp eineinhalb Tage zusammen, und du tust so, als wären wir längst verheiratet. Danke, dass du mich gerettet hast, aber du solltest dir deine Energie eher für meinen Vater aufsparen. Er braucht dich nötiger als ich.»

Jetzt ging bei Peter der Laden runter. «Klar. Bitte entschuldige. Ich glaube, Morag erwartet mich. Ich habe ihr gesagt, ich würde heute noch zwei ihrer Ponys beschlagen.»

Als sich seine Fußtritte über die Pflastersteine entfernten, durchfuhr Casey ein Schauer. Plötzlich fühlte sie sich sehr allein.

«Wenn du im Streckbett liegst, bist du eine große Hilfe für deinen Vater.» Das war alles, was Mrs Smith trocken sagte, als sie abends auf der Radiologie des Kreiskrankenhauses auf die

Ergebnisse einer Computertomografie warteten, die der Notfallarzt veranlasst hatte, um zu ermitteln, ob sich Casey bei dem Sturz Kopfverletzungen zugezogen hatte.

«Ich weiß, ich bin ein Dummkopf», sagte Casey, die stechende Kopfschmerzen hatte. Die Schulter fühlte sich mittlerweile viel besser an, nachdem sie von einem Osteopathen wieder eingerenkt worden war. «Bitte glauben Sie mir, alle diese Vorwürfe habe ich mir schon selbst gemacht. Es tut mir leid. Und es wird auch ganz sicher nicht mehr passieren.»

«Das will ich dir geraten haben. Und sollte es doch wieder einmal passieren, dann bitte mit Helm», gab Mrs Smith nüchtern zurück.

Genau dazu hatte sie auch der Notfallarzt ermahnt, allerdings in dramatischeren Worten. Er hatte schwere Hirnverletzungen, Komazustände und düstere Statistiken an die Wand gemalt. Casey hatte nur schuldbewusst genickt. Was hätte es gebracht, ihm zu sagen, dass sie nie zuvor in ihrem Leben ohne Helm ausgeritten war und dass man ihr eigentlich mildernde Umstände zugestehen müsste?

Als sie eine Stunde später entlassen wurde und mit Mrs Smith über den düsteren Krankenhausparkplatz ging, sah sie wieder den Mann in Schwarz. Er sprach gerade – leicht von ihr abgewendet – mit einer Person in einem marineblauen Ford.

Caseys Puls schoss in die Höhe. «Schnell», sagte sie zu Mrs Smith, die nach dem Autoschlüssel kramte. «Schnell. Wir müssen nach Hause.»

Mit stoischer Gelassenheit stellte Mrs Smith ihre Handtasche auf der Kühlerhaube des Autos ab, um im Schein einer nahen Straßenlaterne nach dem Schlüssel zu suchen. «Weshalb diese plötzliche Hast?»

«Einfach so», sagte Casey und versuchte, die Tasche an sich zu reißen, um den Schlüssel selbst ausfindig zu machen. «Storm ist jetzt schon zu lange allein. Was, wenn er sich beim Sturz doch verletzt und jetzt Schwellungen oder Schmerzen hat ...»

«Mrs Smith!», kam eine Stimme aus der Dunkelheit. «Ich habe ganz London nach Ihnen durchkämmt – ohne Erfolg. Und kaum bin ich in diesem entlegenen Winkel von Kent angekommen, wen treffe ich da? Sie! Bitte schenken Sie mir ein paar Minuten, Mrs Smith, ich muss mit Ihnen sprechen.»

Mrs Smith stand stocksteif da. Und auch Casey erstarrte, als sich ihr Angreifer aufrichtete und in ihre Richtung blickte. Im selben Augenblick kam ein Mann in einem khakifarbenen Blazer und blauem T-Shirt – seinem Namensschild nach zu schließen, musste es sich um einen Arzt handeln – über den Parkplatz gerannt.

«Haben Sie meinen Brief erhalten, Mrs Smith?», rief er im Näherkommen. «Es ist dringend. Warum haben Sie nicht geantwortet?»

Mrs Smith schien aus ihrer Trance aufzuwachen und griff tief in ihre Handtasche. «Gefunden», sagte sie triumphierend. Sie drückte auf den Entriegelungsknopf und der Honda öffnete sich mit einem Piepsen. Noch bevor sie richtig hinter dem Lenkrad saß, steckte sie den Schlüssel ins Zündschloss. Casey warf sich auf den Beifahrersitz. Die Tür fiel hinter ihr zu, als der Wagen davonschoss.

Der Arzt rannte ihnen hinterher. «Das ist doch Wahnsinn. Ich muss unbedingt mit Ihnen reden.»

«Ich habe das Gefühl, dieser Mann sucht das Gespräch mit Ihnen», bemerkte Casey trocken.

Mit quietschenden Reifen steuerte Mrs Smith den Honda

auf die Ausfahrt zu. «Das ist bestimmt eine Verwechslung. Smith ist ein Dutzendname.»

Im Außenrückspiegel sah Casey, wie der Mann in Schwarz und der Arzt – die Hände über dem Kopf zusammenschlagend – immer kleiner wurden. Irgendwie hatte sie das Gefühl, zusammen mit Angelica Smith gerade einem Attentat entkommen zu sein.

«Was hatte das jetzt zu bedeuten?»

«Nichts», brummte Mrs Smith. «Wie gesagt: eine Verwechslung.» Einen Moment lang blieb sie still. «Und was ist mit dir? Willst du mir etwas sagen?»

«Nein, überhaupt nichts.»

«Gut, dann erachte ich das Thema als erledigt.»

4

Kriminalinspektor Lenny McLeod schluckte den letzten Bissen seines Cheeseburgers herunter und warf die Papiertüte auf den Boden vor dem Beifahrersitz, wo sich gebrauchte Kaffeebecher und andere eher unappetitliche Gegenstände zu einem Müllberg auftürmten. Er hätte den Abfall locker in fünf Minuten entsorgen können, doch er ließ ihn absichtlich vor sich hin miefen, weil das seine Kollegen davon abhielt, sich zu ihm ins Auto zu setzen. McLeod war viel lieber allein unterwegs.

Wenn er sich selbst überlassen war, konnte er sich stundenlang in Tagträumen über die Liebe seines Lebens, *Montana*, verlieren. Nein, seine Liebe galt nicht dem US-Bundesstaat gleichen Namens, sondern der braunen Stute, die er seit ein paar Monaten sein Eigen nennen durfte und bei jeder sich bietenden Gelegenheit in ihrem Stall in Sussex besuchte. In sechs Monaten würde er in Rente gehen. Dann würde er seine Londoner Wohnung gegen ein bescheidenes Häuschen irgendwo weit weg auf dem Land eintauschen. Dann würde sich sein Leben nur noch um zwei Dinge drehen: das Reiten und seine Stute.

Früher einmal hatte er vor Ehrgeiz und Tatendrang nur so gestrotzt und als einer der fähigsten Kriminalisten gegolten, als einer, der die Welt retten wollte. Doch mit den Jahren war er in die Tretmühle des Systems geraten. Und mehr als vierzig Jahre Wühlarbeit in den Niederungen der Gesellschaft hatten ihren Tribut gefordert. Und so zählte für ihn heute nur noch die Welt der Pferde.

Das war auch der Grund, warum der Fall Roland Blue sein Interesse geweckt hatte. McLeod hatte Casey vorgegaukelt, er habe aus den Nachrichten von ihrem Sieg erfahren. Dabei hatte er keine einzige Sekunde der spannenden TV-Direktübertragung aus Badminton verpasst, obwohl er eigentlich einen Teenager hätte dingfest machen sollen, der Diebesgut verhökerte. Doch McLeod sah nicht ein, warum er sich anstrengen sollte, den Jungen auf die Wache zu schleppen, wenn der Rotzlöffel bloß mit einer Verwarnung davonkommen und am nächsten Tag wieder wie ein Gockel vor dem Schulhoftor herumstolzieren würde.

Stattdessen hatte er den heldenhaften Sieg von Casey und Storm im Fernsehen verfolgt. Im heimischen Pantoffelkino hatte er vor lauter Rührung sogar die eine oder andere Träne verdrückt. Umso schockierter war er gewesen, als ihn kurz darauf Bill Grady anrief – seines Zeichens Hauptkommissar, ein Mann, den McLeod aufs Tiefste verabscheute. Er teilte ihm mit, der Vater der Siegerin von «irgend so 'nem großen Reitturnier» werde verdächtigt, auf einen Wachmann geschossen zu haben, der kurze Zeit danach seinen Verletzungen erlegen war.

Grady hatte null Ahnung von Pferden. Deshalb war McLeod erst einmal überrascht gewesen, dass der arrogante Knilch überhaupt von der Existenz von Blues berühmter Tochter wusste. Und noch überraschter war McLeod darüber, dass Grady ihm diesen Fall übergab, hatte er doch immer gemeint, seine eigene Abneigung gegenüber seinem Vorgesetzten beruhe auf Gegenseitigkeit. Schließlich hatte Grady im Büro immer wieder deutlich hörbar von dem «alten Eisen» in seiner Abteilung gesprochen, das eigentlich längst auf den «Schrottplatz» gehöre.

Doch als Grady ihn am Sonntagabend gegen 19 Uhr angerufen hatte, schien er beinahe begierig zu sein, mit ihm zusammenzuarbeiten. «Natürlich sind wir nicht die besten Kumpel», hatte er gesagt, «aber ich brauche einen wie Sie für diesen Fall, Lenny. Ich brauche einen erfahrenen Mann.»

McLeod wusste natürlich, dass es sich dabei um leeres Geschwätz handelte, und war gleich misstrauisch geworden. Grady hatte sofort nach Kent fahren wollen, um Roland Blue noch vor dem Frühstück zu verhaften. Wie im Fernsehkrimi wollte er im Stil einer Sondereinheit noch vor Morgengrauen zuschlagen. Und vor allem wollte er mit von der Partie sein.

«Verstehen Sie mich nicht falsch. Es ist nicht so, dass ich Ihnen oder Dex den Fall allein nicht zutrauen würde, aber dieser Blue könnte bewaffnet sein und Leben gefährden. Ich könnte es nicht mit meinem Gewissen vereinbaren, wenn die Operation in die Hosen ginge.»

Und so hatte McLeod keine Wahl gehabt. Er musste die unwürdige Verhaftung von Roland Blue miterleben und sich die abgrundtiefe Verzweiflung des Mädchens ansehen, dessen frisch-freche Leistung ihn wenige Stunden zuvor noch zu Tränen gerührt hatte.

Doch in der Zwischenzeit war noch etwas Schlimmeres passiert. Der Antrag ihres Vaters auf Freilassung gegen Kaution war abgelehnt worden.

Eigentlich konnte diese Entscheidung nicht wirklich überraschen. Die Anklage gegen Roland Blue stand auf festen Füßen. Am 27. April hatte ein versuchter Raubüberfall auf ein Lagerhaus mit moderner Kunst stattgefunden. Er, McLeod, fand ja, man müsste Dieben für den Raub derartiger Kunstwerke eine fürstliche Belohnung geben. Doch das stand auf einem anderen Blatt. Das Problem war, dass einer der Wachmänner des Lagerhauses vom Fahrer des Fluchtwagens erschossen worden war. Und die Anklage ging davon aus, dass es sich bei diesem Fahrer um Roland Blue gehandelt hatte.

Damit galt der Fall praktisch schon als erledigt. Zudem wurde eine Verbindung zwischen DNA-Spuren auf einem blutverschmierten Handschuh und Roland Blue hergestellt. Eine Nachbarin von ihm hatte außerdem zu Protokoll gegeben, dass er seine Wohnung zusammen mit Ravi etwa um Mitternacht verlassen hatte und auf keinen Fall vor 02:30 Uhr zurückgekehrt war. Roland beteuerte zwar, er habe seinen Chef nur nach Hause begleitet und sei dann auf kürzestem Weg wieder in seine Wohnung zurückgekehrt. Seltsamerweise aber waren die Aufzeichnungen der Überwachungskamera im Redwing Tower, die Aufschluss über Lüge oder Wahrheit hätten geben können, nicht mehr auffindbar.

Doch Grady ließ sich davon nicht beeindrucken.

«Klare Sache – an den Händen dieses Mannes klebt Blut», sagte er im Brustton der Überzeugung, als der Untersuchungsrichter seinen Hammer auf das Pult niederschmetterte und ein aschfahler Roland Blue in Handschellen aus dem Gerichtssaal geführt wurde.

Für McLeod war Caseys Vater der unwahrscheinlichste Mörder seiner ganzen Laufbahn in den Diensten der Kriminalpolizei. Das hieß natürlich nicht, dass er unschuldig war. In der Welt wimmelte es nur so von Killern mit Engelsblick. Aber McLeod hatte gesehen, wie Roland Blue seine Tochter nach ihrem Sieg in Badminton umarmt hatte. Freudentränen waren ihm über die Wangen gelaufen, als er sie fest umschlang und Storm tätschelte. Das passte einfach nicht zu einem Mann, der vor Kurzem einen Wachmann niedergeschossen haben sollte.

Zudem glaubte McLeod trotz stichhaltiger Gegenbeweise, dass echt tierliebende Menschen, insbesondere Pferdefreunde, nicht wirklich böse sein konnten. Oft handelte es sich sogar um ausgesprochen gute Menschen.

Deshalb hatte er beschlossen, auf eigene Faust einige zusätzliche Ermittlungen anzustellen. Als er – einen Hamburger in der Hand – über den Parkplatz des Gerichts ging, schnappte er im Vorbeigehen auf, wie Casey ihrem Freund und Mrs Smith sagte, sie wolle noch ein paar Schritte machen, um den Kopf freizubekommen, und dann mit dem Zug nach White Oaks zurückkehren.

McLeod wusste sehr wohl, dass es am sinnvollsten gewesen wäre, Casey Blue zu vergessen und der «Justiz» ihren Lauf zu lassen. Doch das kam für ihn nicht infrage. Er startete den Motor und fuhr ihr langsam hinterher.

Jetzt hatte McLeod gegenüber dem *Gunpowder Plot Pub* in Hackney geparkt, jenem Viertel im Londoner East End, in dem Casey gelebt hatte, bis sie im Vorjahr mit Mrs Smith nach White Oaks gezogen war. Er musste nicht befürchten, dass sein Wagen erkannt werden könnte, denn es handelte sich um ein verlottertes Zivilfahrzeug, das perfekt zu den anderen alten Rostlauben passte, die in der Gegend herumstanden. Er war vielmehr besorgt darüber, dass Casey mit Mördermiene in das Pub gestürmt war. Das *Gunpowder Plot* galt als einer der übelsten Ganoventreffs in London. Und zudem war sie minderjährig.

Er überlegte noch, wie er vorgehen sollte, als Casey schon wieder aus dem Pub kam – einen tätowierten Hünen im Schlepptau. McLeod erbleichte, als er den Mann erkannte. Es handelte sich um Rick Crawley, alias Big Red, einen stadtbekannten Gangster, der für seine Brutalität berüchtigt war. Crawley schaffte es mit seinem unwiderstehlichen Charme immer wieder, seine schwächeren, ärmeren und verwundbaren Kumpel dazu zu bringen, für ihn die Drecksarbeit zu erledigen. In der Unterwelt kursierten Gerüchte, wonach er hinter dem Raubüberfall auf den Spülmaschinenmillionär gesteckt haben sollte, für den Roland Blue zu einer Gefängnisstrafe verurteilt worden war. Leider konnte man ihm aber nie etwas beweisen.

Das ungleiche Paar kam über die Straße und stand jetzt so dicht bei McLeods Wagen, dass der Inspektor sich flach auf den Beifahrersitz werfen musste. Im Außenrückspiegel konnte er Casey gerade noch sehen.

Unerschrocken blickte sie zu Crawley auf.

«Sie sind der größte Feigling, den ich kenne. *Sie* sind dafür verantwortlich, dass mein Vater in U-Haft sitzt. Wenn Sie meinen, ich würde es zulassen, dass Sie ihn ein zweites Mal über die Klinge springen lassen, dann haben Sie sich aber so was von geschnitten.»

Mit einem schallenden Lachen gab Big Red zurück: «Bin ja gespannt, wie du das anstellen willst, Schätzchen.»

«Zum Beispiel, indem mein Vater der Polizei erzählt, dass Sie mit Ihrem Kumpel Foxy andere dazu nötigen, für sie krumme Dinger zu drehen, während Sie nur abkassieren und ungeschoren davonkommen.»

«Sicher doch. Dann versuch das mal. Du glaubst ja wohl kaum, dass die Polizei einem Killer Glauben schenkt?»

«Jetzt hören Sie mal zu, Sie elender Unterweltler, Sie wissen ganz genau, dass mein Vater ein zartbesaiteter Mann ist, der keiner Fliege etwas zuleide tun würde.»

«Wenn du das so siehst, dann soll es dich glücklich machen. Ob die Polizei gleicher Meinung ist, weiß ich nicht», sagte Big Red leicht ungehalten. «Und ehrlich gesagt passt mir dein Ton überhaupt nicht. Die ganze Sache hat mit mir rein gar nichts zu tun. Ich kümmere mich um meine Angelegenheiten und wollte in aller Ruhe ein Bierchen trinken. Wenn du mich jetzt also entschuldigst ...»

Die vor Wut kochende Casey plusterte sich vor ihm auf. «Nichts mit Ihnen zu tun? Sie wollten ihn dazu bringen, den Fluchtwagen zu fahren, als sie den Raubüberfall auf das Kunstlager geplant haben. Er hat mir alles erzählt. Sie haben ihm gesagt, es handle sich um einen völlig unkomplizierten, einfachen Job. ‹Rein, raus›, hatten Sie ihm gesagt, ‹Saubere Sache›. Doch er wollte nicht mitmachen, und jetzt haben Sie ihm dieses Ding angehängt, als Rache sozusagen.»

Crawley wich einen Schritt zurück und packte dann Casey so fest an den Handgelenken, dass McLeod beinahe aus dem Auto gesprungen wäre, um ihr zu Hilfe zu eilen.

«Jetzt hör mir mal gut zu, kleines Pferdefräulein. Vielleicht hatte ich einmal vage daran gedacht, dieses Ding zu drehen. Das ist alles. Ein Gedanke, mehr nicht. Man hat mich gewarnt: sehr riskante Sache, eine Nummer zu groß für mich. Ich soll die Hände davon lassen, wenn ich nicht auf dem Grund der Themse den Fischen Gesellschaft leisten will.»

«Und wer hat Sie gewarnt?», fragte Casey, während sie versuchte, sich aus seinem Schraubstockgriff zu befreien. «Wer hat den Raubüberfall verübt?»

«Keine Ahnung. Will ich nicht wissen. Und wenn du deinen nächsten Geburtstag erleben willst, sollte es auch dir einerlei sein. Reite dein Pferdchen und halt dich aus dieser Sache raus. Das mit deinem Vater tut mir echt leid. Er ist ein anständiger Kerl. Ich hoffe, er kriegt die Kurve noch. Aber wenn du noch einmal hier auftauchst, mich vor meinen Kumpeln zur Rede stellst und mir falsche Vorwürfe an den Kopf wirst, dann kann ich für nichts garantieren.»

Dann ließ er Casey so unvermittelt los, dass sie beinahe zu Boden stürzte, lief über die Straße und verschwand im Schlund des Pubs.

Casey stand einen Augenblick bewegungslos da und wartete, bis das Blut wieder durch ihre Handgelenke floss. Sie wirkte nachdenklich, nicht ängstlich. Nach einem letzten Blick zum Pub hinüber drehte sie sich um und verschwand in einer engen Gasse.

McLeod wollte ihr gerade hinterherlaufen, als sein Handy klingelte.

«Was zum Teufel treiben Sie?», bellte Grady ins Telefon. «Warum sind Sie nicht an Ihrem Arbeitsplatz?»

«Ich habe gerade eine interessante Szene miterlebt. Casey, Roland Blues Tochter, hat diesen Brutalo, Rick Crawley, zur Rede gestellt und ihm vorgeworfen, er habe ihrem Vater diese Sache angehängt. Wieso hätte sie das tun sollen, wenn sie nicht wüsste, dass ihr Vater unschuldig ist?»

«Kommen Sie auf den Teppich, McLeod. Haben Sie je eine Tochter gesehen, die ihren Vater für einen Schurken hält?»

«Ich kann es einfach selbst nicht glauben. Irgendetwas an diesem Fall stinkt doch zum Himmel.»

Kein Ton. War die Verbindung unterbrochen worden?

«Lenny, gehe ich richtig in der Annahme, dass Sie dieses Jahr noch in Pension gehen?»

«Ja, das ist richtig.»

«Jetzt haben Sie Ihre Arbeit doch viele Jahre lang zur größten Zufriedenheit erledigt. Wäre es nicht jammerschade, wenn Sie diesen tadellosen Leistungsausweis nur wenige Monate vor Ihrer Pensionierung zunichte machen würden?»

«Sicher, Sir.»

«Gut, dann verstehen wir uns?»

Dann war die Verbindung tot.

McLeod fischte die Brieftasche aus seiner Jacke. Dort, wo die meisten Menschen Familienfotos aufbewahrten, steckte bei ihm ein Bild von *Montana*. Sein ganzes Leben lang hatte er davon geträumt, ein solches Pferd zu besitzen. Jetzt war sein Traum endlich wahr geworden. Montana sah nicht nur prächtig aus, sie hatte einen wunderbaren Charakter und war ein tolles Reitpferd. Auf keinen Fall würde er Montana riskieren. Nicht einmal für Casey Blue.

Er ließ den Motor an und fuhr auf direktem Weg zum Kommissariat.

5

«Versuch's noch mal, aber jetzt ein klein bisschen langsamer», sagte Mrs Smith. «Du musst die Linie halten. Das ist eine Fünf- keine Siebengaloppsprungkombination. Bleib ruhig sitzen und warte auf den Sprung.»

Casey trieb Storm zu einem leichten Galopp an. Zum ersten Mal in ihrem Leben hatte sie keine Lust zum Reiten. Ihr tat einfach alles weh. Die linke Schulter, der Kopf, das Herz. Selbst das Gehirn. In den letzten 45 Minuten hatten sie Springen – Storms größte Schwäche – trainiert. Und es lief gar nicht gut. Casey fühlte sich wie eine Anfängerin, die man auf ein Jagdpferd gesetzt hat.

«Ich habe schon Kohlensäcke mit mehr Anmut reiten sehen», schalt sie ihre Trainerin aus. «Wo hast du heute bloß deinen Kopf gelassen? Storm kriegt das mit und benimmt sich wie ein wild gewordener Teenager in einem Ferienlager.»

In diesem Moment beschleunigte Storm sein Tempo. Beim Oxer riss er zwei Stangen und in der darauffolgenden Dreierkombination machte er gleich alles platt.

«Das ist alles meine Schuld», jammerte Casey. «Ich hätte ihn nicht im Galopp durch das Gelände hetzen dürfen. In einer einzigen halben Stunde des Wahnsinns habe ich all die Trainingsmonate zunichte gemacht.»

Mrs Smith blieb ruhig, als Casey den schnaubenden Storm vor ihr anhielt. «Gestern ist gestern, heute ist heute. Du machst jetzt erst einmal Mittagspause. Ich kümmere mich um Storm. Am Nachmittag stehen dann ein paar vertrauensbildende Übungen auf dem Programm.»

Casey ließ sich von Storms Rücken gleiten, tätschelte ihn und übergab Mrs Smith – eine Schnute ziehend – die Zügel. Unter normalen Umständen wäre es für sie nicht infrage gekommen, Storm ihrer Trainerin zu überlassen. Doch sie war so genervt, dass sie keinen klaren Gedanken fassen konnte.

«Eigentlich ist es gar nicht schlecht, dass wir nicht nach Kentucky fahren. Damit ersparen wir uns wenigstens diese Demütigung.»

Auf dem Weg über die Felder zum Peach Tree Cottage hörte Casey auf dem Handy ihre Voicemail ab. Sie hatte dreizehn Nachrichten. Sieben stammten von Journalisten, die vorgaben, sie zu ihrem Sieg in Badminton interviewen zu wollen. Vermutlich hatten sie eher vor, ihr heikle Fragen zur Verhaftung ihres Vaters zu stellen. Eine kam von ihrer chinesischen Freundin Jin, die ihr in Badminton bei Storms Pflege geholfen hatte, und bei den restlichen Nachrichten handelte es sich um Glückwünsche aus der Vielseitigkeits-Szene.

Casey fühlte sich wie eine Betrügerin. Klar, sie hätte ihre schlechte Trainingsleistung heute Morgen mit Stress und schlaflosen Nächten rechtfertigen können. Aber eigentlich wusste sie ganz genau, dass mehr dahintersteckte.

Solange sie sich zurückerinnern konnte, hatte Badminton ihr Leben bestimmt. Nichts anderes zählte mehr als der Sieg bei diesem Turnier. Doch jetzt, da sie diesen Traum wahr gemacht hatte, wurde ihr die ganze Tragweite ihrer Leistung erst so richtig bewusst.

Sie hatte geglaubt, der Titelgewinn in Badminton würde für immer und ewig ein Lächeln auf ihre Lippen zaubern. Doch jetzt lächelte sie nicht. Es war genauso, wie die Funktionäre in ihrem Albtraum gesagt hatten, das fühlte sie jetzt: dass sie die Trophäe nicht verdiente. Dass sie nur Dusel gehabt hatte. Dass der Sieg großartigen Reitern wie Mark Todd und Pippa Funnell zustand und nicht einem Teenagermädchen aus ärmlichen Verhältnissen mit einem Vater aus kriminellem Milieu. Ihre Trainingsleistung heute Morgen sprach Bände.

Bei einem einzigen Turnier hatten Storm und sie alles richtig gemacht. Und wenn dies nun das erste und letzte Mal gewesen war? Was nun, wenn sie nie mehr an ihre Leistung von Badminton anknüpfen konnten?

Als Casey gedankenverloren ihren Schlüsselbund aus den Reithosen kramte, bemerkte sie, dass die Haustür nur angelehnt war. Die Tür knarrte, als sie sie ganz aufstieß.

«Peter?», rief sie hoffnungsvoll, obwohl sie wusste, dass er es nicht sein konnte, weil er frühmorgens zu einer Pferdeschau in der Gegend von Oxford gefahren war. Nach ihrem kühlen Auftreten vom Vortag hatte sie sich Mühe gegeben, so liebevoll wie möglich mit ihm umzugehen, was ihr auch gelungen war. Und dennoch hatte bei ihrem Abschied eine Kluft zwischen ihnen gelegen, die breiter war als der Grand Canyon. Als sie sich nur ganz oberflächlich gekannt hatten, waren sie sich näher gewesen.

«Okay, bis in ein paar Tagen», hatte er ihr nach einer flüchtigen Umarmung gesagt. Sie hätte ihn so gerne geküsst und ihn angefleht, noch zu bleiben, aber sie fand die Worte nicht.

Hätte sie sich doch nur dazu gezwungen, diese Worte zu sagen. Nach seiner Rückkehr würde sie es sofort nachholen. Ihre Siegesprämie von Badminton war auf ihrem Bankkonto. Davon konnte sie ihn in ein feines Restaurant einladen oder mit ihm einen romantischen Tag an der Küste verbringen. Sie würden in der Abenddämmerung Hand in Hand über den Strand gehen. Die Wellen würden ihnen zuflüstern und der Mond eine silberne Bahn übers Meer werfen. Und endlich würde sie ihren ganzen Mut zusammennehmen, um ihm ihre Gefühle zu gestehen.

Die Küche war verlassen; auf dem Boden lagen ein paar Briefe, die der Postbote durch den Schlitz hineingeworfen hatte. Casey hob sie auf und legte sie auf den Tisch.

«Hallo», rief sie. Ein Kribbeln ging über ihre Haut. «Ist da jemand?»

Ein Blick in das aufgeräumte Wohnzimmer beruhigte sie. Der Fernseher, ihr iPod, die Badminton-Siegestrophäe – alles war da, alles an seinem Platz. Also bestimmt kein Einbruch. Vermutlich hatte Mrs Smith aus Versehen die Tür nicht richtig zugezogen.

Casey öffnete den Kühlschrank und holte sich eine Dose Limonade und das Käsebrot heraus, das sie sich vorher gemacht hatte. Sie setzte sich an den Eichentisch und sah die Briefpost durch. Da waren eine Rechnung vom Elektrizitätswerk, ein Meldeformular für ein Turnier und ein offensichtlich nicht von der Post gelieferter, unfrankierter Brief, auf dem in Schreibmaschinenschrift ihr Name getippt war.

Casey nahm einen Schluck Limonade und schlitzte den Umschlag mit einem Küchenmesser auf. Zunächst dachte sie, es handle sich um Fanpost von einem Kind aus dem Dorf. Der Brieftext bestand aus Einzelbuchstaben, die aus Zeitungen und

Zeitschriften herausgeschnitten und ziemlich unordentlich auf das Papier geklebt worden waren.

Doch dann entfalteten die Worte ihre volle Wirkung.

Casey sprang wie von der Tarantel gestochen auf. Der Stuhl flog in eine Ecke. Verschreckt drehte sie sich um, als erwartete sie, dass ein Gesicht sie durch das Fenster anstarren würde. War es Einbildung, oder hatte im ersten Stock gerade eine Diele geknarrt?

Sie stopfte den Brief in die Hosentasche und stürmte aus dem Cottage, ohne die Tür hinter sich zu schließen. Atemlos rannte sie bis zur Scheune hinter den Stallungen. Bevor sie hineinging, schaute sie sich mehrmals hektisch um. Wer war das? Wer war darauf aus, sie und ihren Vater zu vernichten? Big Red oder der Mann in Schwarz mit der Horrorfratze? Oder sonst jemand? Ein Unbekannter oder jemand, den sie kannte?

Sie kletterte auf den Heuboden und holte den Brief aus der Tasche. Mit größter Überwindung las sie ihn ein zweites Mal. Der Schreiber kam ohne Anrede gleich zur Sache.

Wenn dir dein Vater lieb ist, solltest du diese Anweisungen genau durchlesen. Sein Schicksal liegt in deiner Hand. Wir sind im Besitz einer DVD, die seine Unschuld beweist. Um sie zu erhalten, musst du nur das Kentucky Three Day Event *gewinnen. Wenn du es nicht schaffst, wird dein Dad sein ganzes Leben hinter Gittern verbringen. Könntest du mit diesem Gefühl leben?*

Nimm diesen Brief nicht auf die leichte Schulter. Es handelt sich um keinen Jux. Und mache dir keine Gedanken darüber, wer wir sind und wie wir mit dir in Kontakt treten werden. Du stehst unter unserer Beobachtung, und wir werden uns bei dir melden, sobald du deinen Auftrag erfüllt hast. Mehr brauchst du nicht zu wissen.

PS: Wenn du diesen Brief der Polizei oder sonst jemandem zeigst, wird dein Vater nie mehr ungesiebte Luft einatmen. Viel Glück in Kentucky, Casey Blue.

Ein Gemisch aus Wut und Verzweiflung kochte in Casey hoch. Sie wusste nicht, ob sie etwas kaputt schlagen oder heulen sollte. Wenn die Drohung echt war, verlangte man von ihr Unmögliches. Es gab keinen Reiter, dem der Sieg beim *Kentucky Three Day Event* garantiert war – nicht einmal Legenden wie Mary King oder William Fox-Pitt, die dort auch schon gewonnen hatten. Und diese ritten sowieso in einer anderen Liga als sie selbst. So wie sie und Storm im Moment drauf waren, konnten sie froh sein, bei der Geschicklichkeitsprüfung des lokalen Pferdeclubs eine Rosette abzuholen.

Wenn du es nicht schaffst, wird dein Dad sein ganzes Leben hinter Gittern verbringen.

Casey gab sich in Gedanken eine Ohrfeige, um sich aufzurütteln. Es bestand absolut kein Grund, sich so über einen Brief aufzuregen, der vermutlich von einem Witzbold oder einem Rivalen stammte. Sofort musste sie an Anna Sparks, ihre alte Widersacherin, denken. Sie sollte den Brief verbrennen und die ganze Sache vergessen.

Nimm diesen Brief nicht auf die leichte Schulter.

«Casey, ist alles in Ordnung?»

Casey zuckte zusammen und ließ den Brief vor lauter Schreck fallen. Er segelte wie ein Papierflugzeug zu Boden. Mrs Smith bückte sich, um ihn aufzuheben.

«Lassen Sie ihn liegen», schrie Casey und rutschte so schnell die Holzleiter hinunter, dass sie beinahe stürzte. «Bitte, lassen sie ihn liegen.»

Mrs Smith hob die Arme, als würde sie sich verhaften lassen.

«Ich rühr ihn nicht an. Versprochen.» Sie lächelte, als Casey ihn aufhob. «Ein Liebesbrief, nehme ich an.»

«Nein ... äh ... doch. Bitte, es ist etwas Privates.» Casey versuchte, unbekümmert zu wirken, auch wenn es ihr schwerfiel. «Sie erinnern sich bestimmt an diese Zeit, Mrs Smith.»

«Nur knapp. Als ich meine letzte Valentinstag-Karte erhielt, war die Erde noch von Dinosauriern bevölkert.»

Mrs Smith hakte sich bei Casey unter, als sie in die Sonne hinaustraten. «Ich habe mir erlaubt, Storm auf das Feld zu lassen. Ich denke, ihr könnt beide ein bisschen Urlaub gebrauchen. Die ganze Vorbereitung auf Badminton hat euch sehr belastet. Da ihr nicht nach Kentucky fliegt, solltet ihr diese Zeit nutzen, um euch zu entspannen. Dann könnt ihr das Aufbautraining ausgeruht in Angriff nehmen, bevor es wieder losgeht mit der neuen Saison. Natürlich nur, wenn das für dich so stimmt. Wenn du deine Energie darauf konzentrieren willst, dich auf den völlig lachhaften Prozess gegen deinen Vater vorzubereiten, dann könnte ich das natürlich verstehen. Ich glaube jedoch nicht, dass es überhaupt zum Prozess kommen wird. Er ist unschuldig, und das werden wir schon nachweisen können.»

«Glauben Sie das wirklich? Dass er unschuldig ist?»

«Absolut. Ich habe nicht den geringsten Zweifel. Dein Vater ist natürlich auch nicht perfekt, aber er ist vom Scheitel bis zur Sohle ein Gentleman. Ein netter, liebenswerter Mann. Ich vertraue ihm.»

Der Brief glühte in Caseys Hosentasche. Ob sie was sagen sollte? Wenn es einen Menschen auf der Welt gab, der mit einem Dilemma dieser Tragweite umgehen konnte, so war es Mrs Smith. Aber sie traute sich nicht. *Wenn du diesen Brief der Polizei oder sonst jemandem zeigst, wird dein Vater nie mehr ungesiebte Luft einatmen.*

«Ich habe meine Meinung geändert. Ich will doch in Kentucky an den Start gehen. Das will auch Dad, und es ist das Mindeste, was ich tun kann, ihm diesen Wunsch nicht abzuschlagen.»

Mrs Smith starrte sie ungläubig an. «Aber er braucht dich doch *hier*, wo du ihn unterstützen und für seine Freilassung kämpfen kannst!»

Casey trat in den Schatten der Sattelkammer, um ihre Emotionen vor Mrs Smith zu verbergen. «Wie denn? Ich kann ja sowieso nichts ausrichten. Jetzt nimmt die Justiz erst einmal ihren Lauf. In der Zwischenzeit kann ich doch in die USA fliegen und ihn damit etwas aufmuntern. Auf jeden Fall muss ich sofort mit dem Training beginnen. Ich hole jetzt Storm. Die Pause ist vorbei.»

Sie warf das Zaumzeug über die Schulter. «Ich brauche Ihre Unterstützung. Ich will in den USA nicht einfach an den Start gehen. Ich will gewinnen.»

«Ist es dir damit ernst?»

Mrs Smith beschleunigte ihren Gang, um mit Casey auf dem Weg zum Feld Schritt halten zu können. «Habe ich dich richtig verstanden? Vor weniger als einer Stunde hast du ein Dutzend Hindernisse zu Kleinholz geritten und dann gesagt, du seist erleichtert, nicht in die USA zu fliegen, weil du dir damit die Schmach einer Niederlage ersparen könntest. Und jetzt willst du in Kentucky nicht nur einfach an den Start gehen, sondern auch gleich noch gewinnen.»

«*Sie* sagen mir doch immer, ich soll positiv denken. Und genau das tu ich gerade.»

Casey öffnete das Gatter. Sie fühlte sich sofort besser, als sie Storm den Kopf heben sah. Vor zweieinhalb Jahren hatte sie ihn als klappriges Knochengerüst vor dem Schlachthof gerettet.

Einen kurz davor auf der Straße gefundenen US-Dollar hatte sie für ihn bezahlt. Und auch heute noch erfreute es ihr Herz, wenn sie sah, welchen Wandel er seit jener Zeit durchgemacht hatte. Er war einfach großartig.

Aber war er auch talentiert genug, um innerhalb von kaum mehr als einem Monat zwei Großtaten zu vollbringen?

Beinahe alle Reiter, die Badminton absolvierten, gingen in Kentucky mit einem anderen Pferd an den Start. Meist hatten sie gar keine Wahl, da Kentucky in der Regel vor Badminton stattfand. Doch in jedem Fall waren die wenigsten Pferde den enormen körperlichen und psychischen Strapazen gewachsen, die es bedeutete, innerhalb eines Monats ein zweites derart anspruchsvolles Turnier zu bestreiten. Dazu kamen die Flugreise über den Atlantik und das feuchtheiße Klima von Kentucky. Aber Casey besaß kein zweites Pferd. Und selbst wenn Storm ein starkes und leistungsfähiges Pferd war, so besaß er doch keine überirdischen Kräfte.

Überhaupt schien er nicht so richtig auf dem Damm zu sein. Als sie auf ihn zuging, verhielt er sich sehr ungewöhnlich. Er drehte ihr den Rücken zu und trabte davon. Als sie aufzuholen versuchte, beschleunigte er zu einem leichten Galopp. So verfolgte Casey ihn mehrere Runden lang über das Feld und wurde dabei fast noch von einem Welsh-Pony getreten, bis sie es schließlich mit einer Packung Polo-Mints schaffte, ihn herbeizulocken. Als sie ihn durch das Gatter führte, schlurfte er mit angelegten Ohren vor sich hin und ließ den Schweif missmutig hängen.

Casey fühlte sich elend. Es war hoffnungslos. Sie konnten nur noch aufgeben. Die Freiheit ihres Vaters hing davon ab, ob den wirklichen Täter sein Gewissen plagen würde oder sie es nicht mehr aushielt und die Erpressung ans Licht brachte.

Eine Zeit lang hatte sie geglaubt, die Polizei würde ihre Arbeit ernst nehmen und den Fall sorgfältig untersuchen. Vielleicht nicht dieser fiese, schadenfrohe Grady, dafür aber sein Kollege Kriminalinspektor Lenny McLeod. So wie sich McLeod im Peach Tree Cottage verhalten hatte, ging Casey davon aus, dass ein guter Kern in ihm steckte. Wenn jemand ihren Vater retten konnte, dann war er es. Davon war sie überzeugt. Aber bei der Kautionsverhandlung war er ihr aus dem Weg gegangen. Und als sie später auf dem Parkplatz vor dem Gericht sah, wie er teilnahmslos in einen Burger biss, hatte sie ihr Vertrauen in ihn schlagartig verloren.

Mrs Smith hielt die anderen Pferde zurück, als Casey Storm durch das Gatter vom Feld führte. Ihr Gesichtsausdruck verhieß nichts Gutes.

«Stimmt was nicht?», fragte Casey stirnrunzelnd.

«Ich bin dahintergekommen.»

«Wo sind Sie dahintergekommen?»

«Dass sie jetzt hinter dir her sind.»

Casey nestelte am Zaumzeug herum. «Ich habe keine Ahnung, wovon Sie reden.»

«Die Bande, der Ganove oder wer auch immer deinen Vater gelinkt hat – sie sind jetzt hinter dir her. Deshalb hattest du solche Angst, dass ich den Brief sehen könnte. Das war kein Liebesbrief – weit gefehlt. Lass mich mal raten. Diese Leute haben irgendetwas, wahrscheinlich ein Beweisstück, ohne das dein Vater sein Leben lang hinter Gittern sitzen wird, es sei denn, du akzeptierst ihre Forderungen. Wenn du aber nicht mitspielst, werfen sie den Schlüssel zur Freiheit deines Vaters weg. So ist es doch? Sag schon!»

Im ersten Moment wollte Casey alles abstreiten. Doch ihre Erfahrung sagte ihr, dass dies nutzlos war. Wenn es um Geheimnisse ging, legte Angelica Smith fast seherische Fähigkeiten an den Tag. «Wie sind Sie dahintergekommen?»

«Es ist ganz einfach. Man hat deinem Vater diese Sache angehängt. Das steht fest. Also bleiben nur noch zwei Fragen: Warum und wer? Vielleicht wird er als Sündenbock benutzt, damit irgendein großer Fisch nicht an der Angel zappeln muss. Oder jemand will dir eins auswischen. Oder beides. Aber egal. In jedem Fall solltest du mir sagen, was man von dir verlangt. Wenn du erpresst wirst, können wir zusammen Widerstand leisten. Zu zweit ist man immer stärker.»

Im geschützten Raum von Storms Stall las Mrs Smith den Brief aufmerksam durch.

«Vielleicht ist es Big Red», sagte Casey, die den Brief über die Schulter ihrer Trainerin mitlas. «Ich habe nach der Kautionsverhandlung mit ihm gesprochen. Und bevor Sie mir jetzt Vorwürfe machen, gebe ich gleich zu, dass das ein Fehler war. Er ist ziemlich wütend geworden auf mich, wie Sie sich vorstellen können. Und hat natürlich gesagt, er habe gar nichts mit dem Raubüberfall zu tun gehabt. Nicht, dass das irgendetwas zu bedeuten hätte. Der Mann lügt doch, dass sich die Balken biegen. Vielleicht ist das seine Art, mir eins auszuwischen.»

Mrs Smith spitzte den Mund. «Das kann ich mir nicht vorstellen. Rick Crawley ist viel zu dumm, um sich so was auszudenken. Schau dir den Brief mal genau an. Achte nicht auf die schluderige Darstellung. Wenn du mich fragst, ist das bloß, um dich irrezuführen. Was mich stutzig macht, ist das hochwertige Schreibpapier. Das ist keine billige Supermarktware. Auch die Grammatik, die korrekte Interpunktion und die Wortwahl lassen nicht gerade auf einen ungebildeten Knacki schließen. Nein, wir haben es hier mit jemandem zu tun, der viel gerissener ist als dieser Hanswurst. Es handelt sich um einen dreisten Erpressungsversuch, hinter dem ich eher einen oder mehrere Menschen vermute, die aus einer Machtposition heraus handeln. Es wäre ein Riesenfehler, sie zu unterschätzen.»

Ein Schauer durchlief Casey, als sie an das verzerrte und hasserfüllte Gesicht ihres Angreifers dachte. Vielleicht hatte das eine ja mit dem anderen zu tun. In knappen Worten schilderte sie Mrs Smith, wie der Mann in Schwarz in White Oaks auf den Parcours gesprungen war und dass sie ihn später noch einmal auf dem Parkplatz des Krankenhauses gesehen hatte.

Stirnrunzelnd sagte Mrs Smith: «Es ist unwahrscheinlich, dass ein Erpresser, der eigentlich anonym bleiben will, einen Mann mit einem so unverwechselbaren Gesicht für sich arbeiten ließe. Aber vielleicht war er ja maskiert. Und wenn die beiden Dinge miteinander zu tun haben – und davon gehe ich aus –, wollte er dich bloß einschüchtern, damit du eher auf die erpresserischen Forderungen eingehst. Ich denke nicht, dass du ihn je wiedersehen wirst.»

«Aber es ist *unmöglich*, die Forderungen der Erpresser zu erfüllen», klagte Casey. «Ich habe versucht, die ganze Sache positiv anzugehen, aber Storm und ich haben nicht die geringste Chance, in Kentucky zu gewinnen. Wir schaffen ja kaum noch einen harmlosen Trainingssprung in White Oaks. Klar, wir haben in Badminton gewonnen, aber Sie wissen genauso gut wie ich, dass wir da auch eine große Portion Glück hatten. Wenn die Erpresser uns nur die Möglichkeit geben würden, mit ihnen in Kontakt zu treten, könnten wir ihnen das erklären. Aber die scheinen von Pferden nun wirklich keine Ahnung zu haben.»

«*Unmöglich* gibt es nicht», sagte Mrs Smith seelenruhig. «Für mich existiert dieses Wort nicht. Und du hast in Badminton deshalb gewonnen, weil du talentiert bist und fleißig trainiert hast. Glück hattest du noch dazu.»

«Das ändert nichts an der Ausgangslage. Andrew Nicholson gehört zu den besten Vielseitigkeitsreitern der Geschichte und dennoch hat er in mehr als drei Jahrzehnten kein einziges Mal in Badminton gewonnen. Womit bewiesen wäre, dass nicht einmal den Allerbesten bei den ganz großen Turnieren der Sieg sicher ist. Und was ist, wenn Storm sich verletzt oder die Dressur oder das Springen verhaut? Eigentlich können wir gleich das Handtuch werfen.»

«Könntest du das mit deinem Gewissen vereinbaren?»

Casey war den Tränen nahe. «Nein, das kann ich nicht. Ich weiß aber auch nicht, wie ich die Forderungen der Erpresser erfüllen soll. Ich bin doch noch ein Teenager. Ich bin seit weniger als drei Jahren Vielseitigkeitsreiterin. Ich kann nicht auf Befehl gewinnen.»

«Ich bin einverstanden, die Aufgabe ist nicht einfach. Ab morgen bleiben uns einundzwanzig Tage bis zum *Kentucky Three Day Event*. Um dort zu siegen, brauchen wir eine radikal neue Strategie und eine ganz schöne Portion Glück.»

Plötzlich bemerkte Casey, dass Storm sie mit bangem Blick beobachtete. Sie streckte ihm ein Polo-Mint hin. Zu ihrer Bestürzung zog er sich jedoch in die Ecke seiner Box zurück – etwas, das er seit den ersten Tagen nach seiner Rettung nie mehr getan hatte. Casey betrat die Box und legte ihm eine Hand auf den Hals. Storm bebte unter ihrer Berührung. Fast hätte sie die Hand zurückgezogen. Sie konnte es nicht fassen, dass er so ängstlich auf sie reagierte. Ihr lautes Gespräch konnte ihn doch nicht derart aufgeschreckt haben, dass er jetzt vor Angst regelrecht schlotterte? Schon der Gedanke daran machte sie halb krank vor Sorge. Sie verdrängte ihn schnell und sagte dann etwas ruhiger: «Wir bräuchten eine ganze LKW-Ladung voll Glück, nicht nur eine ganz schöne Portion. Und was für eine radikal neue Strategie soll das sein? Wie sollen wir das bloß anpacken?»

Mrs Smith stand gegen die Tür gelehnt und ließ ihren Blick über die Felder schweifen. Zu dieser Jahreszeit waren sie mit bunten Blumen gesprenkelt. Da und dort standen Lämmer auf wackeligen Beinen. «Casey, wie weit bist du bereit zu gehen, um deinen Vater zu retten – und das ohne jede Garantie auf Erfolg? Erpresser sind in der Regel keine Vertrauenspersonen.»

«Bis an das Ende dieser Welt, wenn es sein muss.»

«Gut, aber was heißt das in Wirklichkeit? Wie viel bist du bereit zu geben? Körperlich, geistig, gefühlsmäßig? Wie viel bist zu bereit, für ihn zu *opfern?*»

«Alles», sagte Casey. «Absolut alles.»

«Dann dürfen wir keine Zeit mehr verlieren. In einundzwanzig Tagen wirst du nicht nur um deinen Ruhm und deine Ehre reiten, sondern auch um die Freiheit deines Vaters. Um sein Leben. Wenn du dabei erfolgreich sein willst, zählt jede Sekunde. Also ...»

«Also was?»

«Worauf wartest du noch?»

6

«Und was, bitte, hat das mit Reiten zu tun?»

Sie befanden sich in einer schäbigen Nebenstraße von East London vor dem Peacock Gym, einem Fitnessklub, der in einem braunen Backsteingebäude untergebracht war. Unter einem hellblauen Textilvordach stand die Statue eines Boxers, der gerade zu einem Schlag ansetzte. Ab und zu warfen die auf einer nahe gelegenen Brücke einer Stadtautobahn vorbeischießenden Fahrzeuge ihre Schatten auf die sonnenüberfluteten Wände des Gebäudes.

«Nichts», erwiderte Mrs Smith, «und doch entscheidend viel. Wir sind hierher gekommen, damit du jemanden kennenlernst.»

Unmittelbar hinter dem Eingang befand sich ein Café, in dem zwei Männer vor einer mit Boxerfotos und Autogrammkarten übersäten Wand eine Partie Schach spielten. Und etwas weiter hinten war der Fitnessklub, in dem es nach Schweiß und Seife roch. Der Mann hinter der Empfangstheke nickte Mrs Smith mit einem vertrauten Blick zu, als sei es die normalste Sache der Welt, dass sich gepflegte Mittsechzigerinnen in bunten indischen Gewändern unter Gewichtsheber und Boxer mischten.

Mitten im Klub erhob sich zwischen Laufbändern und

Punchingbällen ein Boxring. Casey starrte gebannt auf den darin herumtänzelnden Boxer. Seine von der Anstrengung rot gefärbte Haut war von einem samtenen Schweißfilm überzogen. Jedes Mal, wenn die Handschuhe des Boxers gegen den Polsterschutz seines Trainers knallten, zuckte Casey zusammen.

Gegen eine Säule gelehnt nippte sie an einem Erdbeer-Milchshake und dachte an Storm. Sie konnte an nichts anderes denken. Während der Nacht hatte sie sich eingeredet, sein seltsames Verhalten am Vortag sei eine einmalige Entgleisung gewesen. Er hatte einfach schlechte Laune gehabt. Doch heute Morgen war alles nur noch schlimmer geworden. Normalerweise ließ er sich mit großem Genuss striegeln. Doch heute war er rastlos und zappelig gewesen und hatte ihr das Weiße in seinen Augen gezeigt.

Casey hatte Mrs Smith nichts davon erzählt. Insgeheim befürchtete sie, Storms Verhalten könnte etwas mit ihr zu tun haben. Und es wäre ihr peinlich gewesen, mit ihrer Trainerin darüber zu sprechen. Wenn sie sein Vertrauen bei dem abenteuerlichen Ritt über den Geländeparcours verspielt hatte, so lag es an ihr, dieses Vertrauen wieder zurückzugewinnen.

Deshalb ärgerte es sie auch, hier zu sein. Mrs Smith hatte ihr dermaßen von diesem Trainingszentrum vorgeschwärmt, dass Casey sich einen Klub mit blitzblanken Fitnessgeräten, hypermodernen Konditionsmaschinen und Sauerstoffzelten vorgestellt hatte. Doch jetzt stand sie inmitten schwitzender Boxer und Wände, die mit spartanischen Trainingsplänen vollgekleistert waren. Dabei hätte sie in White Oaks sein können, dort hätte sie die Probleme mit Storm zurechtgebügelt und mit ihm wieder in den normalen Trainingsrhythmus gefunden.

Ein Schild an der Wand erregte ihre Aufmerksamkeit. SCHWIERIGES WIRD SOFORT ERLEDIGT. UNMÖGLICHES IN EIN PAAR STUNDEN. WUNDER DAUERN ETWAS LÄNGER. Ein Wunder. Genau das brauchte Casey.

Der Raum wurde mit lauter Popmusik geflutet, in die sich die dumpfen Schläge der gegen die Sandsäcke prallenden Handschuhe und das Klirren der Gewichtsscheiben mischten. Der Sparringskampf war zu Ende. Der Trainer, ein untersetzter, kräftiger Mann mit Rastalocken, die unter einer verkehrt herum aufgesetzten roten Baseballmütze hervorquollen, gab dem Boxer ein Handtuch und eine Wasserflasche, schwang sich unter den Seilen hindurch aus dem Ring und umarmte Mrs Smith.

«Es ist mir wie immer ein Vergnügen, Angelica.»

«Ganz meinerseits, Darling. Ethan, das ist die junge Dame, von der ich gesprochen habe: Casey Blue. Casey, das ist Ethan Gage, der beste Fitnesstrainer auf diesem Planeten.»

Casey blickte in die hellbraunen Augen eines Gesichts, das genauso gut einem fünfundzwanzig wie einem fünfundvierzig Jahre alten Mann hätte gehören können. Sie unterdrückte ein Wimmern, als sich der Schraubstock seiner Hand um die ihre schloss. Das ärgerte sie nur noch mehr. Am liebsten hätte sie ihn angeschnauzt: «Mit einer zermalmten Hand werde ich in Kentucky kaum gewinnen.» Stattdessen sagte sie gemäßigt unfreundlich: *«Der beste Fitnesstrainer auf diesem Planeten?* Das ist ja eine ganz schön gewagte Behauptung.»

Lächelnd gab er zurück: «Stimmt, aber sie kommt ja nicht von mir, Miss Blue.»

«Nennen Sie mich einfach Casey. Verstehen Sie was vom Pferdesport, Mr Gage?»

«Keinen Schimmer. Und nenn mich einfach Ethan.»

Casey drehte sich zu Mrs Smith um. «Was soll das? Wir verschwenden hier nur unsere Zeit. Wir sollten in White Oaks sein und mit Storm arbeiten. Es tut mir leid, Ethan, aber wenn Sie uns jetzt bitte entschuldigen wollen ...»

«Kein Problem», sagte er völlig entspannt. «Auf ein anderes Mal vielleicht.»

«Ethan, Stopp!»

Mrs Smith lief ihm hinterher. Casey sah, wie sie auf ihn einredete. Er hielt seine muskulösen Arme über der Brust verschränkt. Sie fragte sich, was Mrs Smith ihm wohl sagen mochte, wie viel sie ihm verriet. Mrs Smith hatte ihr erklärt, wenn es jemand gäbe, dem sie ihr Geheimnis anvertrauen könnte, so sei dies Ethan. Aber das war vorher, als sie geglaubt hatten, er könnte ihr vielleicht helfen. Und jetzt setzte Mrs Smith die Freiheit ihres Vaters aufs Spiel, indem sie irgendeinem Wildfremden seine Geschichte ausplauderte – für nichts und wieder nichts. In Casey kochte eine Wut hoch. Und wenn Ethan der beste Fitnesstrainer des Planeten war? Wen kümmerte es? Wenn er keine Ahnung vom Reiten hatte, war er völlig nutzlos für sie.

Sie blickte auf die Uhr. Es war kurz nach halb sieben. Je früher sie den Zug nach Hause erwischten, desto eher konnten sie ihre Planung in Angriff nehmen.

Der Trainer kam mit Mrs Smith zurück. Er musterte sie kühl und sagte: «Hast du es so eilig, weil du auf dem Sprung nach Kentucky bist?»

Casey nippte ruhig an ihrem Milchshake. «Ich habe es eilig, weil ich auf dem Sprung nach Hause bin, um mich auf Kentucky vorzubereiten. Genau.»

«Du willst also gewinnen?»

«Ich versuch's mal.»

Spöttisch antwortete er: «Dann bin ich nicht der richtige Trainer für dich.»

«Habe ich gesagt, dass Sie mich trainieren sollen», feuerte Casey zurück. Nach kurzem Überlegen fragte sie dann aber doch nach: «Und warum nicht? Warum sind Sie nicht der richtige Trainer für mich?»

«Weil jemand, der sagt ‹Ich versuch's mal›, schon halb aufgesteckt hat. Weil dir noch einundzwanzig Tage bleiben, um dich auf eine der härtesten Sportprüfungen der Welt vorzubereiten, und du die Sache überhaupt nicht ernst nimmst.»

Im Ring bearbeitete ein Thai in Camouflage-Shorts seinen Sparringspartner mit Kickboxing-Schlägen. *Bumm, päng, bumm, päng!*

«Und ob ich's ernst nehme», gab Casey wütend zurück. «Vielleicht hat Ihnen Mrs Smith nicht gesagt, dass mein Vater vermutlich den Rest seines Lebens im Gefängnis verbringen wird, wenn ich es nicht schaffe.»

Blitzschnell fuhr Ethan seine Hand aus und schnappte sich ihren Milchshake. «Dann sag mir mal, warum du das hier trinkst? Mit der Ernährung stärkst oder schwächst du deine Kniesehnen, die beim Reiten enorm wichtig sind, und Zucker ist Gift für deinen Energiehaushalt und hindert deinen Körper daran, Protein zu absorbieren. Und jedes Kind weiß: Ohne Protein keine Muskeln.»

Er warf die Flasche in einen Mülleimer, über dem ein Schild hing:

REGEL NR. 1:
DER TRAINER HAT IMMER RECHT.

REGEL NR. 2:
SOLLTE DER TRAINER EINMAL NICHT RECHT HABEN,
TRITT SOFORT REGEL NR. 1 IN KRAFT.

Casey kochte vor Wut. «Hey, was soll das? Das hat mir geschmeckt.»

«Darf ich dich etwas fragen, Casey? Welche körperlichen Eigenschaften braucht ein guter Vielseitigkeitsreiter?»

Casey war sehr stolz darauf, wie sie sich auf Badminton vorbereitet hatte. Sie richtete sich auf. «Starke Arme und Beine, eine gute Bauch- und Rumpfmuskulatur und Balance. Die Balance ist entscheidend.»

«Schön. Und du meinst, das hast du?» Ethan lächelte.

«Vor vier Tagen habe ich die *Badminton Horse Trials* gewonnen, eine der härtesten Dreitagesprüfungen im internationalen Vielseitigkeitssport. Ja doch, ich denke, ich bin ganz fit.»

Oberflächlich betrachtet, stupste Ethan Casey nur leicht mit einem Zeigefinger gegen das Zwerchfell. Dies genügte, um sie von den Beinen zu holen, sodass sie nach hinten fiel und flach auf dem Rücken landete, wo sie nach Luft schnappend liegen blieb. Es dauerte eine Weile, bis sie wieder zu Atem kam und sich hochrappeln konnte.

Ethan machte keine Anstalten, ihr auf die Füße zu helfen, sondern sagte nur: «Sorry, das war nicht meine Absicht. Aber jetzt wissen wir wenigstens, dass du weder über Bein- noch Bauchmuskeln verfügst.»

«Das ist so was von unfair. Darauf war ich nicht gefasst!»

«Ach so? Wie ist es denn, wenn du mit deinem Pferd über den Geländeparcours heizt, bist du da immer auf alles gefasst?»

«Das ist aber was anderes!»

«Und wie steht es mit deiner Balance? Ist die etwas besser?»

Casey sah ihn mit starrem Blick an. «Das Vielseitigkeitsreiten besteht aus drei Disziplinen: Dressur, Springen und Geländeritt. Da braucht man überall eine wirklich gute Balance. Ja, ich denke, meine Balance ist nicht schlecht.» Sie blickte sich nach einem Gerät um, mit dem sie ihr Gleichgewicht demonstrieren konnte. Sie wollte ihm zeigen, dass er unrecht hatte.

Er rollte ihr einen Gymnastikball zu. «Gut, dann spring mal da drauf!»

«Was soll ich tun?»

«Stell dich auf den Ball.»

«Das ist ein Gymnastikball! Wenn ich das versuche, fliege ich voll auf die Nase.»

«Ach was, das ist doch ein Kinderspiel», beharrte Ethan. «Wenn deine Balance so gut ist, wie du vorgibst, schaffst du das mit links. Ich mach's dir vor.»

Scheinbar mühelos hüpfte er auf den silbernen Ball, wo er – die Füße hüftbreit voneinander entfernt – vorerst ruhig stehen blieb. Dann schlug er wie ein Schattenboxer auf einen imaginären Gegner ein. Gleichzeitig kauerte er sich immer wieder nieder, um sich gleich wieder aufzurichten – das alles mit einer Leichtigkeit, als stünde er auf festem Boden. Dann schnellte er hoch und machte einen Rückwärtssalto, um leicht wie eine Katze mit den Füßen wieder auf dem Ball zu landen. Während der ganzen Akrobatikübung hatte sich der Ball praktisch nicht vom Fleck bewegt. Grinsend sprang er vom Ball. «So, jetzt bist du dran.»

«Ich habe nur gesagt, meine Balance sei nicht schlecht. Ich habe nicht behauptet, eine Zirkusartistin zu sein.»

«Okay, dann stell dich auf den Ball.»

Widerwillig folgte Casey seiner Aufforderung. Doch ihr Versuch scheiterte wenig überraschend. Der Ball rollte in einer Richtung davon, während sie wie ein Deltasegler in der anderen Richtung davonflog und damit im ganzen Klub große Heiterkeit auslöste. Vor allem die Bodybuilder kriegten sich kaum mehr ein. Puterrot vor Scham rappelte sie sich auf.

«Du bist vielleicht eine talentierte Reiterin, aber du verfügst ganz offensichtlich nicht über die körperlichen Eigenschaften, die du für dein Projekt brauchst», sagte Ethan nüchtern. «Ja, und wie bist du mental drauf? Was braucht ein Reiter im mentalen Bereich?»

Casey wurde mit jeder Minute niedergeschlagener. Und Mrs Smith gab ihr keinerlei Schützenhilfe. «Konzentrationsfähigkeit, Mut, Engagement? Er muss mit dem Pferd eins sein. Aber lassen wir das. Sie haben recht. Das ist ein hoffnungsloser Fall. *Ich* bin ein hoffnungsloser Fall. Mein Sieg in Badminton fühlt sich an, als habe ihn eine andere Person in einer anderen Zeit errungen.»

Sie ließ sich mutlos in der Ecke des Boxrings nieder und fügte düster hinzu: «Ich weiß nicht, was ich hier verloren habe. Hat Ihnen Mrs Smith gesagt, dass man versucht, mich zu erpressen?»

«Ich weiß, sie hat mir alles erzählt.»

Casey ließ sich in die Seile fallen. «Dann wissen Sie auch, dass ich die Forderung der Erpresser nicht erfüllen kann. Das heißt, dass mein Vater den Rest seines Lebens im Gefängnis verbringt und ich schuld daran bin. Wenn ich nicht so auf meinen Traum versessen gewesen wäre, wäre das alles nicht passiert. Wenn ich in Badminton nicht gewonnen hätte, wäre ich niemals ins Visier von Erpressern geraten. Es ist ein Albtraum, und ich weiß nicht, wie ich da rauskomme. Niemand kann den Ausgang einer Sportveranstaltung garantieren.»

«Das ist richtig», sagte Ethan. «Aber versuch das mal anders zu sehen. Als du von einem Sieg in Badminton geträumt hast, warst du voller Begeisterung und Motivation. So wie sich die Lage jetzt präsentiert, *musst* du gewinnen. Deshalb hast du jetzt die Wahl: Du kannst sagen, alles ist *hoffnungslos* und *unmöglich* oder aber du nimmst die Herausforderung in Kentucky an, so wie das ein Boxer im Ring tun würde. Wenn Kopf und Kondition stimmen, holst du dir den Pott, selbst wenn sich alles gegen dich verschwört.»

Er schnappte sich den Gymnastikball und warf ihn ohne Vorwarnung Casey zu. Casey reagierte blitzschnell und fing ihn auf.

Ethan lächelte. «Schnelle Muskelfasern. Interessant. Das heißt, deine Reaktion ist ultraschnell. Gut. Das ist schon mal sehr gut. Wer langsam trainiert, bleibt langsam. Wer schnell trainiert, wird schnell. Das ist mein Motto. Was uns jetzt fehlt, ist etwas Meditation, damit du in Stresssituationen die Nerven nicht verlierst. Die Sache mit der Fitness und der Balance kriegen wir schon noch in den Griff.»

Ethan hatte denselben Röntgenblick wie Mrs Smith. Es entging ihm nichts. Aber Casey war doch überrascht, als er nach seinem anfänglich vernichtenden Urteil über ihre körperliche Verfassung plötzlich sagte: «Mut hast du ja. Sonst hättest du dich nicht für diesen Sport entschieden.»

«Heißt das, dass Sie bereit sind, mich zu trainieren?» Zu ihrer eigenen Überraschung schien sich Casey plötzlich nichts sehnlicher zu wünschen als das.

«Ja, ich nehme die Herausforderung an. Ich würde es nicht aushalten, wenn dieser Kotzbrocken von einem Erpresser nicht an die Kasse käme. Aber ich habe eine Bedingung: Ich akzeptiere keine Ausreden. Du tust, was ich dir sage, immer mit dem Ziel, nur die allerbeste Leistung zu erbringen, selbst wenn dein Körper unter Schmerzen ächzt. Einverstanden?»

«Einverstanden.»

«Wann möchtest du loslegen?»

«Jetzt. Sofort.»

«Bist du sicher? Wollen wir nicht bis morgen warten?»

Casey lachte. Sie war nicht in die Falle getappt. «Nein, morgen ist es zu spät. Die Uhr tickt. Ich will jetzt loslegen, und keine Minute länger warten. Und ich werde nicht aufhören, bevor ich mein Letztes gegeben habe.»

7

«Ich fühle mich, als wenn ein störrischer Esel mich getreten hätte», stöhnte Casey, als sie sich am nächsten Morgen über den Hof quälte.

«Daran solltest du dich gewöhnen. Das war erst der Anfang», bemerkte Mrs Smith ohne jegliche Anteilnahme.

Casey öffnete die Tür einer leeren Stallbox und ließ sich auf die frisch eingestreuten Holzspäne fallen, Arme und Beine ausgestreckt wie ein Seestern. «Super. Ich kann von Glück sagen, wenn ich in Kentucky noch auf allen vieren zum Start kriechen kann. Ich habe es heute Morgen kaum geschafft, die Kaffeetasse vom Frühstückstisch zu heben. Wie soll ich nur Storm führen, wenn ich so geschwächt bin? Er wird immer stärker. Über kurz oder lang werde ich die Kontrolle über ihn verlieren.»

«Oh, darüber musst du dir keine Gedanken machen. Ab heute trainieren wir ohne Zaumzeug. ‹Zügelloses Reiten› nennt man das auch.»

«Zügelloses Reiten? Ha, ha. Soll das ein Witz sein?» Doch Casey sprach ins Leere, denn Mrs Smith war schon unterwegs zum Büro.

Unter Schmerzen stand Casey auf und hinkte über den Hof, wobei sie eher aussah wie der Glöckner von Notre Dame als wie eine junge Sportlerin. Mrs Smith stand beim Spülbecken und war gerade dabei, in einem Mixer, den sie sich von Ethan ausgeliehen hatte, eine cremig-grüne Flüssigkeit zuzubereiten. Sie goss den schäumenden Trank in einen großen Becher und reichte ihn Casey.

«Ab heute ist das dein Frühstück. Ethan will das so. Schluss mit Coco Pops, weißem Toastbrot mit Marmelade oder was du sonst noch morgens in dich hineinfutterst.»

Casey nippte an dem Getränk. Es schmeckte besser, als es aussah.

«Naturjoghurt, Honig, Leinsamen, Spirulina – das ist eine Art Power-Food auf Algenbasis – und rohe Eier.

«Igitt», stieß Casey hervor und spuckte den Trank in die Spüle aus. Sie wischte sich den Mund ab. «Rohe Eier? Das kommt gar nicht infrage.» Sie stellte den Becher auf den Tisch.

Mrs Smith drückte ihn ihr gleich wieder in die Hand. «Hast du mir nicht gestern gesagt, du würdest bis an das Ende der Welt gehen, um deinem Vater zu helfen?»

«Natürlich habe ich das gesagt. Aber da war von rohen Eiern noch keine Rede.» Casey hielt sich die Nase zu. «Gut, runter damit. Aber ich will schon sehr hoffen, dass dieses Gebräu auch wirkt.»

Nachdem sie den Becher leergetrunken hatte und nichts Schreckliches passiert war, erklärte sie: «Eines aber ist klar. Eher fresse ich einen Besen, als dass ich Storm ohne Zügel reite. So wie er momentan drauf ist, wird er durchgehen und auf Nimmerwiedersehen verschwinden.»

Mrs Smith saß auf einem wackeligen Stuhl am Tisch. Sie zog Moragș verstaubten alten Laptop zu sich heran. «Komm setz dich zu mir. Ich möchte dir etwas zeigen.»

Sie googelte *David O'Connor* und *Vielseitigkeitsreiter* und klickte dann auf ein YouTube-Video mit O'Connor auf einem schimmernden Braunen vor brechend vollen Zuschauerrängen in einer Sporthalle. Mit einem Halsring allein zeigte er mit dem Pferd einen leichten Galopp, wechselte die Gangart und brachte es zum Stehen, bevor er es mehrere Hindernisse überspringen ließ. Der Braune wirkte während der gesamten Demonstration äußerst entspannt und zufrieden. Zu keinem Zeitpunkt erweckte er auch nur den Eindruck, durchgehen zu wollen oder sich von seiner Umgebung aus dem Konzept bringen zu lassen. Pferd und Reiter waren wie durch Gedankenübertragung miteinander verbunden. Sogar der Halsring schien überflüssig zu sein.

«Wow!», sagte Casey, als das Video vom Bildschirm verschwand. «Kaum zu glauben. Wenn ich das nur auch könnte! Aber dafür muss man Jahre arbeiten, außer vielleicht wenn man vorher schon mal eine Goldmedaille bei den Olympischen Spielen geholt hat.»

«Stimmt, er hat in Sydney die Goldmedaille gewonnen», sagte Mrs Smith. «Aber ihr beide habt etwas gemeinsam. Er stand auch einmal auf dem Siegerpodest in Badminton – 1996 war das. Und er hat das *Kentucky Three Day Event* drei Mal für sich entschieden. Wenn er ohne Zügel reiten kann, dann sehe ich nicht ein, warum du es nicht auch schaffen solltest.

Erinnerst du dich, wie es dich wütend gemacht hat, wenn Reiter an der *Hopeless Lane* an den Zügeln gezerrt haben, als gehe es darum, das Lenkrad eines LKWs herumzureißen, statt Schenkel, Sitz und Stimme einzusetzen? Jetzt machst du genau dasselbe. Je mehr du die Zügel benutzt, desto weniger wird Storm mitdenken.»

Casey schoss verärgert auf. «Ich habe doch eben gesagt, dass ich das irgendwann auch gerne könnte, aber im Moment habe ich nicht einmal Zeit, daran zu denken. Sie betonen auch immer wieder, dass uns nur noch einundzwanzig Tage bleiben, um Storm auf Kentucky vorzubereiten. Wir brauchen jetzt eher ein Martingal oder ein schärferes Gebiss. Mir gefällt das auch nicht, aber vielleicht ist dies die einzige Möglichkeit, ihn im Griff zu behalten, wenn er unter Druck ist.»

Mrs Smith ging hinter Casey die Treppe hinunter. «Du musst es wissen, aber …»

«Was aber?», fragte Casey geistesabwesend und blickte sich um. Zu dieser Morgenstunde war im Hof viel los. Die Reitschüler kamen zum Gruppenunterricht mit Morag oder zu Privatstunden bei Marco und Jessica, den jungen Reitlehrern.

Casey spürte die bohrenden Blicke der Besucher im Nacken. Einige bewunderten sie bestimmt. Da und dort hörte sie gar einen kurzen Glückwunsch. Doch die meisten Reitschüler stießen sich an und tuschelten. Sie stellte sich vor, worüber sie wohl sprachen: *Casey … sie tut mir echt leid. Ja, weißt du es noch nicht? Ihr Vater, der schon mal im Gefängnis war, ist wieder verhaftet worden. Diesmal wegen Totschlag. Echt, Totschlag. Wie peinlich ist das denn?*

«Ich habe mich nur gefragt, ob du zur Abwechslung vielleicht auch mal einen Ratschlag von mir annehmen wirst», sagte Mrs Smith.

Casey runzelte die Stirn, als sie sah, dass Storm nicht in seinem Stall war. «Klar. Äh … wo ist Storm?»

«Oh, habe ich dir das nicht gesagt? Ich habe ihn vor zwei Stunden aufs Feld gelassen.»

Casey hatte sich ein bisschen schuldig gefühlt, weil sie Storms Frühstück verschlafen hatte. Doch jetzt wurde sie wütend. «Warum haben Sie das getan? Wir haben jede Menge Arbeit vor uns. Sie haben doch gewusst, dass ich heute reiten will. Und erinnern Sie sich, dass wir es gestern kaum geschafft haben, ihn wieder einzufangen.»

«Natürlich erinnere ich mich. Genau darum geht es ja. Deshalb habe ich ihn aufs Feld gelassen – ohne Zaumzeug. Wir machen jetzt ein bisschen *Freiheitstraining* mit ihm. Vielleicht hast du schon vom Sport *Agility* gehört, bei dem Hunde einen Hindernisparcours bewältigen müssen. Agility gibt es auch für Pferde. Dabei laufen die Pferde frei neben einem Führer und überwinden die Hindernisse aus eigenem Antrieb. Freiheitstraining fördert das Vertrauen und legt damit das Fundament für den Erfolg im Pferdesport.»

«Das klingt ja spannend, aber was hat das mit mir zu tun?» Casey ging am Stall vorbei und nahm den morastigen Weg zu den grünen, satten Feldern von White Oaks. Jetzt konnte sie Storm sehen. Verärgert stellte sie fest, dass er auf dem hintersten, am weitesten vom Stall entfernten Feld war. «Wenn es Ihnen nichts ausmacht, würde ich den Geländeparcours in Kentucky lieber im Sattel absolvieren als zu Fuß im Schritt neben Storm.»

Sie schnappte sich ein Halfter, das an einem Zaunpfahl hing.

«Eine ganze Menge hat das mit dir zu tun, Casey Blue.»

Irgendetwas am Tonfall von Mrs Smith ließ Casey aufhorchen. Sie beobachtete, wie ihre Trainerin sich auf der obersten Querstange des Zauns postierte. «Und was wäre das?»

«Casey, hast du dir schon einmal überlegt, warum sich Storm nicht einfangen lassen will?»

Casey zuckte nur teilnahmslos mit den Schultern. «Weil er in Superform und vielleicht etwas überdreht ist, weil er Gas geben möchte. Vielleicht hat er sich auch ein paar Marotten angewöhnt und ist jetzt einfach ein bisschen rebellisch und frech.»

«Frech? Ich habe noch kein Pferd gesehen, das gezogen hat oder durchgegangen ist, nur weil es *frech* war. Sie tun dies nur, weil Menschen sie unter Druck setzen, ihnen zu viel abverlangen oder die wichtigste Reitregel nicht beherzigen: *Nimm deine eigenen Probleme nicht auf die Koppel mit*. Pferde spüren die kleinste Stimmungsschwankung, die geringfügigste Veränderung in der Körpersprache. Und dann laufen sie davon, weil sie uns entkommen möchten.»

Casey klaubte ein paar Polo-Mints aus der Tasche und stieß das Gatter auf. «Also, ich weiß, dass es ein Fehler war, neulich voller Wut mit Storm auszureiten. Ich habe Ihnen bereits gesagt, dass ich es bereue und dass es nicht wieder geschehen wird. Aber ich liebe Storm, und Storm liebt mich. Ich bin immer gut gewesen zu ihm. Er hat keinen Grund, vor mir davonzulaufen.»

Mrs Smith streckte die Hand aus, um Casey die Pfefferminzbonbons und das Halfter abzunehmen. «Wunderbar. Dann brauchst du die auch nicht. Wenn du und Storm wirklich so eins seid, wie du behauptest, dann wird es dir nicht schwerfallen, ihn herzuholen.»

«Okay!» Casey knallte das Gatter zu und stapfte über das Feld.

«Casey?»

Sie drehte sich widerwillig um. «Was?»

«Wir dürfen nie vergessen, dass uns Pferde einen Spiegel vorhalten. Wenn wir uns falsch verhalten, kommt das auch in ihrem Verhalten zum Ausdruck. Bevor du es jetzt mit Storm versuchst, rate ich dir, dich erst mal ruhig neben ihn hinzustellen. Wenn er davonläuft, ist es wegen dir.»

Casey trat missmutig gegen die Löwenzahnblüten auf ihrem Weg. Wäre sie ein Pferd gewesen, hätte sie versucht, ihrer Trainerin davonzugaloppieren. Was war bloß los mit Mrs Smith? Hatte Casey nicht schon genug Stress? Musste sie jetzt Mrs Smith noch beweisen, dass die Bande zwischen Storm und ihr intakt waren? Sie hatte ihn vor dem sicheren Tod gerettet. Zusammen hatten sie die *Badminton Horse Trials* gewonnen. Es war völlig lächerlich zu behaupten, sie habe ihn so unglücklich gemacht, dass er vor ihr davonlaufen wollte.

Doch mit jedem Schritt schwand ihr Selbstvertrauen. Gerne wäre sie ruhig geblieben, doch ihre Gedanken ließen es nicht zu. Stattdessen drehte sich in ihrem Kopf ein Kaleidoskop von Bildern, die sie verunsicherten: der verzweifelte Blick ihres Vaters, als er in Handschellen aus dem Gerichtssaal geführt wurde; Peter, der sich verabschiedete, ohne ihr in die Augen zu blicken; die Fratze der schwarzen Gestalt, die sich Storm in den Weg stellte.

Ihr Blick fiel auf den Waldrand im Westen von White Oaks. Die stille Erhabenheit der nahe gelegenen Wälder hatte ihr in White Oaks schon immer sehr gut gefallen. Doch seit sie den Brief erhalten hatte, kam ihr der dunkle Wald nur noch unheimlich vor. Verbarg sich etwa ihr Erpresser in den dunklen Bäumen? Beobachtete er sie jetzt gerade?

Weil sie wusste, dass sie Mrs Smiths Blick aus der Ferne verfolgte, setzte sie ein Lächeln auf und begann ruhig vor sich hin zu reden, während sie sich Storm näherte. Normalerweise kam er dann mit aufgestellten Ohren auf sie zu. Doch heute blieb er beharrlich stehen, und seine silbernen Ohren bewegten sich wie kleine Antennen vor- und rückwärts.

Zu ihrer großen Erleichterung ließ er sie ganz an sich herankommen. Jetzt blieb sie ruhig stehen, so wie ihr Mrs Smith geraten hatte. «Alter Junge, zwischen uns beiden ist doch alles in Ordnung?», sagte sie und ließ ihre Hand über seinen

Nacken gleiten. «Du und ich, wir verstehen uns doch prima, nicht wahr? Wir mögen uns doch gerne.»

Storm rührte sich. Caseys Herz zog sich zusammen. Er bewegte sich weg von ihr.

Wir dürfen nie vergessen, dass uns Pferde einen Spiegel vorhalten.

Verzweifelt versuchte sie, ihn mit der Hand an der Mähne festzuhalten. Doch jetzt machte er einen Ruck und stürmte voller Panik davon. Noch bevor sie etwas sagen oder tun konnte, um den Schaden zu begrenzen, jagte er wild buckelnd über das Feld. Auch wenn es ihr unerträgliche Schmerzen bereitete, musste sie sich eingestehen: *Storm lief vor ihr davon.*

8

Als Peter am Freitag zurückkehrte, ging es mit den Demütigungen weiter.

Casey war schon um 5 Uhr aufgestanden, um mit Ethan zu arbeiten, der sich bereit erklärt hatte, während der Trainingsphase vier Tage in der Woche in White Oaks zu verbringen. Es ging los mit einem «kleinen Morgenauftakt», das war Ethans verharmlosender Ausdruck für eine wilde Waldfahrt auf dem Mountain-Bike – über Stock und Stein, vor allem aber durch tiefen Morast –, gekrönt von einem Dutzend Fahrtspielen zu je sechzig Sekunden über eine unruhige Bergstrecke, wobei sie jeweils nur mit einem Pedal treten durfte.

«Je mehr schnelle Muskelfasern du aufbauen kannst, desto besser werden deine Reaktionszeit und Ausdauer», sagte er ihr. «Der Körper verfügt über drei Energiesysteme: Zwei funktionieren auf aerober Basis, das heißt mit Sauerstoff, das dritte ist anaerob, was bedeutet, dass eine sauerstofffreie Energieproduktion stattfindet. Wir müssen alle drei Systeme nutzen. Unser Ziel muss darin bestehen, die sogenannte Laktatschwelle, bei der Sauerstoffbedarf und Sauerstoffverbrauch gerade noch ausgeglichen sind, durch das Training so zu verschieben, dass dein Körper über längere Zeit volle Leistung erbringen kann.»

«Die einzige Schwelle, die ich im Moment gerade verschiebe, ist die Todesschwelle», stieß Casey heftig keuchend hervor, während sie vor dem Wohnwagen in die Knie sank. Ihre Oberschenkel fühlten sich an, als seien sie mit einem Bunsenbrenner bearbeitet worden. «Sie wissen aber, dass man am Leben sein muss, wen man beim *Kentucky Three Day* an den Start gehen will?»

Ethan grinste. «Ich weiß nur, dass Motzen deine Lieblingsbeschäftigung ist.» Er reichte ihr ein Springseil. «Damit hüpfst du jetzt mal ein paar Runden auf diesem Minitrampolin.»

Das Seilspringen ließ das vorherige Mountainbiken wie einen Spaziergang erscheinen, und Casey zitterte am ganzen Körper, als sie endlich von ihrem Foltergerät absteigen durfte. Doch Ethan war noch nicht fertig mit ihr. Er kam mit einem Gymnastikball daher, an dem zwei Steigbügel baumelten, die an einem über den Ball gespannten Segeltuch befestigt waren.

«Das ist dein neuer bester Freund. Du bekommst morgen eine richtige Einführung, wenn wir mit der Rumpfstabilisierung beginnen, aber ich will, dass du heute schon mal anfängst. Von jetzt an wirst du immer dann auf diesem Ball sitzen, wenn du dich normalerweise auf einen Stuhl setzen würdest. Beim Essen zum Beispiel oder beim Fernsehen.»

Er rollte ihr den Ball zu. «Los, versuch's mal.»

Casey starrte ihn ungläubig an. «Soll das ein Witz sein?»

Ethan rückte die verkehrt herum auf seinem Kopf sitzende Baseballmütze über den Rastalocken zurecht. Er trug ein graues T-Shirt mit der Aufschrift *Peacock Gym*, dessen Ärmel von seinen gestählten Oberarmmuskeln beinahe gesprengt wurden. Seine Körpersprache verriet ihr, dass er beim Training niemals Witze machte.

«Willst du deine Balance verbessern?», fragte er. «Willst du eins sein mit deinem Pferd?»

Casey kam das traurige Bild von Storm, der ihr über das Feld davonlief, in den Sinn. Sie konnte sich gar nicht vorstellen, je wieder eins zu sein mit ihm. Als er vor ihr geflüchtet war, hatte er übermütig nach hinten ausgeschlagen, als ob er froh sei, von ihr, dem ganzen Zaumzeug und jeglichem menschlichem Zwang befreit zu sein. Es war, als hätten die Bande, die sie über die letzten zweieinhalb Jahre geknüpft hatten, nie existiert.

Mrs Smith hatte ihr geraten, ihn über Nacht auf dem Feld zu lassen.

«Lass ihm seine Ruhe», hatte sie gesagt. «Er braucht etwas Freiraum. Bring ihm später etwas Futter, aber bedränge ihn nicht. Er soll auf dich zukommen. Er soll fressen, wenn ihm danach ist.»

«Hallo, auch *ich* brauche Freiraum», hatte Casey zurückgegeben. «Aber ich bekomme keinen. Und ist ja egal, wenn wir schon wieder einen wertvollen Trainingstag verlieren, weil ich ihn nicht bedrängen darf.»

Mrs Smith hatte seelenruhig an ihrem Chai-Tee genippt. «Meine Liebe, Geduld ist des Reiters bester Freund.»

«Okay», sagte Casey jetzt zu Ethan. «Ich versuch's mit dem Gymnastikball. So schwer kann das ja nicht sein.»

«Braves Mädchen!»

Sie kletterte mit einem unsicheren Gefühl auf den Ball und steckte die Füße in die Steigbügel.

«Fixiere mit den Augen einen Punkt in der Distanz», sagte Ethan. «Und halte mit deiner Rumpfmuskulatur die Balance.»

Leider war Caseys Rumpfmuskulatur nicht so zuverlässig, wie sie angenommen hatte. Heftig schaukelte sie auf dem Ball hin und her, um schließlich wie eine Comicfigur, die auf einer Bananenschale ausrutscht, vom Ball zu fliegen. Sie landete unter dem Medizinball, die Füße immer noch in den Steigbügeln gefangen. Das war an sich schon peinlich genug, aber kein Vergleich mit der bodenlosen Demütigung, die sie über sich ergehen lassen musste, als sie unter dem Ding hervorkroch – puterrot im Gesicht, schweißgebadet und noch schmutzig von dem mittlerweile angetrockneten Schlamm der morgendlichen Mountainbike-Ausfahrt – und ihrem neuen Freund gegenüberstand, der sich vor Lachen kaum halten konnte.

«Storm ist dir wohl nicht mehr gut genug», spöttelte Peter. «Hüpfst du jetzt lieber auf einem blauen Gymnastikball über den Geländeparcours? Bin ja gespannt, wie du damit durch den Wassergraben kommst ...»

«Sorry», sagte Casey vierzig Minuten später, nachdem sie geduscht hatte, in ihre Reithose gestiegen war und sich einigermaßen beruhigt hatte. «Das ging wohl ein ganzes Stück an meinen Humorrezeptoren vorbei.»

Mit einem gequälten Lächeln sagte Peter: «Schon gut. Großhirn an Kleinhirn: ‹Nicht über Freundin lachen, wenn sie vollgeschlammt am Boden liegt und sich schämt.› Nein, Casey, es tut mir echt leid. Ich war einfach nicht auf diesen Anblick gefasst. Aber warum tust du dir das nur an?»

«Ich habe gar keine Wahl», entfuhr es Casey, bevor sie daran denken konnte, dass Peter gar nichts von dem Erpresserbrief wusste. «Ich will mich ganz einfach optimal auf Kentucky vorbereiten, um dort nicht unterzugehen.»

«*Kentucky?* Ich dachte, du fährst nicht hin. Wäre es nicht

wichtiger, in England zu bleiben, wo auf deinen Vater eine Anklage wartet wegen Mo... ähh ... ich meine, solltest du nicht hier sein, wenn der Verteidiger deines Vaters von dir Informationen braucht, für den Prozess und so ...»

Casey blickte ihn unverwandt an. «Es wird nicht zu einem Prozess kommen. Dad ist unschuldig. Hast du das schon vergessen?»

Peter lief rot an. «Natürlich habe ich das nicht vergessen.» Plötzlich fing er an zu strahlen. «Heißt das, dass ich Storm beschlagen darf? Du willst doch bestimmt, dass er in Kentucky mit tadellosen Hufen an den Start geht!»

Und in diesem Moment folgte Caseys nächste Demütigung.

Mrs Smith, die sonst ein durchaus taktvoller Mensch war, sagte in Peters Gegenwart: «Vielleicht sollte *ich* Storm vom Feld holen, Casey. Wir sollten ihn nicht mehr als nötig durcheinanderbringen.»

Casey hätte sich heftiger gewehrt, doch insgeheim hatte sie Angst, dass bei einem weiteren Reinfall alles nur noch schlimmer würde. Abgesehen davon war sie nach Ethans morgendlicher Rosskur nudelfertig.

Die plötzliche Zweisamkeit mit Peter war ihr unangenehm und peinlich. Während einer ganzen schlaflosen Nacht hatte sie sich innerlich auf das Wiedersehen mit ihm vorbereitet. Sie wollte ihm zeigen, wie sehr sie sich darüber freute, ihn zu sehen, und ihn zu einem romantischen Essen oder einem Tag am Meer einladen. Schließlich war Peter nicht schuld daran, dass sie am Ende war. Er gehörte zu den wenigen positiven Inhalten, die ihr Leben noch zu bieten hatte. Wenn sie ihn jetzt vor den Kopf stieße, würde sie ihn verlieren. Und genau das wollte sie um jeden Preis vermeiden.

Doch hier und jetzt lösten sich ihre ganzen Pläne in Luft auf.

«Wie war die Pferdeschau in Oxford?», war alles, was sie hervorbrachte.

Peter wandte ihr den Rücken zu, während er damit beschäftigt war, die Gasschmiede anzuwerfen. «Gut. Und wie läuft's hier?»

«Gut.»

Als er den Werkzeugkasten aus dem Kombi holen ging, drehte er sich zu ihr um. «Und warum holt Mrs Smith Storm vom Feld? Und wie war das mit *‹Storm nicht mehr als nötig durcheinanderbringen›?* Ist irgendetwas passiert?»

Caseys positive Stimmung stürzte auf einmal in sich zusammen. «Was sollte schon passiert sein», sagte sie verärgert. «Sie holt ihn nur vom Feld. Das ist ja wohl keine Staatsaffäre. Vielleicht hat sie fälschlicherweise gemeint, wir wollten ungestört zusammen sein.»

Peter kniff die Lippen zusammen. «Kann sein.»

Bevor einer von ihnen ein weiteres Wort sagen konnte, kam Mrs Smith mit Storm um die Ecke, der nicht gerade begeistert aber ziemlich entspannt wirkte. Sehr zu Caseys Missfallen verpasste ihm Peter mühelos vier perfekte neue Hufeisen. Es war klar: Peter hatte einen Draht zu Pferden. Selbst wenn sie hypernervös waren, vertrauten sie ihm.

Während er das Pferd beschlug, zuckten die Muskeln seiner kräftigen, braun gebrannten Arme. Er trug Jeans und ein verwaschenes blaues T-Shirt. Seine schwarzen Haarfransen fielen ihm über die Stirn. Casey musste sich dazu zwingen, nicht hinzuschauen. Sie durfte sich jetzt nicht noch mehr in ihn verlieben.

Kaum war er fertig, sagte sie rasch: «Ich bringe Storm in den Stall.» Vielleicht würde er sich in der Enge der Pferdebox eher mit ihr versöhnen.

«Das ist keine gute Idee», sagte Mrs Smith. «Bis auf

Weiteres gehört Storm aufs Feld. Haben wir nicht gesagt, dass jetzt *Freiheitstraining* angesagt ist? Kein Zaumzeug, nichts soll seine Bewegungsfreiheit einschränken.»

Das Allerletzte, was Casey jetzt brauchte, war eine Szene mit Mrs Smith vor Peters Augen. Ohne ein Wort zu verlieren, führte sie Storm auf das Feld. Unterwegs sprach sie leise zu ihm und streichelte seinen Hals. Doch er machte immer noch einen eingeschüchterten Eindruck. Er hatte seine Ohren nach hinten gelegt. Und als sie ihn vom Führstrick ließ, warf er sie beinahe um, so unzähmbar schien sein Wille, frei zu sein.

Storms unerklärliche Abweisung und der Neid auf Peter, der so mühelos mit dem widerborstigen Pferd umgehen konnte, hatten sie in eine düstere Stimmung versetzt, als sie auf den Hof zurückkehrte. Peter war gerade dabei, seine Sachen in den Kombi zu verladen. Auf einen Schlag verschwand ihre Gereiztheit. Sie wollte auf keinen Fall, dass Peter jetzt wegfuhr, hütete sich aber, ihm das mitzuteilen.

Gegen Peters Auto gelehnt sagte sie scheinbar unbeteiligt: «Fährst du weg?»

Er wich ihrem Blick aus und verstaute sein Werkzeug im Kofferraum. «Ich würde ja gerne bleiben, Casey, aber ich denke, es ist besser, wenn ich fahre.»

«Besser für wen?»

In den letzten zwei Jahren waren Peter und Mrs Smith ihre engsten Vertrauten gewesen. Doch jetzt fühlte sich Peter wie ein Fremder an. Casey musste sich vor Augen halten, dass er Gefühle für sie hatte, dass er nur ihr Bestes wollte.

«Besser für uns beide, denke ich.» Er schloss die Heckklappe des Fahrzeugs. «Wenigstens für den Moment. Jetzt, da alles in der Schwebe ist.»

In Caseys Magen hatte sich ein dicker Klumpen gebildet.

«Was willst du damit sagen? Geht es dir um die Verhaftung meines Vaters? Willst du mir damit deine Zweifel über die Unschuld meines Vaters beibringen?»

Peter blickte rasch weg. «Natürlich nicht. Aber vielleicht ist es besser, wenn ich dir und deinem Vater etwas Raum gebe, damit ihr euch allein mit der ganzen Sache auseinandersetzen könnt. Weißt du, ohne dass dauernd Außenstehende wie ich herumhängen. Nur für den Fall, dass sich die Angelegenheit anders entwickeln sollte, als du erwartest.»

«Meinst du für den schlimmsten Fall, dass sich mein Vater doch als Mörder herausstellen sollte?»

«Das habe ich nicht gesagt. Aber du musst zugeben, Casey, dass die Polizei eine ganze Menge Beweismaterial hat. Aber wie dem auch sei, ich bin für dich da, was auch immer geschehen mag. Ich meine einfach, dass du den Tatsachen ins Auge sehen solltest.»

«Peter, du kennst doch meinen Vater. Du glaubst doch nicht ernsthaft, dass er zu so einer Tat fähig wäre.»

Peter reagierte nicht. Er holte nur den Autoschlüssel aus der Tasche und starrte auf ihn, als könnte er ihm den Weg zum Geheimnis des Universums eröffnen.

«Du hast recht. Wahrscheinlich ist es besser, wenn du gehst. Denn wenn du bleibst, lasse ich mich bloß zu einer Dummheit hinreißen und sage dir womöglich noch, dass ich dich liebe, wo ich dir doch eigentlich sagen sollte, dass ich dich hasse, nach dem, was du eben herausgelassen hast.»

«Casey ...»

Doch sie war bereits weggelaufen. Als sie hörte, wie er den Motor anließ, schien etwas in ihrem Inneren auseinanderzubrechen. Vielleicht war das gar nicht so schlecht. Wenigstens tat jetzt ihr Herz genauso weh wie der Rest ihres Körpers.

9

Casey stand mit dem Rücken gegen den Zaun der Koppel gelehnt und vergrub das Gesicht in den Ärmeln ihres Sweatshirts. «Was soll ich bloß tun? Bitte sagen Sie mir, wie ich aus dieser Sache rauskomme. Ich würde alles dafür geben.»

«Geht es um Storm?»

Casey blickte auf. Pechschwarze Wolken schoben sich über den Himmel wie Panzer auf einem Schlachtfeld. Ihre Trainerin ließ sich davon nicht beeindrucken. Sie lag ausgestreckt auf einer Liege, als sonnte sie sich gerade an einem Mittelmeerstrand. Sie hielt eine Tasse Chai-Tee in der Hand und las in *Der Pfad des friedvollen Kriegers*. Etwas von ihnen entfernt graste Storm vor sich hin. Er war weder näher gekommen noch hatte er sie zur Kenntnis genommen. Storms radikale Veränderung machte Casey mehr Angst als der Erpresserbrief.

«Ja, es geht um Storm.» Mrs Smith legte ihr Buch ab. «Glaubst du mir, dass ich es schaffe, Storm dazu zu bringen, die rechte Vorhand zu heben, ohne dass ich dazu das Feld betrete?»

Casey schnaubte: «Sie schaffen eine ganze Menge wunderbarer Dinge, aber das ist jetzt wohl ein bisschen übertrieben.»

Mrs Smith lächelte und trat zu Casey an den Zaun. «Hast du eine Uhr an? Gut, dann kannst du die Zeit stoppen. Ich werde dir beweisen, dass ich es in weniger als fünf Minuten schaffe.»

Casey blickte auf die Uhr und dann auf Storm. Nach eineinhalb Minuten hob er die rechte Vorhand. Mit einem ungläubigen Lachen sagte sie: «Das ist purer Zufall.»

Mrs Smith zuckte nur mit den Schultern. Dann sagte sie. «Welche Hand soll er als Nächstes bewegen?»

«Die linke Hinterhand.»

Zweiundvierzig Sekunden später hob Storm die linke Hinterhand. Mrs Smith lieferte weitere Beweise. Auf Ankündigung ließ sie ihn erst ein Ohr und dann ein weiteres Bein bewegen.

Casey starrte Mrs Smith mit offenem Mund an. «Sind Sie eine Hexe?»

«Überhaupt nicht. Das schafft jeder. Es geht mir nicht darum, Storm zum Tanzbären zu machen oder zu beweisen, dass ich ihn beeinflussen kann. Ich will damit nur zeigen, wie sehr Pferde auf Körpersprache und Blickkontakt reagieren. Pferde sind große und unberechenbare Tiere. Deshalb meinen viele Menschen, man müsse sie mit Gerten, Sporen, Martingalen oder Kandaren zähmen. Dabei könnte eine einzelne Fliege eine ganze Pferdeherde in Bewegung setzen. Dasselbe gilt für den Blickkontakt. Du glaubst wohl, Storm nähme uns nicht zur Kenntnis. Weit gefehlt! Er verfolgt jede einzelne unserer Bewegungen.»

«Haben Sie mir nicht einmal gesagt, Pferde mögen keinen direkten Blickkontakt, weil dies in der Wildnis als aggressiv wahrgenommen würde?»

«Meistens trifft das zu. Man kann beispielsweise ein galoppierendes Pferd zum Stehen bringen, wenn man den Blick von seinem Auge zu seiner Schulter bewegt. Dadurch wird man für das Pferd vom Feind zum Freund. Mit unterwürfiger

Körpersprache kann man dasselbe Pferd dazu bringen, einem zu folgen. Was ich dir mit Storm gezeigt habe, beruht auf genau diesen Prinzipien. Mit Magie hat das gar nichts zu tun.»

Sie wischte ihrer Schülerin die Fransen aus der Stirn. «Casey, es ist nicht Storms Aufgabe, dich zu verstehen. Es ist deine Aufgabe, Storm zu verstehen.»

«Das versuche ich ja. Aber es kommt mir vor, als spreche er eine Fremdsprache. Vor weniger als einer Woche habe ich sie beherrscht. Jetzt kommt es mir vor, als hätte ich alles vergessen.»

Mrs Smith versank wieder in ihrer Liege. Sie massierte ihre Schläfen. Auch wenn sie es niemals zugegeben hätte, ihre Kopfschmerzen waren unerträglich. «Casey, was hast du getan, bevor du heute Morgen auf das Feld gegangen bist?»

Casey ließ sich neben Mrs Smith ins Gras fallen. «Ähh, was habe ich getan? Zuerst durfte ich eine Runde Rumpfstabilisierung mit Ethan genießen. Danach fühlten sich meine Bauchmuskeln an, als wären sie auf einem Spieß geröstet worden. Ethan konnte sich fast nicht mehr einkriegen, als ich mich auf dem Medizinball mit den Steigbügeln lächerlich machte. Dann rief mein Vater an und ich habe ihm gesagt, dass ich mit Storm nach Kentucky fliegen werde.»

«Und wie fühlst du dich jetzt, nachdem du es ihm gesagt hast?»

«Was meinen Sie? Irgendwie stürzt alles gleichzeitig auf mich ein. Dad hat gesagt, er ist überglücklich, dass ich in die USA fliege, aber er hat natürlich keine Ahnung, dass seine einzige Tochter erpresst wird – von einem Irren wahrscheinlich. Peter und ich haben eben die kürzeste Beziehung der Menschheitsgeschichte beendet. Ja, und da ist noch das Pferd, das ich über alles in der Welt verehre – dieses Pferd kann mich nicht mehr ausstehen. Ich muss sagen, ich habe mich schon besser gefühlt.»

«Überrascht es dich, dass Storm nichts mehr mit dir zu tun haben will?»

Verärgert fragte Casey zurück: «Sie etwa nicht?»

«Sagen wir's mal so: Pferde können menschliche Schwingungen empfangen. Wenn sie spüren, dass ein Reiter emotional belastet ist – egal ob er einen großen Rucksack voll unverarbeiteter Gefühle oder ein paar unbedeutende Ärgernisse mit sich herumträgt –, wollen Pferde nur eines: davonlaufen. Und oft reagieren sie genau so, wie Storm jetzt reagiert. Sie legen sich einen Panzer an. Reiter deuten dies als ungebührliches Verhalten oder als Weigerung des Pferdes, ihre Befehle auszuführen. Und so was entwickelt sich rasch einmal zu einem Teufelskreis. Je gestresster der Reiter ist, desto gestresster wird das Pferd und umgekehrt.»

Casey schützte ihre Augen mit der Hand gegen das diesige Sonnenlicht. Wenn sie Mrs Smiths Theorie Glauben schenkte, war Storms Verhalten mehr als einleuchtend. Seit der Verhaftung ihres Vaters war sie stets voller Panik, Besorgnis oder Stress auf ihn zugegangen. Den Ratschlag ihrer Trainerin, die eigenen Probleme nicht auf die Koppel mitzunehmen, hatte sie in den Wind geschlagen. Kein Wunder also, dass sich Storm vor ihr verschloss.

«Storm tut mir leid», sagte Casey. «Zwei Jahre lang habe ich ihm Sicherheit und Schutz geboten, und jetzt bin ich plötzlich ein Psycho. Ich würde vor mir selbst auch davonlaufen.»

«Das wirst du aber nicht tun», sagte Mrs Smith mit Bestimmtheit. «Du wirst dich wieder mit Storm kurzschließen, damit wir mit unserem Training für Kentucky weitermachen können.»

Auf dem Rand der Tränke sitzend vergrub Casey den Kopf in ihren Händen. «Aber wie? Ich weiß nicht, womit ich anfangen soll.»

«Du musst dafür sorgen, dass du wieder zu einem Menschen wirst, mit dem man gerne zusammen ist.»

«Das ist leichter gesagt als getan.»

«Aber daran führt kein Weg vorbei. Du musst dich von dem Geier befreien, der dir im Nacken sitzt und wieder vorwärts schauen. Meditation kann dir dabei helfen. Und Yoga.»

«Und dann?»

«Dann musst du dir auf dem Feld eine Brücke vorstellen, die dich und Storm verbindet. Dann musst du bis zum Mittelpunkt dieser Brücke gehen, und keinen Schritt weiter. Wenn Storm bereit ist, wird er dir entgegenkommen.»

«Und wenn er es nicht tut?»

«Casey, bis vor kurzer Zeit wart ihr auf exakt derselben Wellenlänge, Storm und du. Dann gab es in deinem Leben eine Explosion, und du hast den Funkverkehr unterbrochen. Jetzt musst du Storm wieder anfunken, und ich bin sicher, dass er auf Empfang ist und auf dich warten wird. Pferde sind immer auf Empfang. Pferde warten immer.»

Kurz vor Anbruch der Dunkelheit kam Mrs Smith mit einer Thermosflasche Tomatensuppe, einem Beutel Leinsamen-Cracker, einer Banane und einer Wolldecke auf das Feld. Sie machte keinen Versuch, Casey von ihrem Auftrag abzubringen, Storm in der Mitte der Brücke zu erwarten, ganz egal ob es nun Stunden oder Tage dauern sollte, bis er ihr entgegenkam. Mittlerweile stand Casey seit drei Uhr nachmittags auf dem Feld.

«Brauchst du Gesellschaft?»

«Danke, ist nicht nötig. Wenn Storm zu mir rüberkommt, wird er mir Gesellschaft leisten.»

Nachdem Mrs Smith weggegangen war, trank Casey die Suppe, aß einige Cracker und sah zu, wie das letzte rosafarbene Sonnenlicht im samtenen Lila der Nacht versank. Bevor sie aufs Feld gegangen war, hatte sie unter Ethans Anleitung einen Meditationsversuch gewagt – mit katastrophalem Ergebnis. Sie hatte das Gefühl, total zu versagen. Tausende von Gedanken schwirrten wild in ihrem Kopf herum: von Storm über ihren Vater zu Peter und wieder zurück.

Doch als die Sitzung vorbei war, fühlte sie sich so gelassen wie schon seit Tagen nicht mehr. Gleich danach hatte sie sich aufs Feld begeben, wo sie so lange zu bleiben beabsichtigte, bis sie – in Mrs Smiths Worten – *völlig im Einklang war mit Storms innerer Ruhe.*

Die Bäume hoben sich in schwarzen Zacken vom Horizont ab. Sie standen zusammengedrängt da, finster, geheimnisvoll. Immer wenn Casey daran dachte, dass sich der Erpresser – oder schlimmer noch: der Mann mit der Horrorfratze – im Wald verbergen und jederzeit zuschlagen könnte, bekam sie Gänsehaut. Wenigstens konnte sie sich mit dem Gedanken trösten, dass es bestimmt nicht im Sinne des Erpressers war, ihr etwas anzutun. Er brauchte sie ja unbeschadet, damit sie in Kentucky gewann.

Nachdem sie gegessen hatte, wickelte sich Casey in die Decke ein und versuchte, nicht daran zu denken, was geschehen würde, wenn sie es nicht schaffte, wieder mit Storm in Verbindung zu treten. Wenn er weiter auf Distanz zu ihr bliebe. Wäre es nicht um das Schicksal ihres Vaters gegangen, hätte sie jede Siegertrophäe – sei sie aus der Gegenwart oder der Zukunft –

gegeben, nur um mit Storm wieder die alten Bande zu knüpfen, um seine Liebe und sein Vertrauen zu spüren, genauso wie es gewesen war, als sie zusammen in Badminton über die Hindernisse geflogen waren.

Doch als der Mond am Himmel aufstieg und Wolken sich über die Sterne schoben, sank ihre Stimmung weiter. Und Storm rührte sich immer noch nicht.

Da erinnerte sie sich plötzlich an Mrs Smiths Worte. Hatte sie nicht gesagt, sie müsse Storm emotional unbelastet entgegentreten und ihre Probleme am Gatter zur Koppel zurücklassen? Also nahm sie sich vor, an positive Dinge zu denken.

Peter? Nein, sie weigerte sich, an Peter zu denken.

Stattdessen rief sie aus ihrer Erinnerung die schönsten Augenblicke ab, die sie mit Storm erlebt hatte. Enorme Sprünge über schier unüberwindbare Hindernisse. Entspannte Nachmittage, als sie zu seinen Füßen gelegen und ihm aus einem Buch vorgelesen hatte. Das Gefühl in Badminton, als Storm unter ihr förmlich über das Dressurviereck geschwebt war, als sie wirklich eins gewesen waren.

Sie dachte an den Morgen nach seiner Rettung, als in seinen Augen zum ersten Mal so etwas wie Vertrauen aufgeflackert war. Sie war nach der Nacht mit schrecklicher Angst in den Reiterhof zurückgekehrt, dass er inzwischen vielleicht gestorben wäre. Stattdessen hatte er voller Freude die Nüstern gebläht und sich ihr zugewandt. Für Casey, die sich nichts so sehr gewünscht hatte, als selbst ein Pferd zu besitzen, war dies ein Wunder gewesen.

Und dann kam auch die Erinnerung zurück, die sie seit letzter Woche bestimmt tausend Mal wiedererlebt hatte: gegen Ende der Geländeprüfung in Badminton, als sie Storm zum Stehen gebracht hatte. Er war so erschöpft gewesen, dass sie es nicht mehr verantworten konnte, ihn weiter über den Parcours zu treiben. Lieber wollte sie ihren Traum opfern, als Storms Gesundheit, sein Leben, zu gefährden.

Doch sie hatte die Rechnung ohne Storm gemacht. Er nahm seine ganze Kraft zusammen und galoppierte weiter. Sein Mut und sein unerschütterlicher Wille, aus Liebe den allerletzten Funken Kraft und Energie abzurufen, hatten sie vereint wie nie zuvor. – Doch jetzt war aus Einigkeit Trennung geworden.

Ein Schimmer ging über die andere Seite des Feldes – wie ein Blitz bei einem Gewitter. Casey fuhr zusammen. Mit angestrengten Augen konnte sie vor dem schweigenden Wald Storms silberne Silhouette sehen. Seine Ohren waren aufgestellt, und er beobachtete sie. Sie schaute zurück, wagte kaum zu atmen. Eine Minute später machte er den ersten Schritt.

Das Feld lag verlassen da, als Mrs Smith am Montagmorgen durch das feuchte Gras stapfte. Für einen Moment verfiel sie in Panik, doch dann sah sie die grünen Spuren des Pferdes und des Mädchens im silbernen Tau.

Storm war im Stall. Die Tür stand weit offen, und er war nicht angebunden, zeigte aber keinerlei Absicht davonzulaufen. Zu seinen Füßen lagen – eingewickelt in die rote Wolldecke – Casey und die Schildpattkatze Willow, die mit Storm den Stall teilte. Sie schliefen tief und fest.

Storm stand wachend über ihnen. Als Mrs Smith den Stall betrat, schnaubte er zufrieden. Doch aus seinen schwarzen Augen sprach auch eine sanfte Warnung. Als wollte er sagen: *Wehe, wenn du sie aufweckst. Dann bekommst du es mit mir zu tun.*

Morag, die Betreiberin des Reiterhofs, kam mit einem klappernden Eimer daher. Sie zuckte kurz mit den Augenbrauen, als sie die friedlich in der Streu schlafende Casey sah, und tippte mit dem Finger auf ihre Armbanduhr.

«Casey muss ihr Trainingsprogramm auf die Reihe kriegen, wenn sie in Kentucky nicht unter *ferner liefen* klassiert werden will. Um die Zeit sollte sie arbeiten, nicht schlafen.»

«Sie tut genau das, was sie tun sollte. Sie arbeitet an ihrer Verbindung mit Storm», gab Mrs Smith zurück. «Ein besseres Training gibt es nicht.»

10

Kriminalinspektor Lenny McLeod strich mit einem roten Stift einen weiteren Tag auf dem Kalender ab, der ihm das Näherrücken des ersehnten Ruhestands vor Augen führte. Dann wandte er seine Aufmerksamkeit dem Korb für eingehende Post zu, in dem sich ein Berg von Dokumenten auftürmte. Ganz oben lag die Akte eines Rentenbetrügers, der fünf Mal die Woche auf dem Golfplatz anzutreffen war, gleichzeitig jedoch eine Invaliditätsrente wegen eines Berufsunfalls beanspruchte, der ihn angeblich daran hinderte, eine Kaffeetasse zu heben.

McLeod hasste nichts so sehr wie das Ausfüllen von Formularen, zumal sich bei dieser stumpfsinnigen Arbeit seine Gedanken unweigerlich auf einen Fall konzentrierten, den er eigentlich verdrängen wollte: Roland Blue.

Immer wenn er sich Caseys Vater in einer Gefängniszelle vorstellte, wurde ihm übel. Er wusste sehr wohl, dass er dabei war, den größten Fehler eines Ermittlers zu begehen, nämlich sich einen Fall zu nahe gehen zu lassen. Aber es ging nicht anders. So sehr er auch versuchte, sich mit den Kleinkriminellen in seinem Stapel unerledigter Fälle zu befassen, immer wieder tauchte in seinen Gedanken Caseys Gesicht bei der Verhaftung ihres Vaters auf. Irgendetwas an dieser Geschichte war doch oberfaul. Sie war zu einfach. Es passte alles zu gut zusammen.

McLeod konnte sich einfach nicht vorstellen, dass die gute Seele, die Caseys Frack für Badminton genäht und mit Wildrosen bestickt hatte, kurz darauf mir nichts, dir nichts einen bewaffneten Raubüberfall begangen haben sollte. Leider war er der Einzige in seinem Dezernat, der diese Meinung vertrat. Und trotzdem nagten ständig Schuldgefühle an ihm.

Das Klingeln des Telefons riss ihn aus seinen Gedanken. Glücklich über die willkommene Ablenkung hob er den Hörer ab. «McLeod.»

«Lenny, ich bin's, Dave vom Empfang. Bei mir steht ein Besucher namens Peter Rhys. Er sagt, er habe sachdienliche Hinweise zum Fall Roland Blue.»

McLeod richtete sich auf. Genau so etwas hatte er sich erhofft, insgeheim aber auch befürchtet. Dass sich jemand mit einem Beweis melden würde, der Blue endgültig entlasten oder belasten würde. Dass nun ausgerechnet Caseys Freund beim Empfang stand, ließ ihn erschauern.

Warum war er allein? Hätte er gute Nachrichten gehabt, wäre er sicher mit Casey gekommen.

«Lenny, bist du noch dran?»

«Ja, Dave. Schick ihn hoch.»

Peter rannte die Treppe hoch, immer drei Stufen auf einmal nehmend. Er spürte ein Brennen in seiner Brust, das nichts damit zu tun hatte, dass McLeods Büro im fünften Stock lag. Es war schon seit seiner Abfahrt von White Oaks da gewesen.

Als die Polizei in der Vorwoche mit einem Haftbefehl für Roland aufgetaucht war, hatte Peter versucht, sie am Betreten des Hauses zu hindern. Der Gedanke, dass Caseys liebevoller, lustiger und nicht vom Glück gesegneter Vater einen Mann erschossen haben sollte, war lächerlich bis absurd … wenn man ihn nicht wenig später in Handschellen abgeführt und des Totschlags angeklagt hätte.

Die darauf folgende Verhandlung mit der detaillierten, grausamen Beweisführung durch die Polizei – insbesondere die Sache mit dem blutverschmierten Handschuh – hatte Peter zutiefst erschüttert.

Und dann hatte ihm Casey die kalte Schulter gezeigt und ihm zu verstehen gegeben, dass sie Freiraum brauchte. Sie war so plötzlich auf Distanz zu ihm gegangen, dass sie es nicht mal für nötig erachtete, ihn nach seiner Meinung zu fragen, ob sie nun nach Kentucky fliegen solle oder nicht. Nach und nach waren in ihm Zweifel laut geworden, die sich schließlich zu einem fürchterlichen Lärm in seinem Kopf verdichteten. Es konnte doch nicht sein, dass das Mädchen, das er liebte, den eigenen sportlichen Erfolg höher bewertete als das Schicksal ihres inhaftierten Vaters. Casey, das Mädchen, das er kannte, war für ihn der Inbegriff der Treue. Casey ließ nicht einfach einen Menschen fallen.

Plötzlich war ihm klar geworden, dass er Casey – und auch ihren Vater – nur von ihren Begegnungen innerhalb der Szene des Vielseitigkeitsreitens kannte. Und das Wenige, das er über ihren Vater wusste, nämlich dass es sich um einen netten, wenn auch vorbestraften Mann handelte, war auch nicht gerade vertrauensbildend.

Er hatte nie die Absicht gehabt, sich in Casey zu verlieben. Lange Zeit hatte er auch versucht zu verdrängen, dass es doch passiert war. Aber schließlich hatten die einzigartige Verbindung von Zurückhaltung und Leidenschaft, ihre gewittergrauen Augen, ihr ungebändigtes dunkles Haar und ihre lässignatürliche Schönheit seinen Widerstand gebrochen. Nie zuvor hatte er ein Mädchen getroffen, dem Reithosen so gut standen wie Casey. Und der Moment, als sie sich geküsst hatten, war mit Abstand der beste in seinem Leben.

Dafür war auch bald der schlimmste gefolgt, nämlich als er die Polizei schließlich doch hatte ins Haus lassen müssen. Und damit hatte das Unheil seinen Lauf genommen, und die Abwärtsspirale begann sich unerbittlich und immer schneller zu drehen.

Mehrmals war ihm der Abschied von Casey am Eingangstor zum Peach Tree Cottage zwei Tage vor ihrem Streit wieder eingefallen. Sie hatte sich halb von ihm abgewendet, die Augen zu Boden gerichtet, als wären sie Fremde. Ihr Blick kam aus der Ferne, von einem Ort, an dem für ihn kein Platz war.

Dabei hatte sie ihm doch erst kürzlich, nach dem Turnier in Badminton, überhaupt zum ersten Mal gezeigt, dass sie mehr als freundschaftliche Gefühle für ihn hegte. Und jetzt, nach der Verhaftung ihres Vaters, ging sie schon wieder auf Distanz. Ihr Verhalten hatte ihn so fertig gemacht, dass er ihr furchtbare, unverzeihliche Dinge sagte. Ihre Worte hallten in seinen Ohren nach, als er von ihr wegfuhr.

Früher einmal hatte sie ihn geliebt. Jetzt hasste sie ihn, und er allein war schuld daran.

Nach der Auseinandersetzung hatte er zwei Tage gebraucht, um wieder zur Besinnung zu kommen. Letzten Endes hatte ihm die beiläufige Bemerkung eines Reiters dazu verholfen, dessen launisches Springpferd er beschlug. «Eine traurige Geschichte, diese Sache mit Casey Blue», hatte der Mann gesagt. «Und was für ein Skandal für Badminton, wenn sich der Vater der Siegerin als Mörder herausstellen sollte.» Erst in dem Moment war Peter aufgegangen, dass nicht nur Roland Blue durch diese Affäre zum Justizopfer werden könnte, auch Caseys Leben würde dadurch zerstört.

Und das wollte er auf keinen Fall zulassen. Er schämte sich in Grund und Boden, dass ausgerechnet er Casey zusätzliche Schmerzen zugefügt hatte. Und wenn sie ihn auch abgrundtief hassen mochte, er war entschlossen, alles zu unternehmen, um ihr zu helfen.

Dass ihr Vater einen Menschen getötet haben könnte, hatte er mittlerweile wieder völlig ausgeschlossen. Dazu war Roland Blue ganz einfach nicht in der Lage. Er war ein offenherziger, vielleicht eine Spur zu jovialer Mensch, was ihn verletzlich machte. Falls er wirklich in diese Sache verwickelt war, hatte ihn jemand hineingezogen.

Eigentlich hätte Peter es Casey persönlich sagen müssen, doch bisher hatte er den Mut nicht zusammengekriegt, sie anzurufen. Er hatte bestimmt schon zwanzig Kurzmitteilungen geschrieben – eine davon beim Warten im Kommissariat, die lautete: *Es tut mir leid. Du fehlst mir* –, aber schließlich gar nicht erst auf «Senden» gedrückt und alle wieder gelöscht.

Doch immerhin hatte er es geschafft, jetzt zu McLeod vorgelassen zu werden. Durch ihn hoffte er zu bewirken, dass die Ermittlungen wegen Caseys Vater noch einmal aufgenommen wurden.

Im fünften Stockwerk des Polizeikommissariats herrschte eine seltsame Mischung aus Betriebsamkeit und Apathie. Einige Beamte wuselten umher wie weiße Mäuse in einer Kiste, kramten in Papierbergen, hackten auf Tastaturen ein und bellten in Telefonhörer oder Funkgeräte. Andere wiederum schlichen herum, als litten sie an einer kollektiven Schlafkrankheit. Sie gähnten in riesige Kaffeetassen und schoben lethargisch Dokumente von einer Schreibtischseite zur anderen.

McLeod gehörte zu keiner der beiden Gruppen. Als Peter sein Büro betrat, das kaum größer war als eine Schuhschachtel, war er über seine Akten gebeugt. Peter fing schon an zu bereuen, dass er überhaupt hergekommen war. Er hatte gemeint, McLeod sei anders als die übrigen Kriminalisten hier – viel intelligenter und auch einfühlsamer –, doch heute wirkte McLeod einfach nur fertig und erschöpft.

Als er dann aber dem Inspektor seine Hand über den Schreibtisch entgegenstreckte, fiel ihm etwas auf – ein Bilderrahmen mit der Fotografie eines Morgan-Pferdes. Er nahm den Rahmen in die Hand.

«Was für ein wunderbares Pferd. Einfach umwerfend. Das ist bestimmt eine Morgan-Stute.»

Als hätte Peter einen Schalter umgelegt, schien der Inspektor zu erwachen. «Kennst du die Rasse?»

«Klar. Der Nachbar meines Großvaters in Wales, wo ich aufgewachsen bin, war ein leidenschaftlicher Züchter von Morgan-Pferden. Mein Vater arbeitete jahrelang als Hufschmied für ihn, bis der Mann sein Gestüt verkaufte. Das hat uns beiden leid getan, denn Morgans sind nun einmal Pferde, die einem ans Herz wachsen.»

«Da hast du recht. Wirklich recht …» McLeod geriet einen Moment lang ins Stocken, dann räusperte er sich und sagte: «Montana ist das gutmütigste Pferd, das ich kenne. Und sie ist unerschrocken. Das sieht man schon ihren Augen an. Und zum Reiten ein Traum …»

Es war also doch kein falsches Bild, das er sich von Kriminalinspektor McLeod gemacht hatte, dachte Peter. Ein Polizist, der zu derartigen Gefühlen für ein Pferd fähig war, konnte so schlecht nicht sein.

«Kennen Sie ihren Besitzer?»

«Sie gehört mir», sagte McLeod nicht ohne Stolz. «Ich habe sie im Moment in einem Mietstall in East Sussex untergebracht. Aber wenn ich in Pension gehe, bringe ich sie ... äh ... ich weiß eigentlich noch nicht genau wohin, aber irgendwo in die Nähe, damit ich mich persönlich um sie kümmern kann.»

Doch dann schien es ihm peinlich, einem Fremden gegenüber so offen gewesen zu sein. Abrupt wechselte er das Thema. «So viel zu meinem Pferd», sagte er kurz. «Jetzt aber zu uns. Du bist gekommen, um mir einen Hinweis zu geben?»

Peter setzte sich. «Ich habe gelogen.»

Der Inspektor hob die Augenbrauen. «Gelogen? Inwiefern?»

«Ja, eigentlich habe ich gar keinen Hinweis. Ich hab das nur gesagt, damit man mich zu ihnen vorlässt.»

McLeod rollte mit seinem Bürostuhl seitwärts, damit er an den Aktenstapeln vorbei auf den jungen Hufschmied sehen konnte. «Und warum bist du denn gekommen? Ich muss dich wohl kaum darauf aufmerksam machen, dass Irreführung der Polizei als Straftatbestand gilt.»

«Darf ich offen mit Ihnen reden, Mr McLeod? Casey weiß nicht, dass ich hier bin. Eigentlich haben wir Schluss gemacht ...»

«Ach so. Und ...?»

«Ich bin gekommen, um Ihnen zu sagen, dass Caseys Vater auf keinen Fall auf einen Mann geschossen haben kann. Wenn überhaupt, würde er so etwas nur in äußerster Notwehr tun. Man hat ihm diese Sache angehängt. Eine andere Möglichkeit gibt es nicht. Irgendjemand will ihn fertigmachen. Vorausgesetzt es geht bei der Sache um Roland Blue. Haben Sie schon in Erwägung gezogen, dass jemand vielleicht Casey schaden möchte? Sportstars werden immer wieder zu Zielscheiben von Kriminellen. Möglicherweise ist es kein Zufall, dass ihr Vater nur wenige Stunden nach ihrem Triumph in Badminton verhaftet wurde.»

«Das ist eine sehr schwerwiegende Behauptung, junger Mann. Ich hoffe, du hast Beweise. ... Nichts? Habe ich mir doch gedacht. Ich nehme an, du findest allein den Weg hinaus? Ich habe hier noch eine Menge zu tun.»

Peter war verzweifelt. McLeod war dabei, ihn aus dem Kommissariat zu werfen, ohne dass er irgendetwas erreicht hatte. Roland Blue würde zehn Jahre oder länger einsitzen, und Caseys Karriere, für die sie so viel gegeben hatte, wäre zu Ende. Sie würde für immer glauben, er habe sie fallen gelassen.

Er sprang so heftig auf, dass sein Stuhl dabei umfiel.

«Ein Unschuldiger kommt ins Gefängnis für eine Tat, die er nicht begangen hat, und Sie interessieren sich nur dafür, wie Sie mich so rasch wie möglich wieder loswerden können, um nicht daran erinnert zu werden, dass es eigentlich Ihre Pflicht als Kriminalinspektor ist, sorgfältige Ermittlungsarbeit zu leisten. Es scheint Ihnen völlig egal zu sein, dass Sie im Begriff sind, nicht nur das Leben von Roland Blue, sondern auch das seiner Tochter Casey zu zerstören. Dabei haben sich beide nichts zuschulden kommen lassen und verdienen eine gerechte Behandlung.»

McLeod erhob sich langsam aus seinem Bürosessel, ging um den Schreibtisch herum und stellte den Stuhl wieder auf, den Peter umgeworfen hatte.

«Peter, ich verstehe deinen Ärger. Und ob du's glaubst oder nicht, ich kann einige der Zweifel durchaus nachvollziehen.

Aber ich kann dir versichern, dass ich mir den Fall sehr genau angeschaut habe. Und so leid es mir tut, die Beweise gegen Roland Blue sind absolut stichhaltig.»

«Dann schauen Sie sich den Fall noch mal an. Schauen Sie bitte nochmals hin. Und zwar ganz genau.»

11

Casey kämpfte sich auf allen vieren eine Sanddüne hoch. Augen und Mund waren voller beißender Sandkörner, ihr Haar war verklebt und ihre Muskeln fühlten sich an, als seien sie durch einen Reißwolf gedreht und danach mit chilihaltigem Klebstoff wieder zusammengeflickt worden.

Und dennoch hatte sie sich seit Tagen nicht mehr so gut gefühlt. Selbst der Versuch, wie eine Krabbe eine Düne zu erklimmen, die gefühlt mindestens so hoch war wie der Mount Everest, konnte ihre Stimmung nicht dämpfen. Schließlich wurde sie mit jedem Meter stärker, fitter und schneller. Und ihre Knöchel wurden hart wie Stahl.

Doch das war nicht der einzige Grund, warum Ethan mit ihr zum Training an den Strand von Camber Sands in East Sussex gefahren war.

«Die Sanddünen werden dir dabei helfen, deine Balance zu perfektionieren», sagte er. «Der Boden gibt nach, ist instabil – unberechenbar wie ein Pferd.»

Nachdem sie den Dünenkamm erklommen hatte, sank Casey erst mal keuchend in den Sand. Mit Müh und Not schaffte sie es, einen Arm mit nach oben gerichtetem Daumen in die Höhe zu recken.

Von unten kam Applaus, gefolgt von einer mittlerweile

vertraut gewordenen Stimme: «Danken kannst du mir, wenn du in Kentucky bist.»

«Wenn ich dann noch am Leben bin», rief sie zurück.

Lachend schallte es zurück: «Warmduscher!»

«Sadist!»

Der Himmel sah aus wie ein surrealistisches Gemälde: eine grelle Komposition aus Orange-, Gelb- und Rottönen. Casey blieb liegen, bis sich ihr Atem erholt hatte, und genoss die friedliche Tonkulisse einer Küstenlandschaft in der Morgendämmerung: das Flüstern der Wellen, den Gesang der Lerchen, das Rauschen des Windes im Dünengras. Selbst die Luft war kraftspendend.

Dann erinnerte sie sich an die Zeile im Erpresserbrief, wo damit gedroht wurde, dass ihr Vater nie wieder ungesiebte Luft einatmen werde, und auf einmal brachen alle ihre Sorgen wieder über sie herein. Genau das war ihr Problem. Ganz egal, wie sehr sie sich auf Kentucky konzentrierte, ständig sah sie die Schattengestalt des anonymen Erpressers im Rückspiegel ihrer Gedanken.

Casey setzte sich auf und zog einen behelfsmäßigen Holzschlitten an einem Seil zum Dünenkamm hoch. Sie verscheuchte den Erpresser aus ihrem Kopf. Ethan hatte ihr in den letzten zehn Tagen viel beigebracht. Am wirkungsvollsten war aber zweifellos das Meditationstraining gewesen. Damit konnte sie dunkle Gedanken ausblenden, noch bevor diese in ihr Wurzeln schlugen. Stattdessen wurde sie empfänglich für Heiterkeit und Licht – heute Morgen die lebhaften Farben des Sonnenaufgangs am Strand von Camber Sands.

Sie legte sich auf den Schlitten und stieß ihn über den Dünenkamm. Das Gefährt schoss den Hang hinunter und glitt ein paar Meter über den Sandstrand, bevor es schließlich zum

Stillstand kam. Casey quietschte immer noch vor lauter Vergnügen, als ihr Ethan mit der Hand aufhalf.

«Genug? Willst du eine Pause?

«Warum? Sind *Sie* etwa müde?», neckte sie ihn.

«Na ihr beiden, wie wär's mit Kaffee und Croissants?», rief Mrs Smith, die auf einem Klappstuhl vorne am Strand saß. «Ich werde schon vom Zuschauen müde. Casey, du musst noch etwas Energie für dein Training mit Storm aufsparen.»

«Aber gerne», sagte Casey, schnappte sich die Papiertüte mit dem Gebäck und biss in ein Schokocroissant, bevor Ethan protestieren konnte.

Er zuckte mit den Schultern. «Nur zu. Du wirst später dafür büßen, wenn wir im Sand Sprints, Scherensprünge und Liegestützen trainieren. Dann wirst du jammern: *Der Weizen hat mich müde, der Zucker depressiv gemacht und bla bla bla ...*»

«Okay, ich gebe auf.» Casey warf die Reste des Croissants einer hungrigen Möwe zu. «Aber nur weil ich nicht will, dass Sie nachher triumphieren, wenn ich zusammenklappe.»

Ethan setzte sich grinsend auf Mrs Smiths Picknickkorb. Er nahm eine Tasse schwarzen Kaffee, den ihm Mrs Smith entgegenhielt. Doch als Casey sich selbst eine Tasse eingießen wollte, hielt er sie zurück.

«Kein Koffein für die junge Dame. Da könntest du ja gerade Unkrautvertilger trinken.»

«Aber Sie trinken Kaffee», protestierte Casey.

«Wie oft muss ich dir noch sagen, dass du tun musst, was ich *sage*, nicht was ich *tue*. Abgesehen davon habe *ich* keine Ambitionen, in Kentucky an den Start zu gehen.»

Casey gab den Kampf um die Kaffeetasse auf. Stattdessen öffnete sie den Deckel einer Thermosflasche: «Mmh ... rohe Eier und Algen. Lecker!»

Ethan rollte mit den Augen. «Ach hör doch auf, Casey», sagte er, während er genüsslich eine dicke Schicht Butter auf sein Croissant strich. «Du könntest doch nicht mehr ohne sein.»

Interessanterweise hatte er sogar fast recht. Auf das Eiweiß-Vitamin-Smoothie hätte Casey zwar gut und gerne verzichtet, nicht aber auf das Doppeltraining unter Leitung von Ethan und Mrs Smith.

Die ersten vier Trainingstage mit Ethan waren die absolute Hölle gewesen. Am dritten Tag war sie auf Händen und Füßen die Treppe zu ihrem Schlafzimmer hochgekrochen. Aber die Ergebnisse konnten sich durchaus sehen lassen.

Eine zuckerfreie Ernährung mit proteinreichen Smoothies, Gemüsesäften, braunem Reis, Fisch und Gemüse, kombiniert mit einem fast militärischen Trainingsregime, hatten Wunder gewirkt. Nach einer Woche war Caseys Endorphinausstoß so immens, dass sie morgens förmlich aus dem Bett sprang.

Muskeln, von deren Existenz sie bisher nicht gewusst hatte, heulten vor Schmerz auf, wenn Ethan sie mit Medizinbällen über Treppen hüpfen, *umgekehrtes Holzhacken* mit Kabelzug ausführen und den Unterarmstütz in den verschiedensten Spielarten trainieren ließ. Er sprach von *Agonisten* und *Antagonisten* und dozierte ausführlich über die *laktische Leistungsfähigkeit* im sauren Bereich und *Phosphokreatine*, was Casey alles ziemlich spanisch vorkam.

Doch das war alles halb so schlimm, denn letztlich zählte nur das Resultat. Für Casey bedeutete das: eine neu gefundene Lebenskraft, ein geschmeidiger, fitter Körper, eine rasche

Erholungsrate und vor allem eine deutlich verbesserte Balance. Wenn sie in den letzten zehn Tagen mit Storm ausritt – was selten genug geschehen war –, so war die Wirkung von Ethans Trainingsregime unverkennbar. Sie fühlte sich größer, enger mit ihm verbunden oder wie ihre Trainerin es formulierte: «Sie war in einem Fluss mit ihm.»

Doch all das wäre nutzlos gewesen, hätte Mrs Smith nebenbei nicht noch in vorbildlicher Weise die Reise nach Kentucky organisiert. Mithilfe von Jin, der jungen Chinesin, mit der Casey seit ihren ersten Helfertagen an der Hopeless Lane freundschaftlich verbunden war, hatte sie die ganze logistische Seite und den Transport nach Kentucky aufs Beste und in Rekordzeit geregelt. Casey besaß nun einen glänzenden biometrischen Pass mit Iriserkennung. Und einen schicken neuen Koffer hatte Mrs Smith ihr auch besorgt.

Am meisten Freude hatte sie jedoch an der neuen Reitbekleidung und der kuschelweichen Satteldecke, die eines Tages in vier großen Schachteln angeliefert wurden. Und über dem Koffer für das Zaumzeug im Wohnzimmer des Peach Tree Cottage lag eine wunderschöne neue Stalldecke für Storm.

Nach dem Frühstück ging Casey auf den Parkplatz, auf dem sich trotz der frühen Morgenstunde schon viele Kitesurfer in ihre Neoprenanzüge zwängten. Als sich einer von ihnen mit den Fingern durch seinen schwarzen Haarschopf fuhr und Caseys Blick auf seinen kräftigen, sonnengebräunten Körper fiel, musste Casey unweigerlich an Peter denken. Und so brach der Schmerz, den sie mit aller Kraft zu unterdrücken versucht hatte, wieder über sie herein. Es fühlte sich an, als würde jemand mit einer Rasierklinge ihr Herz in hauchdünne Scheiben schneiden.

Casey wandte sich jäh ab und ging in den Stall, wo sie in

ihre Reithose und ein sauberes Polo-Shirt wechselte. Sie war dankbar, der Welt für eine Weile den Rücken kehren zu können. Barfuß – mit den Reitstiefeln in der Hand – ging sie zum Strand zurück. Mittlerweile hatte sie sich wieder einigermaßen gefangen. Warum sollte sie sich wegen eines Jungen vor Kummer verzehren, der ihrem Vater ein derart scheußliches Verbrechen zutraute? Er hatte ihr Leben verlassen, und sie würde nie mehr an ihn denken.

Nie mehr.

Unten am Strand wartete Jin mit Storm. Neben Peter und Mrs Smith gehörte Jin zu den wenigen Menschen, denen Casey Storm anvertraute. Deshalb hatte sie auch keinen Augenblick gezögert, als ihre Trainerin vorgeschlagen hatte, Jin für die letzte Phase des Trainings in England nach Camber Sands zu holen. Und so war Jin in den letzten vier Tagen jeweils morgens und abends mit Storm durch die Dünen gegangen, während sie selbst von Ethan in die Mangel genommen wurde.

Immer wieder hatte Casey versucht, Storm ohne Kandare zu reiten. Das Ergebnis war – gelinde gesagt – haarsträubend ausgefallen. Immer wieder hatte sie das Gefühl, er würde gleich mit ihr durchgehen. Doch sie hielt sich strikt an Mrs Smiths Weisung, ruhig und gelassen zu bleiben, loszulassen statt festzuhalten, wenn Storm sich regte. Stattdessen beruhigte sie ihn mit Stimme und weniger Schenkeldruck.

Mrs Smith hatte ihr erklärt, dass Pferde auf Druck immer mit Druck reagieren, weil sie ihrem Instinkt als Fluchttiere gehorchen. Dem konnte man entgegenwirken, indem man sie sanft, aber nicht fordernd dazu brachte, eine gewisse Handlung einzustellen oder vorzunehmen, und selbst die kleinste Reaktion mit einem sofortigen Nachlassen des Drucks quittierte.

«So schafft es David O'Connor auf beinahe unsichtbare Weise, mit seinem Pferd zu kommunizieren. Er stellt dem Pferd mit großer Zurückhaltung eine Frage und gibt bei der kleinsten Reaktion des Pferdes nach.»

«Lieber du als ich», sagte Ethan, als er zuschaute, wie Casey mit Jins Steighilfe auf den leicht nervösen Storm kletterte. «Dieses Pferd ist ein Freigeist. Es wäre wohl einfacher, den Wind einzufangen.»

«Es geht um Vertrauen», sagte Casey, während sie sich im Sattel niederließ. «Storm und ich haben Badminton gewonnen, weil wir uns stillschweigend vertrauten. Immer wenn der Druck größer wurde, konnten wir uns gegenseitig vertrauen. Die Ereignisse der letzten Wochen haben dieses Vertrauen erschüttert. Und jetzt tue ich mein Bestes, um es wiederherzustellen.»

Bevor sie davonritt, forderte sie Storm zum Stillstehen auf und legte ihre Hand flach auf seinen Nacken. Sie tätschelte ihn nicht, weil Mrs Smith ihr gesagt hatte, Pferde hätten keine Freude daran. Sie ließ ihre Hand einfach auf seinem seidenen Fell ruhen, schloss die Augen und konzentrierte sich darauf, ihm positive Energie zu übermitteln. Damit gab sie ihm das Zeichen, sich zu entspannen und ihr zu vertrauen.

Storm setzte zu einem fulminanten Start an. Casey riss die Augen weit auf. Er erschreckte einen Kitesurfer, der dabei war, eine Düne zu überqueren.

«Das ist noch mal gut gegangen», meinte Ethan trocken und sagte damit, was auch Casey gerade durch den Kopf ging.

Verärgert gab sie zurück: «Storm ist kein Shetland-Pony, sondern ein ehemaliges Rennpferd mit Raketentreibstoff im Blut. So mag ich ihn auch liebsten. Wir hätten in Kentucky auch nicht den Hauch einer Chance, wenn er zahm wäre wie ein Lamm.»

«Chill das Leben, Mädchen, aber ich verlasse mich gerne auf Bremsen, wenn ich unterwegs bin.»

«Casey schafft das schon», kam ihr Mrs Smith zu Hilfe. «Und Pferde haben Bremsen. Man muss sie einfach dazu bringen, sie zu auch einzusetzen.»

Während Casey über den Strand trabte und Jin einen Eimer mit frischem Wasser für Storm holte, ließ sich Mrs Smith auf eine Decke fallen und massierte ihre rechte Schläfe mit den Fingern. Meistens schaffte sie es, ihre Schmerzen mit einer Aspirin und einer guten Portion Willenskraft unter Kontrolle zu halten. Doch heute waren sie kaum zu ertragen. Dass sie bereits seit 4 Uhr früh auf den Beinen war, trug wohl auch nicht gerade zur Schmerzlinderung bei.

Noch während sie Caseys Triumphritt in Badminton mitverfolgte, hatte sie sich überlegt, wann und wie sie ihrer Schülerin wohl beibringen sollte, dass sie sie aus gesundheitlichen Gründen leider nicht mehr länger würde trainieren können. Doch jetzt war es zu spät.

Ethan beobachtete sie aus den Augenwinkeln, während er sich noch einen Kaffee eingoss. Abgesehen von seiner Arbeitsbesessenheit war Kaffee sein einziges Laster. Auch wenn er das Getränk immer wieder als Unkrautvertilger bezeichnete, hatte er keinerlei Absicht, in Zukunft darauf zu verzichten. Wenn es nach ihm ging, konnte man einem Menschen, der behauptete, keinerlei Laster zu haben, nicht trauen.

«Wann sagen Sie es ihr?», fragte er, während er mit den Augen Storm verfolgte, der wie ein gespenstischer Silberpfeil immer schneller über den Strand schoss.

Auch Mrs Smith blickte Storm und Casey hinterher. Weiter unten flog ein Kitesurfer im Gischt der Brandung in den Himmel. «Was sagen?»

«Spielen sie nicht Versteck mit mir, Angelica. Wie lange kennen wir uns schon? Zehn Jahre? Zumindest seit Sie Ihre Nachhilfestunden für böse Jungs organisiert und uns später ein Plätzchen im Peacock Club verschafft haben. Sie haben mir das Leben gerettet, Angelica. Anders kann ich es nicht sagen. Und einer ganzen Menge anderer Kids haben sie auch geholfen.»

Mrs Smith schüttelte den Kopf. «Du hast dich selbst gerettet.»

«Ich habe beschlossen, mein Leben zu ändern. Das stimmt. Aber Sie haben mir das Selbstvertrauen gegeben, das ich dafür brauchte. Nur weil Sie an mich geglaubt haben, konnte ich an mich selbst glauben. Alles, was ich heute bin, verdanke ich Ihnen, und deshalb bin ich nicht bereit, tatenlos mit anzusehen, was hier abläuft. Sie sind krank, Angelica, streiten Sie es nicht ab. Sie verstecken es zwar recht gut, aber mich können sie nicht täuschen. Körper sind mein Geschäft.»

Sie zuckte mit den Schultern. «Vielleicht hast du recht. Vielleicht auch nicht. Ich habe mich untersuchen lassen, aber ich habe die Befunde verbrannt, ohne sie zu lesen. Der Facharzt hatte einen Verdacht, der mir etwas Angst gemacht hat. Deshalb lebe ich seither nach der Devise: Was ich nicht weiß, macht mich nicht heiß.»

«Sind sie verrückt?» Ethans Augen waren fast schwarz vor Wut. «Und wenn Sie Krebs haben? Wenn Sie ihn nicht behandeln und er sich ausbreitet? Dann ist es zu spät.»

Mrs Smith blickte Ethan an, ohne mit der Wimper zu zucken. «Ich kümmere mich nach Kentucky darum. Im Moment braucht mich Casey.»

«Wenn Casey davon wüsste, würde sie ausrasten und Sie sofort ins Krankenhaus einliefern lassen. Sie würde Ihnen sagen, dass kein sportlicher Erfolg, ja nicht einmal die Freiheit ihres

Vaters es wert wäre, das Risiko einzugehen, das Sie im Moment eingehen.»

«Und genau das», zischte Mrs Smith ihm zu, «ist der Grund, warum du ihr niemals auch nur ein Wörtchen davon erzählen wirst.»

Der Inhalt von Ethans Kaffeetasse landete platschend im Sand. «Angelica, du spielst mit deinem Leben!»

Strandabwärts stob das Meerwasser hinter der Reiterin und ihrem galoppierenden Pferd in die Höhe.

«Ethan, verstehst du denn nicht? Casey und Storm *sind* mein Leben.»

12

Trotz der Erpresserdrohung, die immer noch wie ein Damoklesschwert über ihr schwebte, war Casey sehr gespannt auf Kentucky. Von dem Augenblick an, als ihr Mrs Smith die Flugdokumente in die Hand gedrückt hatte, wurde die bevorstehende Reise zu einem großen, aber auch ein bisschen gewagten Abenteuer.

«Die Speditionsfirma hat den Transport bis ins allerletzte Detail geplant», erzählte sie ihrem Vater, als sie ihn am Morgen im Gefängnis besuchte. «Nichts wird dem Zufall überlassen. Das Programm enthält sogar eine Packanleitung für Storms Koffer. Das ganze Zaumzeug und die Decken müssen frisch geputzt und gewaschen und die Vitamine und Mineralstoffe ganz unten verstaut werden. Dann habe ich einen zeitlichen Ablaufplan, damit ich ganz genau weiß, wann ich wo sein muss. Auf einer Liste sind die Namen der mitreisenden Pferde und ihrer Reiter aufgeführt. Ich kann gar nicht glauben, dass wir auch da drauf sind. Storm wird mit der Elite der Vielseitigkeitsszene unterwegs sein. Ich hoffe nur, es steigt ihm nicht in den Kopf.»

Roland Blue lachte. «Und wie steht es mit dir? Fliegst du mit Stars aus der Reitszene?»

«Nein, an Bord sind nur die Pferdepfleger und ein Tierarzt.

Das ist auch gut so. Stell dir vor, mein Sitznachbar wäre William Fox-Pitt. Ich wäre so eingeschüchtert, dass ich mich zu Storm in seine Box verkriechen würde.»

«Ach Casey», seufzte ihr Vater. «Wie oft müssen Angelica und ich dir noch sagen, dass du ebenso gut bist wie deine Konkurrenten, und mit dem Badminton-Sieg in der Tasche brauchst du es gar niemandem mehr zu beweisen. Du kannst in Kentucky mit erhobenem Haupt an den Start gehen. Das hast du dir verdient.»

Er verzog das Gesicht, als er sich im Besuchsraum des Gefängnisses umsah. Die bescheidenen Ansätze, hier ein einigermaßen angenehmes Umfeld für die Gefangenen und ihre Besucher zu schaffen, wurden von am Boden verschraubten Kunststoffmöbeln und einem mürrischen Aufseher zunichte gemacht. «Vergiss das hier und reite, als ginge es um dein Leben.»

Ich reite um dein Leben, Dad, nur weißt du es nicht, dachte Casey, als sie sich von ihm verabschiedete. Wie oft, seit sie den Erpresserbrief erhalten hatte, hatte sie sich gewünscht, ihm sagen zu können, warum sie wirklich nach Kentucky flog. So musste er denken, sie tue es aus rein egoistischen Motiven. Doch sie wagte es einfach nicht, ihm reinen Wein einzuschenken. Bestimmt würde er ihr auf der Stelle verbieten, nach Kentucky zu reisen. Außerdem könnte er die Fassung verlieren und einem Gefängniswärter oder seinem Anwalt davon erzählen und damit die ganze Sache gefährden.

Ihr einziger Trost bestand darin, dass er in zehn Tagen die Wahrheit erfahren würde. Wenn sie in Kentucky den Sieg davontrug und der Erpresser sich an den Deal hielt, würde diese Wahrheit für ihn die Freiheit bedeuten.

An eine mögliche Alternative mochte sie gar nicht erst denken.

Als ihr der Wärter die Tür aufhielt, sagte ihr Vater noch: «Ich werde auf Schritt und Tritt in Gedanken bei dir sein. Du wirst schon auf dich Acht geben, Pumpkin, nicht wahr? Ich liebe dich, und ich weiß nicht, was ich ohne dich tun würde.»

Casey drehte sich ein letztes Mal um, umarmte ihn und setzte – gegen ihre Tränen ankämpfend – ein Lächeln auf. «Natürlich werde ich auf mich Acht geben. Und auch Storm wird auf mich Acht geben, so wie er das immer tut, und wenn wir zurückkommen, wird sich dieses ganze Missverständnis – der Grund dafür, dass du an diesem schrecklichen Ort sein musst – aufgelöst haben. Mach dir keine Sorgen um mich.»

Als sie aus dem Besuchsraum trat, stand ihr Hauptkommissar Grady in seiner ganzen Fülle im Weg. Aus der Nähe betrachtet, wirkte er noch größer, als sie ihn in Erinnerung hatte, und im fluoreszierenden Licht des Flurs war jedes Detail seines dunklen, pockennarbigen Gesichts zu sehen.

«Was wollen Sie?», fragte sie unfreundlich.

Er sah sie, gegen die Wand gelehnt, leicht belustigt an, so ungefähr wie eine Katze eine Maus, die ihr nicht mehr entkommen kann. «In der Pferdeszene wird Höflichkeit wohl nicht allzu großgeschrieben. Oder ist der jungen Dame etwa der Ruhm in den Kopf gestiegen?»

Im Interesse ihres Vaters hielt sich Casey zurück und sagte ihm nicht, was sie von ihm hielt. Sie verschränkte die Arme und blickte ihn an. «Wie kann ich Ihnen behilflich sein, Sir?»

«Ich habe gehört, du fliegst nach Amerika, um an einer größeren Meisterschaft im Reiten teilzunehmen. Ich wollte dir nur Glück wünschen.»

«Wirklich?»

«Wirklich. Entgegen landläufiger Meinung sind Polizisten

keine Unmenschen, Casey Blue. Die Polizei, dein Freund und Helfer. Das gilt nach wie vor.»

«Helfer? Wollen Sie damit sagen, dass Sie mir und meinem Vater helfen? Dass Sie unser Freund sind? Bitte entschuldigen Sie, aber ich krieg gleich einen Lachkrampf.»

Zu Caseys Überraschung sprach plötzlich ein fast wehmütiger Blick aus Gradys Augen. «Casey, ich verstehe, dass du verärgert und wütend bist über das, was mit deinem Vater passiert ist. Aber glaube mir, mir geht es ebenso. Wir setzen alles daran, Licht in die Ereignisse jener Nacht zu bringen. Wenn dein Vater unschuldig ist, wird die Gerechtigkeit ihren Weg finden. Flieg du jetzt in die USA und lass diese Geschichte hier zurück. Mach dir keine Sorgen um deinen Vater. Er ist in guten Händen. Konzentriere dich auf deinen Wettkampf. Anscheinend ist das Pferd, das du vor dem Schlachthof gerettet hast, eine ganz große Nummer. Und dasselbe gilt auch für dich.» Ein Ruck ging durch seinen Körper. «So, das wär's. Ich möchte dich nicht aufhalten. Ich wollte dir nur Glück wünschen.»

Casey war sprachlos. «Danke», murmelte sie vor sich hin, weil ihr sonst nichts einfiel. Grady lächelte gezwungen und winkte linkisch mit der Hand. Und weg war er.

«Was wollte denn *der* von dir?», fragte Mrs Smith, die gerade noch die letzten Wortfetzen mitgekriegt hatte.

«Mir für Kentucky Glück wünschen, anscheinend.»

Mrs Smith blickte dem davongehenden Kommissar hinterher. «Das können wir gebrauchen, solange er für diesen Fall zuständig ist.»

Die MD-11, eine von Federal Express betriebene Großraum-Frachtmaschine, startete vom Londoner Flughafen Standsted zum Flug über den Atlantik. Eigentlich handelte es sich um eine enorm große, leere Röhre mit ein paar wenigen Sitzen für Passagiere unmittelbar hinter dem Cockpit. Ganz hinten im offenen Frachtraum befanden sich acht Pferdeboxen. In einer von ihnen schnappte sich Storm gerade ein paar Bissen Heu. Casey war beeindruckt, dass in den anderen Boxen die Stuten und Wallache von vier Spitzenreitern, unter anderem William Fox-Pitt, untergebracht waren.

Sie war froh, dass die meisten Flugvorbereitungen nach Einbruch der Dunkelheit und praktisch ohne Beobachter stattgefunden hatten. Das Blut in ihren Venen kochte beinahe vor Aufregung, und dabei waren sie noch nicht einmal gestartet. Paradoxerweise war sie besonders nervös, weil bisher nichts schiefgelaufen war. Storms Verladen, wovor sie sich besonders gefürchtet hatte, war völlig problemlos gewesen. Er war in die Maschine spaziert, als sei ein Transatlantikflug für ihn die natürlichste und alltäglichste Sache der Welt.

Voller Stolz hatte Casey ihn in seine Box geführt, die zwischen den Boxen eingezwängt war, in denen zwei der edelsten Warmblüter des Vielseitigkeitssports standen. Von seiner Konstitution her konnte es Storm mit allen anderen Pferden in der Maschine aufnehmen. Und mit seinem quecksilbrig schimmernden Fell ließ er die sieben Braunen gewöhnlich aussehen. Außerdem hatte sie das Gefühl, dass ihr Vertrauensverhältnis mit jedem Tag wieder stärker wurde. Er schien wieder ihre Nähe zu suchen, was sie nicht mehr als selbstverständlich betrachtete. Eine enge Beziehung zu Storm, die auch die widrigsten Umstände überdauern würde, musste sie sich erst wieder verdienen.

Es war Dienstagabend, 21:40 Uhr. Ein letztes Mal ging Casey ihre Checkliste durch. In der Tasche unter dem Sitz waren ihre Brieftasche, ihr neuer Pass, Storms Reisedokumente und der Reiseplan des Spediteurs. Sie hatte auch einen Koffer mit Storms Decke, Pflegeset und vier einzeln verpackte und für die Zollbehörden fein säuberlich angeschriebene Tagesrationen Futter an Bord gebracht.

Nachdem sie seinen Eimer mit Mineralwasser aufgefüllt und ihm einen Gutenachtkuss gegeben hatte, begab sie sich auf ihren Sitz hinter dem Cockpit neben den australischen Pferdepflegerinnen Annabel und Leanne, die sie mit einem freundlichen Lächeln begrüßten.

In der Regel reisten Reiter nicht mit ihren Pferden. Das hatte nicht nur mit den erhöhten Kosten zu tun, sondern auch damit, dass die Sportler erholt am Zielort ankommen wollten. Casey hatte sich trotz des teureren Flugpreises und der größeren körperlichen Belastung für die Dreitagesreise mit Storm entschieden. So hatte er während jeder Phase des langen Transportwegs einen Menschen an seiner Seite, der ihm vertraut war und auf den er sich verlassen konnte.

Schwarze Regentropfen perlten über die Flugzeugfenster. Mit dem Aufdröhnen der Triebwerke stieg auch Caseys Adrenalinproduktion sprunghaft an. Sie klammerte sich an ihrem Sicherheitsgurt fest und drehte sich mehrmals nach Storm um.

«Entspanne dich», sagte Leanne. «Wir sind in der Luft, bevor dein Pferd überhaupt Zeit hat, in Panik zu geraten.»

Casey sagte ihr nicht, dass sie sich nicht um Storm Sorgen machte. Es ging um sie selbst. Sie reiste zum ersten Mal überhaupt mit dem Flugzeug, und im Ausland war sie auch noch nie gewesen. Alles war neu für sie. Und alles machte ihr irgendwie Angst.

Aber Leanne hatte recht. Während die Maschine von der Piste abhob, begannen die Pferde sich zu regen und zu schnauben, doch noch bevor sie richtig in Aufregung gerieten, beendete das Flugzeug seinen Steigflug und die Triebwerke wurden ruhiger.

Kaum war das Anschnallzeichen erloschen, ging Casey nach hinten, um nach Storm zu sehen. Er war zwar angespannt, kaute aber auf etwas Heu herum, was sie als gutes Zeichen auslegte. Als sie sich wieder hinsetzte, beklagte sich Annabel bei Leanne gerade ausführlich über ihren Freund. Da Casey nicht an ihren Liebeskummer mit Peter, der ihr vor dem Abflug nur eine kurze SMS mit den Worten *Alles Gute in Kentucky* geschickt hatte, erinnert werden wollte, stöpselte sie sich die Kopfhörer ihres iPods in die Ohren.

Die Turbulenzen setzten irgendwo über der kanadischen Provinz Nova Scotia ein. Casey kaute gerade auf dem letzten Bissen des Essens, das ihr Ethan eingepackt hatte, als ihr die Lunchbox aus der Hand flog.

«Bitte anschnallen», sagte die Flugbegleiterin, die aus dem Cockpit kam. «Es könnte ziemlich unruhig werden.»

Bis zu diesem Zeitpunkt hatte Casey den Flug genossen. Annabel und Leanne hatten ihr gesagt, dass man als normal bezahlender Passagier auf Linienflügen in der Economy Class ziemlich eingepfercht sei. In einem Frachtflugzeug wie diesem hatte man dagegen zum Glück jede Menge Beinfreiheit und konnte sich zwischendurch auch mal etwas bewegen. Da es draußen stockdunkle Nacht war, gab es nicht viel zu sehen, mit Ausnahme von ein paar Lichtern hier und dort. Um sich die

Zeit zu vertreiben, stellte sie sich vor, wie das Leben der Menschen dort unten wohl aussehen mochte.

Doch als die Maschine sich plötzlich heftig auf und ab zu bewegen begann, war Caseys Flugbegeisterung mit einem Mal zu Ende.

«Ma'am, bitte schnallen Sie sich sofort an», sagte die Flugbegleiterin jetzt mit Nachdruck.

Doch stattdessen stand Casey auf. «Ich muss nach meinem Pferd sehen. Es hat Angst.»

«Ich bestehe darauf, dass Sie sich hinsetzen und anschnallen. Ich weiß aus Erfahrung, dass Pferde viel bessere Passagiere sind als Menschen. Sie wissen nämlich nicht, dass ein Flugzeug abstürzen kann. Sie meinen, sie seien in einem Pferdehänger auf einer holprigen Straße. Ich bin sicher, Ihr Pferd hat das auch schon mal erlebt.»

«Äh ... ja.»

«Dann hören Sie wieder Ihre Musik und beruhigen sie sich. Die Sache wird vorbei sein, ehe Sie sich's versehen.»

Doch der Optimismus der Flugbegleiterin erwies sich als unbegründet. Die Maschine wurde jetzt derart durchgeschüttelt, dass Andrew, der den Flug als Vertreter der Speditionsfirma begleitete und schon Tausende von Flugmeilen auf dem Buckel hatte, einen verunsicherten Eindruck machte. Storm brüllte vor Angst und trat gegen die Wände seiner Box. Auch die anderen Pferde wurden unruhig.

«Du musst deinen Gaul beruhigen, Casey», sagte Leanne barsch. «Ich will nicht, dass er unsere Pferde ansteckt.»

«Bleib sitzen», sagte ihr Andrew. «Leanne, keine Streitereien jetzt bitte. Der Tierarzt und ich bringen die Sache mit Storm schon in Ordnung. Keine Bange. Wir sind das gewohnt.»

Kurze Zeit darauf ertönte ein wütendes Wiehern, gefolgt von

einem dumpfen Schlag. Storm bäumte sich auf. Casey sprang aus ihrem Sitz. Sofort musste sie an die schreckliche Szene aus dem Film *International Velvet – Alles Glück dieser Erde* denken, in der ein Pferd während des Flugtransports zu den Olympischen Spielen durchdreht und eingeschläfert werden muss.

«Keine Angst, wir werden Storm Warning nicht einschläfern», versuchte der Tierarzt sie zu beruhigen. «Es sei denn, er bricht sich ein Bein, reißt sich los …» Er zögerte einen Moment, um dann rasch hinzuzufügen: «… was nicht passieren wird. Aber wir müssen ihn unter Kontrolle bringen. Angst ist ansteckend, und wir können es uns nicht leisten, dass während des Fluges acht Pferde durchdrehen. Nicht einmal zwei.»

Jetzt schwankte, rüttelte und schüttelte die ganze Maschine. Wieder stieß Storm einen markerschütternden Schrei aus. Sein Hals war schweißnass. Mittlerweile hatte die Panik auf sechs der acht Pferde übergegriffen.

«Immer mit der Ruhe, alter Junge», sagte Andrew zu Storm und streckte die Hand aus, um ihn zu tätscheln. «Schluss jetzt mit dem Unsinn.»

Bevor Casey sich rühren konnte, schoss Storm mit gefletschten Zähnen auf Andrew zu. Das Knirschen war nicht zu überhören. Andrew torkelte davon, Blut tropfte aus einer Wunde an seinem Arm.

«Sorry», war alles, was Casey sagen konnte. «Er lässt sich nur von mir oder meiner Trainerin berühren.»

«Sedieren Sie dieses Pferd auf der Stelle», wies Annabel den Tierarzt an. «Wenn Rocket sich verletzt, dann kommt es aber knüppeldick.»

«Nein, Sie dürfen ihn nicht sedieren» schrie Casey, als der Tierarzt eine Spritze aufzuziehen begann. «Ohne meine Einwilligung dürfen Sie das nicht tun. Was, wenn Sie ihm eine

Substanz spritzen, die gegen die Dopingregeln der FEI verstößt? Oder wenn sie seine Leistung beeinflusst?»

Der Tierarzt hielt die Spritze mit der Nadel nach oben und klopfte dagegen, um die Luftblasen aufsteigen zu lassen. «Klar, es besteht ein Risiko, dass kleine Mengen des Beruhigungsmittels in seinem Blut zurückbleiben, und das könnte unter Umständen zu seiner Disqualifikation führen. Es tut mir leid, aber wir haben keine Wahl. Dein Pferd ist nicht allein auf diesem Flug. Wir müssen handeln. Und zwar rasch.»

Mit seiner freien Hand schickte er sich an, Storms Box zu öffnen.

«Stopp!», rief Casey beinahe hysterisch. Sie malte sich die Folgen einer Disqualifikation in Kentucky aus. «Bitte lassen Sie mich versuchen, ihn zu beruhigen.»

«Dafür ist es jetzt zu spät. Ich riskiere einen Prozess, wenn ich es zulasse, dass ein wild gewordenes Pferd die Gesundheit dieser Spitzenpferde in Mitleidenschaft zieht. Abgesehen davon sind auch die Pfleger und Begleiter gefährdet.»

«Sie soll es versuchen», mischte sich Andrew überraschend ein. Er war leichenblass. Der Gazeverband, mit dem er seine Wunde notdürftig versorgt hatte, war blutrot. «Meine Firma genießt einen ausgezeichneten Ruf für den sicheren Transatlantiktransport von Pferden, und den möchte ich nicht gefährden. Casey, ich gebe dir fünf Minuten, um das Tier zu beruhigen. Wenn du es nicht schaffst, müssen wir Storm in das Land der Träume schicken.»

Casey hätte vor lauter Dankbarkeit weinen können. «Geben Sie mir ein Buch. Ich werde ihn beruhigen. Alles, was ich brauche, ist ein Buch.»

«Wie krank ist das denn?», beklagte sich Annabel. «Die ist ja so eso-mäßig drauf. Schon wieder eine selbsternannte

Pferdeflüsterin? Das Pferd muss jetzt beruhigt werden, nicht erst in fünf Minuten, wenn es zu spät ist.»

Der Tierarzt schenkte ihr kein Gehör. Er griff in sein Handgepäck und holte Laura Hillenbrands Buch über das Rennpferd *Seabiscuit* hervor. In dem Moment schoss Storms Kopf schon wieder gefährlich nach vorn. «Ich weiß nicht, was du zu tun gedenkst, aber was immer es sein mag, mach es schnell. Alle anderen setzen sich wieder hin! Wir brauchen etwas Ruhe hier.»

Bevor Casey zu Storm in die Box ging, verbannte sie für dreißig Sekunden alle schlechten Gefühle aus ihren Gedanken. Sie sagte sich: Storm und ich befinden uns in einer Luftblase und wir fahren nicht mit einer Achterbahn durch den stürmischen Nachthimmel, sondern wir sind zu Hause in Storms Stall, auf festem Boden. Als sie die Box betrat, achtete sie darauf, nur langsame und klare Bewegungen zu machen, auch wenn ihr Herz wie wild pochte. Mit weit geöffneten Augen und voller Panik wollte Storm gleich an ihr vorbei hinausstürmen.

Casey machte sich ihre Erfahrungen der vergangenen zehn Tage zunutze. Storm war das Auge des Sturms. Sie war die Ruhe selbst. Doch er blieb unruhig, schien vor Wut zu kochen. Mitunter drohte er, sie in der engen Box zu zertrampeln. Doch Casey ließ sich nicht beeindrucken und begann zu lesen: *... ein Raunen kam von den Tribünen, und mitten in der ganzen Aufregung strahlte Seabiscuits Jockey eine unerschütterliche Ruhe aus. Das Pferd griff aus, und Pollard beugte sich über seine Schultern, bis sie gemeinsam atmeten.* Casey konnte das Gefühl und den Gedanken nachvollziehen, der durch den Kopf des Jockeys schoss: *Wir sind allein.*

«Es ist vorbei.»

Als Casey aus ihrem Tagtraum erwachte, hatte Storm seinen

Kopf in ihrer Armbeuge geborgen. Er war wie ein Kind, das sich vor etwas versteckte, das ihm Angst machte. Unter ihren Füßen war der feste Boden des Flugzeugs.

«Es ist vorbei», wiederholte der Tierarzt. «Setz dich wieder hin wie die anderen. Wir landen in wenigen Minuten. Gut gemacht.»

Casey konnte es nicht fassen, dass sie es geschafft hatten. «Darf ich nicht bei Storm bleiben, bis wir am Boden sind? Das wird ihm gut tun.»

«Tut mir leid, aber das verstößt gegen die Regeln», sagte der Tierarzt. Doch dann schien er sich eines Besseren zu besinnen. «Gut, in diesem besonderen Fall ist wohl eine Ausnahme angezeigt.»

Casey lehnte sich gegen Storms weiche Schulter. Die Haare seiner Mähne kitzelten sie in der Nase, während die Maschine zum Anflug auf den Flughafen von Newark im US-Bundesstaat New Jersey ansetzte. Die nächsten achtundvierzig Stunden würde Storm wie alle anderen Pferde getrennt von ihr in der Quarantänestation von Newburgh nördlich von New York verbringen müssen. In White Oaks hatte Casey vor dieser Trennung mächtig Respekt gehabt. Doch nach dem, was sie eben durchgemacht hatten, erschien sie ihr jetzt nur noch als kleine Unannehmlichkeit.

Als das Großraumflugzeug schließlich auf dem Rollfeld zum stehen kam, atmete Casey erleichtert auf. Es war 00:30 Uhr Ortszeit. Sie hatten die erste Phase ihres Auftrags erledigt.

13

Rund dreieinhalb Tage später lag Casey am frühen Sonntagmorgen ausgestreckt in einem Schlafsack auf dem Boden eines schnell dahinfahrenden Pferdetransporters. Sie hatte versucht, sich mit einem Buch abzulenken, musste aber dauernd an die Unsicherheit der bevorstehenden Tage denken.

Schon kurze Zeit nach Überqueren der Ziellinie in Badminton hatte sie ihre Gedanken auf das *Kentucky Three Day Event* gelenkt, das wegen seines Hauptsponsors in der Szene oft einfach *Rolex* genannt wurde. Ihr war bewusst, dass es sich um den einzigen Viersterne-CCI der westlichen Hemisphäre handelte, und seit 1998 machte er zusammen mit *Badminton* und den *Burghley Horse Trials* den sogenannten *Grand Slam* des Vielseitigkeitsreitens aus.

Der *Grand Slam* hatte für sie etwas beinahe Mythisches an sich. Die bisher einzige Siegerin dieses Sonderpreises war ihre Heldin Pippa Funnell, die auch in Badminton drei Mal ganz oben auf dem Siegerpodest gestanden hatte. Andrew Hoy und William Fox-Pitt hatten den *Grand Slam* nur knapp verpasst.

Funnells Leistung war umso bemerkenswerter, als die Geländeprüfung zum Zeitpunkt ihres Triumphs im Jahre 2003 noch ein Jagdrennen enthielt sowie teilweise über Straßen und Wege führte und damit als ultimativer Härtetest für Pferd und

Reiter galt. Aus diesem Grund orientierte sich Casey stark an der Technik von Pippa Funnell.

Doch an diesem Morgen dachte Casey nicht in erster Linie an ihre Heldin Pippa Funnell, sondern an Mary King, die 2011 mit neunundvierzig Jahren beim *Kentucky Three Day Event* einen neuen Meilenstein gesetzt hatte, als sie auf ihrer britischen Stute *King's Temptress* den ersten und auf dem Grauschimmel *Fernhill Urco* gleichzeitig den zweiten Platz belegt hatte und damit zum ersten Mal in der dreiunddreißigjährigen Geschichte des *Rolex* das Double gewann. Außerdem war sie die bisher älteste Reiterin, die einen Viersterne-Wettbewerb für sich entscheiden konnte.

Für Casey waren Marys sportliche Leistungen allein schon beeindruckend. Aber noch mehr bewunderte sie den Menschen Mary King, eine sympathische, bescheidene Frau, die als Tochter eines Küsters aus ähnlich bescheidenen finanziellen Verhältnissen stammte wie Casey selbst. Und Marys Pferde schienen für sie immer alles geben zu wollen. Das war zwar nichts Außerordentliches im Vielseitigkeitssport, aber bei Reiterinnen wie Pippa und Mary schien es besonders ausgeprägt zu sein.

Auch bei den anspruchsvollsten Sprüngen und unter beinahe unerträglichem Druck hatten Marys Pferde Temptress und Urco während des ganzen Turniers Ruhe und Gelassenheit ausgestrahlt. Dabei waren sie nicht etwa unkomplizierte Pferde, doch sie hielten ihrer Reiterin einen Spiegel hin, und der Spiegel zeigte ein schönes Bild. Wie Pippa Funnell hatte auch Mary King eine Beziehung zu ihren Pferden aufgebaut, die auf gegenseitigem Respekt, um nicht zu sagen Liebe, gründete. Das war ihr Erfolgsrezept. An diesem Vorbild wollte sich Casey orientieren, wenn es in Kentucky für sie ums Ganze ging.

Sie unterdrückte ein Gähnen und streckte ihre schmerzenden Gliedmaßen aus. Mittlerweile hatte sie begriffen, warum die meisten vernünftigen Reiter ihre Pferdepfleger mit den Tieren vorausreisen ließen, während sie direkt nach Lexington flogen. So kamen sie ausgeruht und einsatzbereit an. Sie selbst hingegen fühlte sich wie gerädert.

Dabei hatte man sie gewarnt. Selbst Mrs Smith hatte versucht, ihr die beschwerliche Reise mit Storm auszureden. Allerdings verstand auch niemand besser als ihre Trainerin, dass das in der Woche zuvor neu entstandene Vertrauensverhältnis zwischen Casey und Storm für ihren Erfolg in Kentucky ausschlaggebend sein würde.

Doch über all dem hing unausgesprochen die Drohung des Erpressers. Was war riskanter? Mit oder ohne Storm zu reisen? Und machte es überhaupt einen Unterschied? Denn eigentlich konnte der Erpresser kein Interesse daran haben, ihnen irgendeinen Schaden zuzufügen; aber solange sie die Identität und das Motiv des Erpressers oder der Erpresserin nicht kannte, war ohnehin alles in der Schwebe.

Bei der Einreise in Newark hatte ein respekteinflößender Beamter die schriftliche Erklärung ICH HABE KEINE VORSTRAFEN in ihrem Visum-Formular mit eiskalter Genauigkeit überprüft. Gerade als sie überzeugt gewesen war, für den Rest ihrer Tage in einen dunklen Kerker geworfen zu werfen, weil sie verschwiegen hatte, dass ihr Vater gegenwärtig wegen einer Klage auf Totschlag in Haft saß, blitzte im Gesicht des Mannes völlig unerwartet ein breites Zahnpastareklame-Lächeln auf.

«Und was hältst du von Manchester United? Bist du auch ein Fan? Ich sehe mir jedes Spiel an, wenn ich's schaffe.»

Casey war nichts anderes übrig geblieben, als enorme

Begeisterung für Fußball vorzutäuschen. Aber gegenüber dem, was Storm geleistet hatte, war das eine Kleinigkeit. Wenn sie nur daran dachte, wie vorbildlich Storm sich bei der Einreise verhalten hatte. Immerhin war er von einem Beamten des US-Landwirtschaftsministeriums mit einer weiteren Spritze in der Hand empfangen worden. Dieses Mal ging es um die Entnahme von Blutproben.

Es war 04:40 Uhr an jenem Morgen der Landung gewesen, als Casey und die anderen Betreuer ihre Pferde schließlich in der Quarantänestation von Newburgh ausladen konnten. Zwei Tage lang musste sie Storm nun dem Personal dieses Zentrums überlassen. Daran gab es nichts zu rütteln.

Als sie schließlich todmüde in ihr Motelbett in Windsor, einer Kleinstadt nördlich von New York City, gesunken war, war über Lake Washington gerade die Sonne aufgegangen. Beim Aufwachen Stunden später war sie benommen gewesen und hatte nicht so recht gewusst, wo sie war. Amerika. Nach dem geschäftigen London und den engen baumbestandenen Landstraßen von Kent war hier alles anders und vor allem größer, als sei es für Riesen gemacht worden: der Supermarkt, die Motelzimmer, die Parkplätze.

Das Restaurant gegenüber ihrem Motel setzte ganz auf Kohlehydrate, Fett, Salz und Maissirup, und das Essen wurde nicht auf Tellern, sondern großen Platten aufgetischt, mit denen man ein ganzes afrikanisches Dorf hätte verköstigen können.

Casey, der Ethan eine strikte Diät verpasst hatte, verzichtete auf Zucker und raffiniertes Mehl, weil sie sich selbst davon überzeugt hatte, dass ihr Erfolg in Kentucky davon abhängen würde. Wäre es nach ihr allein gegangen, hätte sie sich liebend gerne so wie ihre Reisegenossen verpflegt, die genüsslich ihre

Pancakes mit warmem Ahornsirup verdrückten. Stattdessen hielt sie sich an zwei Joghurts, eine Banane und drei Esslöffel Leinsamen, Sonnenblumen- und Kürbiskerne.

«Ach komm, entspann dich doch etwas und genieß das Leben», hatte Leanne gesagt, sichtlich bemüht, ihr forsches Auftreten im Flugzeug wiedergutzumachen. «Lass los, wir haben hier zwei Tage nichts zu tun. Komm mit uns nach New York – wie echte Touris halt. Wir möchten auf das Empire State Building.»

Casey hatte schon immer davon geträumt, Manhattan zu sehen. Schließlich war ihre Mutter hier zur Welt gekommen. Aber dafür war jetzt nicht der richtige Zeitpunkt. Sie war nicht zum Spaß in die USA gereist; sie hatte hier eine Aufgabe. Und wenn sie sich jetzt nicht voll darauf konzentrierte, würde sie in Kentucky niemals gewinnen können.

Während also Leanne, Annabel und Andrew in Manhattan dem Shopping gefrönt und Sehenswürdigkeiten besucht hatten, war Casey schwimmen gegangen, hatte für ihre Fitness gesorgt und so lange geschlafen, wie sie konnte. Sie hatte sich auch mit Lebensmitteln für die Reise nach Kentucky eingedeckt, damit sie nicht auf Autobahnraststätten angewiesen war. In ihrem Reiseplan war von einer «langen, kühlen und unbequemen Fahrt» im Pferdetransporter die Rede gewesen, für die sie sich mit Schlafsack, Kissen, Taschenlampe, iPod und Lesestoff rüsten solle.

Jetzt war sie schon vierzehn Stunden mit dem Transporter unterwegs und heilfroh, all diese Dinge mitgenommen zu haben. Steifbeinig schlüpfte sie aus dem Schlafsack, um nach Storm zu sehen. Er begrüßte sie mit einem freudigen Wiehern und streckte sich, um an ihr zu schnuppern.

«Wenn ich gewusst hätte, dass du nach zwei Tagen Trennung

noch viel netter sein würdest als sonst, hätten wir das längst mal versuchen sollen», raunte sie ihm scherzhaft zu.

Storm antwortete mit einem sanften Nasenstüber. Anscheinend hatte er wirklich nicht sonderlich unter den Reisestrapazen und der Quarantäne gelitten. Ganz im Gegenteil – die neuen Erfahrungen schienen ihm viel positive Energie verliehen zu haben.

«Daran kannst du ablesen, dass ein Pferd intelligent ist», hatte ihr Andrew gesagt. «Sie sind interessiert und wissbegierig. Für sie ist jede Veränderung wie ein Urlaub.»

Casey legte ihre Uhr an. Es war 06:42 Uhr. In knapp zwanzig Minuten würden sie im *Kentucky Horse Park*, dem Ziel ihrer langen Reise, ankommen. Sie schaute aus dem Fenster. Jetzt waren sie schon ganz in der Nähe von Lexington. Hier waren die besten Rennpferde Amerikas zu Hause. Auf den berühmten Bluegrass-Weiden, eingefriedet von einfachen weißen Holzzäunen, grasten Vollblutstuten, Fohlen und Jährlinge im honiggelben Licht der Morgendämmerung. Bunte Ställe und Schuppen verliehen jeder Farm ihr eigenes Gesicht. Casey konnte fast nicht glauben, wie perfekt hier alles war. Kein einziger Grashalm fiel aus der Reihe. Es war, als fahre sie durch das Filmset von *Secretariat – Ein Pferd wird zur Legende*.

Die Angst vor den nächsten Tagen wurde für kurze Zeit durch einen heftigen Adrenalinschub verdrängt. Mrs Smith hatte ihr eine DVD über Mary Kings Doppelsieg in Kentucky geschenkt. In den letzten zehn Tagen hatte sie sich fast jeden Abend vor dem Einschlafen Kings Geländeritt angesehen und sich jeden Schritt eingeprägt. Manchmal verfiel sie dabei in einen Tagtraum, in dem es keinen Erpresser gab, in dem der Brief nichts als ein übler Scherz war und Storm und sie aus freien

Stücken in Kentucky an den Start gehen und einen wunderbaren Sieg davontragen durften.

Schließlich bestand mit Ausnahme des Erpresserbriefes kein einziger Beweis, dass diese Person wirklich existierte.

Storm wieherte erneut und begann zu scharren. Casey riss ihren Blick von der Landschaft los und hielt ihm ein paar Polo-Mints hin. «Ich weiß ja, dass du es fast nicht mehr aushältst. Du willst raus und am besten gleich losgaloppieren. Du kannst mir glauben: Mir geht es ebenso. Aber du musst noch ein bisschen Geduld haben. Wenn wir ankommen, wird ein Tierarzt des Landwirtschaftsministeriums die Plombe vom Transporter entfernen und dich registrieren. Dann bringe ich dich in deinen neuen Stall und serviere dir dein wohlverdientes Frühstück.»

«Du weißt aber schon, dass er keine Ahnung hat von dem, was du ihm da erzählst», sagte Leanne und zog dazu eine Grimasse. Sie hatte das «Gespräch» mitbekommen, während sie mit den australischen Pferden beschäftigt war. «Das einzige Wort, das er unter Umständen verstanden hat, ist *Frühstück*.»

Casey gab keine Antwort. Für sie war klar, dass Storm jedes einzelne Wort verstanden hatte. Mit einem unverbindlichen Lächeln drehte sie sich um und öffnete Storms Koffer. Als sie die Decke hervorholte, lag ein Zettel mit einer maschinengeschriebenen Notiz darunter:

GLAUB BLOSS NICHT, DASS DU UNS ENTKOMMST, CASEY BLUE. WIR BEOBACHTEN DICH RUND UM DIE UHR. EINE FALSCHE BEWEGUNG, UND DEIN VATER IST ERLEDIGT.

Casey knallte den Koffer zu. Zum letzten Mal hatte sie ihn am Vortag um 15 Uhr, kurz vor Abfahrt von der Quarantänestation in Newburgh, geöffnet. Abgesehen von den zwei Beamten, den drei Pferdepflegern und dem Fahrer des Transporters hatte niemand Zugang zum Koffer. Das hieß, dass eine dieser Personen mit dem Erpresser zusammenarbeitete oder vielleicht sogar selbst der Erpresser war.

Irgendwo in ihrem Kopf spukte die Vorstellung herum, dass der Erpresser und der Mann mit der Horrorfratze ein und dieselbe Person waren. Vielleicht handelte es sich um einen Konkurrenten, dessen Helfer sich auf der Reise vordergründig mit ihr angefreundet hatte. Ein kalter Schauer lief ihr über den Rücken.

«Was ist los mit dir?», fragte Leanne. «Ist dir etwas geklaut worden? Hast du schlechte Nachrichten erhalten?»

«Gar nichts ist los. Ich habe … äh … ich habe nur gerade festgestellt, dass ich keine Polo-Mints mehr habe.»

Die junge Australierin lachte. «Wenn's nur das ist! Hier nimm eines von meinen Päckchen.»

14

Es war ein für die Jahreszeit ungewöhnlich kalter, regnerischer Tag in East London. Lenny McLeod riss das Steuer seines Wagens herum, fuhr dicht an die Bordsteinkante und trat unnötig hart auf die Bremse, sodass Peter beinahe gegen die Windschutzscheibe geschleudert wurde. McLeod entschuldigte sich nicht. Das Risiko, das er eingegangen war, seit er den Jungen in die Ermittlungsarbeit einbezogen hatte und ihn wie einen Kollegen auf dem Beifahrersitz mitfahren ließ, war so groß, dass er keine Lust hatte, sich bei ihm für seinen Fahrstil zu entschuldigen.

«Redwing Towers», sagte er. «Hier ist Casey aufgewachsen, in der Wohnung ihres Vaters, die schon bald leer stehen wird, wenn Grady sich durchsetzt.»

Er schaltete die Scheibenwischer aus. Durch die über die Autoscheiben perlenden Regentropfen konnte Peter den grauen überdimensionierten Betonbau nur verschwommen erkennen. Der Stadtrat von Hackney hatte mehrmals versucht, den in den Sechzigerjahren erstellten Wohnblock zu modernisieren – leider ohne Erfolg, sah er doch heute noch aus wie der Londoner Ableger von Alcatraz.

Auch aus der Nähe betrachtet war er keine Schönheit. Der mickrige Rasenstreifen, der ihn von der Straße trennte, war ungepflegt und von Zigarettenkippen übersät. Die Wände des Eingangsbereichs waren mit Graffiti verschmiert. Als sie an einem offenen Aufzug vorbeigingen, stieg Peter der Geruch von vergossenem Bier und anderen Dingen in die Nase, über die er sich gar keine näheren Gedanken machen mochte.

Er konnte sich gar nicht vorstellen, dass Casey in diesem Loch aufgewachsen war und dennoch eine gesunde Portion Zuversicht, Hoffnung und Mut aufgebracht hatte, um zu einer der gefragtesten Nachwuchsreiterinnen des Vielseitigkeitssports zu werden. Und jetzt wollte man ihr – ohne irgendein Verschulden ihrerseits – alles wieder wegnehmen, was sie sich mühsam erarbeitet hatte.

Er hatte sich selbst davon überzeugt, dass sie aus diesem Grund nach Amerika geflogen war. Sie wollte Größe zeigen und ihre Karriere retten. Den Gedanken an die Alternative – dass sie den sportlichen Erfolg über die Liebe zu ihrem Vater stellte – verdrängte er sofort wieder. Es konnte doch nicht sein, dass ihr der Start in Kentucky wichtiger war als das Schicksal ihres Vaters, den sie in England in einer Gefängniszelle zurückgelassen hatte.

McLeod musterte seinen jungen Begleiter. «Du bist zum ersten Mal hier, nicht wahr? Lenkt es dich etwas von deiner Freundin ab?»

Ex-Freundin wäre die korrekte Bezeichnung, dachte Peter, ohne es auszusprechen.

Sein Herz fühlte sich taub an, wie abgestorben. «Nein, ganz im Gegenteil. Ich muss mehr an sie denken.»

«Das kann jeder geklaut haben. Warum fragen Sie ausgerechnet mich?»

Der Hausmeister hatte sich kaum erhoben, als sie sein Büro betraten, und jetzt hing er schon wieder träge in seinem Sessel, als käme es gar nicht infrage, für Besucher aufzustehen. «Der ganze Pöbel da draußen. Am besten, Sie verhaften zuerst mal all die Schmarotzer, statt mir auf die Pelle zu rücken. Bin schließlich ein rechtschaffener Bürger.»

«Wir rücken Ihnen nicht auf die Pelle, guter Mann», beschwichtigte ihn McLeod. «Wir wundern uns nur über den doch etwas seltsamen Zufall, dass ausgerechnet das Band, das Mr Blues Unschuld beweisen könnte, spurlos verschwunden ist.»

«Dann kommen Sie nicht zu mir, gehen Sie zum Stadtrat», gab der Hausmeister schnippisch zurück. «Ich mache hier meinen Job, aber ich kann nicht rund um die Uhr Wache stehen. Das hier ist nicht Fort Knox. Ich bin sicher, irgendein Kid hat das Ding geklaut. Brauchte wohl ein Band, um seine Lieblings-TV-Show aufzunehmen oder so.»

Er strich sich mit einer Hand die wenigen verbleibenden Haarfäden über die Glatze, während er mit der anderen auf ein verstaubtes, unter dem Gewicht von ramponierten Videokassetten, alten Zeitungen, Haushaltsgeräten und Werkzeug ächzendes Regal deutete. Auf zwei ebenso vertrauensunwürdigen TV-Monitoren waren flackernde Schwarz-Weiß-Bilder von verschiedenen Standorten des Sozialbaus zu sehen.

Er schlürfte von seinem Tee. «Typisch Polizei. Da haben wir einen ganzen Wohnblock voller Teenage-Gangster und Typen, die ihre eigene Großmutter verkaufen würden, um mal eine Nacht durchsaufen zu können, und die Polizei stürzt sich auf die wenigen anständigen Bewohner. Klar, er hat einmal ein kleines Ding gedreht, aber profitiert hat er davon nicht. Und seine Strafe hat er abgesessen. Wie lange wollt ihr ihn jetzt deshalb noch fertigmachen? Und ihr fragt euch dann, warum die Leute am unteren Ende der Gesellschaft euch nicht mögen. Wisst ihr warum? Weil ihr nichts für uns tut!»

Peter bewunderte McLeod für seine Geduld. Als er die abgestandene Luft nicht mehr ertragen konnte, trat er aus der Kammer des Hausmeisters in den Innenhof des Gebäudes. Es regnete zwar nicht mehr, aber das Wasser gurgelte immer noch in den Dachrinnen.

Wo war in dem Augenblick wohl Casey? Und womit war sie gerade beschäftigt? Im Pferdefachblatt *New Equestrian* hatte er gelesen, sie habe auf einen kostenlosen Business-Class-Flug mit British Airways verzichtet, um Storm Warning auf seinem Transport nach Kentucky begleiten zu können, was für sie beinahe vier strapazenreiche Reisetage bedeutete.

Auf die Frage des Journalisten, ob sie sich damit nicht zusätzlich benachteilige, zumal sie in Kentucky mit Storm und nicht mit einem ausgeruhten Pferd an den Start gehe, hatte sie geantwortet, dass es beim Vielseitigkeitssport nicht nur um den Sieg gehe. «Storm und ich sind Partner. Ich könnte es nicht ertragen, wenn ihm etwas zustoßen würde, nur weil ich in der Luxusklasse über den Atlantik geflogen bin. Wenn er mich braucht, will ich für ihn da sein.»

Trotz allem, was zwischen ihnen vorgefallen war, hatte diese Erklärung von ihr ein Lächeln auf Peters Gesicht gezaubert. Typisch Casey, hatte er sich gedacht.

Plötzlich spürte er etwas im Nacken. Er drehte sich um. Jetzt traf ihn etwas am Kinn. Als er zu Boden blickte, sah er zwei kleine gefrorene Erbsen. Er musste lachen.

Peter suchte mit den Augen die gegen den Innenhof offenen

Flure ab, um den versteckten Heckenschützen ausfindig zu machen. Und schon wieder traf ihn eine Erbse. Diesmal prallte sie auf seiner Stirn auf. In einer Mischung aus Ärger und Bewunderung über den Mut des versteckten Schützen hob er eine Hand und rief in den Innenhof: «Wetten, dass du meine Hand nicht triffst!»

Kurz darauf wurde seine Handfläche von einer Erbse getroffen. Jetzt musste Peter laut lachen. «1 : 0!»

Im fünften Stockwerk hinter dem Geländer war ein kleines grinsendes Gesicht zu sehen.

«Alles in Ordnung bei dir?», fragte McLeod, der das Büro des Hausmeisters auch verlassen hatte. Das grinsende Gesicht war verschwunden. «Ich gehe mal in den vierten Stock, um mit dem Paar zu reden, das angeblich gesehen hat, wie Roland Blue seine Wohnung am Tatabend kurz vor Mitternacht verließ und Stunden später noch nicht zurück war. Die Leute sind zwar schon befragt worden, aber das will nichts heißen. Bei Ermittlungen stelle ich oft fest, dass sich das Erinnerungsvermögen der Befragten mit der Zeit verbessert.»

Peter wartete im Flur vor einer Wohnung, aus der es nach Pommes-Öl roch. Obwohl der Fernseher auf voller Lautstärke lief, war die durchdringende Stimme einer Bewohnerin zu hören. Das musste, nach dem Klingelschild zu urteilen, Mrs Block sein. McLeod sprach mit ihr.

«Klar, er hat's getan. Ist doch sonnenklar. Ich hab's dir doch immer gesagt, Bob, dass da etwas faul is' mit dem Mann.»

Falls sie darauf überhaupt eine Antwort bekam, wurde sie von einer lauten Passage der laufenden Fernsehserie übertönt.

«Von dem Moment an, als seine Kleine reich und berühmt wurde und mit ihrem Pferdchen in der Zeitung war, ist's dem Alten in den Kopf gestiegen. Plötzlich gab's für ihn nur noch

Casey hier, Casey dort. Konnte das einfach nicht handeln. Und er hat ja schon mal 'nen Bruch gemacht, also hat er's noch mal versucht. Brauchte wohl Kohle, um mit der Kleinen in ein schickes Haus zu ziehen mit Stall und allem Drum und Dran. Dem hab ich nie über den Weg getraut. Und dann das Töchterchen. Voll die eingebildete Tussi! Schon nach dem ersten Pokal hat die sich hier aufgeführt wie eine Königin. War doch so, Bob. Oder etwa nicht?»

Jetzt geriet Peter in Rage – etwas, das ihm selten passierte. Wie konnte diese Tante bloß so plumpe Lügen über Casey und ihren Vater verbreiten. Er jedenfalls kannte nur wenige Menschen, die so genügsam und bescheiden waren wie Casey und ihr Vater.

Er drehte sich um und lehnte sich über das verrostete Geländer. Mit Wehmut dachte er an die Ruhe und Weite auf dem Land bei seinem Großvater. Er war ein Naturkind. In Städten fühlte er sich an sich schon eingezwängt, doch dieser Wohnblock mit seinen feuchten Wänden, hässlichen Fluren und zuckenden Gardinen weckte in ihm den dringenden Wunsch, einfach nur davonzulaufen.

Direkt gegenüber von ihm, auf der anderen Seite des Innenhofs, befand sich die Wohnung Nr. 414, in der Casey aufgewachsen war. Er schloss die Augen und stellte sich vor, wie sie nach einem harten Arbeitstag als Helferin auf dem Reiterhof, den sie und Jin *Hopeless Lane* genannt hatten, nach Hause kam. Sie steckte in dem pinkfarbenen Billig-Polo-Shirt und dieser unförmigen Reithose, die sie bei ihrer ersten Begegnung getragen hatte, und bewegte sich in ihrer burschikosen Art, die eine seltsame Mischung von Scheu und Selbstbewusstsein verriet. Manche seiner Freunde fanden sie eher unscheinbar, für Peter war sie einfach immer nur umwerfend schön gewesen.

Plötzlich merkte er, dass er sich so sehr am Geländer festgeklammert hatte, dass seine Knöchel weiß geworden waren.

«Und jetzt kommt er an die Kasse. Ich habe das dem anderen Kommissar, Don Alexander, schon gesagt: Bob und ich haben gesehen, wie er den Block zusammen mit seinem Freund etwa um Mitternacht verlassen hat. Sie hatten irgendwelche Taschen dabei. Ich bin ganz sicher, dass es etwa Mitternacht war, weil wir uns gerade eine Wiederholung von *WipeOut – Heul nicht, lauf!* angesehen haben. Er ist nicht zurückgekommen, sicher nicht. Und dann ging Bob raus, um eine zu rauchen, und dann bin auch ich rausgegangen. Dann haben wir noch ein bisschen mit Margie Adams, unserer Nachbarin, gequatscht. Und die ganze Zeit habe ich ein Auge auf seine Wohnungstür geworfen, aber die hat sich nicht bewegt. Er ist nicht zurückgekommen. Erst am nächsten Morgen um neun hab ich ihn gesehen, als er die Zeitung holte.»

McLeod fragte: «Wie können Sie so sicher sein, dass er nicht zurückgekommen ist, während sie draußen auf dem Flur waren? Sie haben sich mit ihrer Nachbarin unterhalten. Vielleicht waren sie abgelenkt.»

«Bestimmt nicht. Bob ist doch Kettenraucher. Und Margie auch. Ich habe ihnen Gesellschaft geleistet, und wir haben über Gott und die Welt geredet. Aber wir haben mit Adleraugen verfolgt, was er im Schilde führte. Schließlich sind wir so um halb zwei wieder reingegangen, weil die blöde Schrapnelle von oben wieder einmal wegen dem Lärm gemotzt hat.»

Peters Kopf wurde wieder von einer Tiefkühlerbse getroffen. Er hob die Arme, als würde er kapitulieren.

Aus dem Treppenhaus winkte ein dünnes Ärmchen. Mrs Blocks Geschwätz nervte ihn nur. Also ging er rüber.

Der kleine Attentäter rannte die Treppe hoch und forderte

ihn auf, ihm zu folgen. Erst als er ganz oben angekommen war, merkte Peter, dass es sich bei dem Schlingel gar nicht um einen Jungen, sondern um ein kleines schwarzhaariges Mädchen mit einem schmalen Gesicht und grünen Augen handelte.

Peter blieb bei einer offenen Tür stehen, die – so nahm er an – zu ihrer Wohnung gehörte. Eigentlich wollte er nicht mit ihr reden, solange weder ihre Mutter noch ihr Vater in der Nähe waren. Aber sie winkte ihn energisch herbei. Sie hielt einen Schreibblock in der Hand, zeichnete ein paar Punkte auf ein Blatt und deutete über den Hof auf Caseys Wohnung Nr. 414.

«Ich verstehe dich nicht.»

Unter dramatischem Seufzen verband sie die Punkte miteinander. Plötzlich erschien auf dem weißen Papier ein Kentaur mit Pfeil und Bogen, umgeben von einem Sternenhimmel.

Wieder zeigte sie auf Caseys Wohnung.

Er folgte ihrem Blick. «Ich weiß nicht, ob ich dich verstehe. Ist das dein Sternzeichen? Bist du Schütze?»

Sie verzog das Gesicht und schrieb auf das Blatt: PFERDMENSCH.

Lachend sagte Peter nun: «Ach so. Casey ist wie eine Kentaurin, halb Mensch, halb Pferd. Genial. Das stimmt.»

Das Mädchen legte den Schreibblock beiseite und zeigte ihm seine Erbsenschleuder. Gerade als er ihr, ohne sie zu beleidigen, klarmachen wollte, dass er nicht damit spielen wollte, wurde sie mit aller Kraft von einer Frau weggerissen, die sie sogleich beschützend in die Arme nahm. «Verschwinden Sie von hier», schrie sie. «Lassen Sie uns in Ruhe. Was fällt Ihnen eigentlich ein?»

Das Mädchen fing an zu weinen.

Peter war völlig verwirrt. «Es tut mir leid. Ich … äh sie … Das

Mädchen hat mich mit diesen Erbsen beschossen. Ich ... äh ... arbeite für die Polizei ...»

Plötzlich hellte sich das Gesicht der Frau auf. Sie setzte das Kind ab und umarmte es. Sofort begann das Mädchen zu lächeln. «Es tut mir leid, Liebling. Ich habe mir wieder mal unnötig um dich Sorgen gemacht. Bringst du mir bitte ein Glas Wasser, Schätzchen? Und auch gleich noch eines für den netten Mann von der Polizei, bitte.»

Sobald das Mädchen weg war, sagte sie zu Peter: «Bitte entschuldigen Sie. Sie meinen jetzt bestimmt, ich wär so eine gestörte Tigermutter. Aber wenn man hier lebt, muss man die Kinder stramm erziehen. Vor allem, wenn man eine Tochter hat, die Besucher mit Tiefkühlgemüse beschießt. Übrigens, ich bin Kate Wilson.» Sie musterte ihn von oben bis unten. «Also ich muss schon sagen, wie ein Polizist sehen Sie nicht gerade aus.»

«Ich ... äh ... der Fall wird jetzt von einem neuen Team bearbeitet», stotterte er. «Wir prüfen die Indizien noch einmal vor Ort.»

Sie sah sich vorsichtig um und flüsterte ihm dann zu: «Vielleicht sollten sie das ätzende Ehepaar Block näher unter die Lupe nehmen. Sie prahlen damit, der Polizei bei ihren Ermittlungen zu helfen, dabei lügen sie doch wie gedruckt.»

Peter schenkte ihr seine ganze Aufmerksamkeit. «Wollen Sie damit sagen, dass die Nachbarn in der Tatnacht gar nicht im Flur waren, obwohl sie das jetzt behaupten?»

«Doch, doch, die standen schon im Flur. Ich bin auch zwei Mal runtergegangen und habe sie gebeten, doch bitte ruhig zu sein wegen Myra und unserem älteren Nachbarn. Doch die haben mich nur ausgelacht. Solche Leute sind das.»

«Dass sie laut und unhöflich sind, heißt aber noch lange nicht, dass sie lügen.»

«Natürlich nicht. Mich würde nur interessieren, wie sie es vom Treppenhaus im vierten Stock aus geschafft haben, Rolands Bewegungen zu überwachen? Dort rauchen sie nämlich.» Sie zeigte auf ein Schild an der Wand. «Da steht doch *Rauchverbot in öffentlichen Gebäudeteilen*. Es ist ja wohl sonnenklar, dass das Treppenhaus ein *öffentlicher Gebäudeteil* ist. Aber da scheinen sie anderer Meinung zu sein.»

Peter wurde ganz aufgeregt, ließ es sich jedoch nicht anmerken. «Okay, wir klären das ab.»

«Hoffentlich wird was draus», sagte Kate, als sie sich zum Gehen umdrehte. «Seit ich meinen Job verloren habe und wir gezwungen wurden, hier eine Wohnung zu nehmen, war Roland einer der wenigen Hoffnungsstrahlen in unserem Leben. Er ist einer der nettesten Menschen, die ich je kennengelernt habe. Und Myra, die Tiere über alles liebt, ist in Casey vernarrt. Sie werden sich schon für sie einsetzen, nicht wahr?»

«Wir werden tun, was in unserer Macht steht. Das verspreche ich Ihnen.»

Er dankte ihr und Myra für das Wasser und ging dann die Treppe hinunter. Die Raucherecke ausfindig zu machen, war kein Kunststück. Sie befand sich zwischen Treppenabsatz und Flur, dort wo man zwischen den grauen Betonsprossen auf die Straße gucken konnte. Jemand hatte in einen der Sehschlitze eine Keksdose geklemmt, die als Aschenbecher diente und vor Kippen überquoll. Doch dies interessierte Peter weniger als die Tatsache, dass man von der Raucherecke aus zwar fast alle Wohnungstüren im vierten Geschoss auf der vorderen und linken Seite des Blocks überblicken konnte, nicht aber den Flur und die Türen auf der rechten Seite, wo sich Wohnung Nr. 414 befand.

McLeod kam um die Ecke. Er war sauer. «Ich habe schon gemeint, ich müsste einen Suchtrupp nach dir ausschicken.»

«Sorry, Herr Inspektor, aber ich glaube, das hier sollten Sie sich mal näher ansehen.»

«Und was geschieht jetzt?», fragte Peter aufgeregt, als sie wieder im Dienstwagen saßen. «Jetzt haben Sie den Beweis, dass Caseys Vater nicht der Täter ist. Wann kommt er frei?»

McLeod startete den Motor. «Warum sollte er freigelassen werden? Weil sich zwei Augenzeugen als unglaubwürdig herausgestellt haben? Willkommen in meiner Welt. Jetzt brauchen wir knallharte Fakten. Die Zeitungen schreiben zwar, dass ein Mensch bis zum gesetzlichen Beweis seiner Schuld als unschuldig gilt. Aber ob das auch stimmt, ist eine andere Frage.»

Peter war verzweifelt, aber in erster Linie war er wütend auf sich selbst. Wie konnte er nur so naiv sein zu glauben, mit ein bisschen Detektiv-Spielen würde er den Fall an einem einzigen Morgen lösen? In Gedanken hatte er sich schon ausgemalt, wie er Casey am Telefon sagen würde, er habe die Unschuld ihres Vaters nie angezweifelt, und außerdem habe er einen Beweis in der Hand, der zu Roland Blues Freilassung führen würde. Er hatte sich vorgestellt, wie sie sich freuen würde.

Jetzt schlug er sich mit der Faust auf den Oberschenkel. Was für ein Blödmann er doch war.

McLeod blickte ihn mit einem Lächeln auf den Lippen an. «Woher kommt bloß diese Weltuntergangsstimmung? Dank dir haben wir gerade den ersten Durchbruch in diesem Fall erzielt. Nicht schlecht für einen Amateur.»

«Haben Sie nicht eben gesagt, dass meine Ermittlungen nichts beweisen?»

«Ich habe bloß gesagt, dass sie nicht Rolands Unschuld beweisen. Aber wenn ein hochrangiger Ermittler wie Don Alexander die Nachbarn im Block befragt, es aber unterlässt, deren Aussagen zu überprüfen, dann ist das doch sehr aufschlussreich.»

«Nämlich?»

«Es deutet darauf hin, dass wir am falschen Ort suchen und die falsche Person im Visier haben.»

Er fuhr aus der Parklücke und ordnete sich in den Verkehr ein. «Dieser Fall war für mich von Anfang an ein Rätsel. Ich konnte nicht verstehen, was Caseys Vater dazu bewegt haben sollte, in der wichtigsten Woche des Lebens seiner Tochter an einem bewaffneten Überfall teilzunehmen, und einige der internen Entscheidungen in Bezug auf die Ermittlung haben mich sehr erstaunt. Und jetzt fange ich an zu glauben, dass du recht hast: Bei diesem Fall geht es nicht um Roland, sondern um Casey.»

Peter bekam Gänsehaut. Er hatte das als Möglichkeit in den Raum gestellt, ohne wirklich daran zu glauben. «Und?»

«Don Alexander gehört zu den fähigsten Nachwuchsleuten im Kommissariat, und es sieht so aus, als würde Grady ihn gerne als seinen Nachfolger sehen. Er ist ehrgeizig und für seinen eher teuren Geschmack bekannt. Aber ich kann fast nicht glauben, dass er seine Karriere wegen irgendwelcher unsauberen Machenschaften aufs Spiel setzen würde. Gleichzeitig kommt es mir komisch vor, dass zwei der höchstrangigen Beamten alles daransetzen, diesen Fall durchzubringen und einen Mann für den Rest seines Lebens einzubunkern. Mein Bauch sagt mir, dass die Geschichte etwas mit seiner berühmten Tochter zu tun haben muss, aber ich kann mir keinen Reim darauf machen.»

«Vielleicht wird ja Casey aus irgendeinem Grund erpresst», meinte Peter. «Sie hatte doch zuerst gesagt, sie würde ihren Vater niemals verlassen, um in Kentucky zu starten, und dann plötzlich erklärte sie, sie würde nicht nur hinfahren, sondern wolle auch um jeden Preis gewinnen. Als ich es wagte, ihre Entscheidung zu hinterfragen, hat sie mir fast den Kopf abgebissen.»

«Das könnte sein, aber wer sollte sie erpressen wollen und mit welchem Ziel? Und wo kommt Don Alexander ins Spiel? Er arbeitet gar nicht mehr an dem Fall. Soviel ich weiß, ist er in den Flitterwochen.»

«Haben sie eine Ahnung, wo?»

«In der Nähe von New York, wenn ich mich nicht täusche. Normalerweise würde mich das auch nicht im Geringsten interessieren. Aber er hatte rumgeprahlt, er würde auf dem Besitz seiner wohlhabenden Schwiegereltern in Long Island die allerbesten Araber und Dressurpferde reiten. Ich muss gestehen, dass ich vor Neid erblasst bin, als ich das gehört habe. Bevor Don Polizist wurde, war er bei den *Queen's Horse Guards* in *Buckingham Palace*. Dort hat er Gefallen am Leben der Reichen gefunden. Und er hat es als Springreiter und Vielseitigkeitsreiter recht weit gebracht.

Auf dem Papier haben wir beide einige Gemeinsamkeiten, zumindest was Pferde angeht. Aber irgendwie habe ich den Mann immer unsympathisch gefunden. Keine Ahnung wieso. Denn er war immer supernett zu mir, und letztes Jahr hat er mir sogar Karten für die *Burghley Horse Trials* geschenkt, weil er nicht ...»

McLeod riss das Steuer herum und brachte den Wagen am

Straßenrand zum Stehen. Eine Weile lang saßen beide schweigend da.

«Das ist es!», rief Peter.

«Klar, das Vielseitigkeitsreiten», sagte McLeod. «Peter, ich muss dir jetzt etwas sagen. Das hier ist kein Spiel. Wenn wir unsere Ermittlungen fortführen und ich anfange, bei meinem eigenen Arbeitgeber, der Polizei, herumzuschnüffeln, könnte diese Sache für dich lebensgefährlich werden und für mich die fristlose Kündigung ohne Pensionsanspruch bedeuten. Mit anderen Worten: Wir müssen mit katastrophalen Konsequenzen rechnen. Wenn du dich jetzt entscheidest, aus der Geschichte auszusteigen, würde dir niemand einen Vorwurf machen – ich zuallerletzt. Aber ich brauche jetzt eine Entscheidung von dir. Machst du weiter oder hörst du auf?»

Ohne zu zögern sagte Peter: «Ich mache weiter.»

McLeod nickte zustimmend, und für einen Sekundenbruchteil sah Peter in seinen Augen die Entschlossenheit, die ihn einmal zu einem der besten Männer des Kriminalkommissariats gemacht hatte. Er drehte den Zündschlüssel und setzte den Wagen wieder in Bewegung. Während die lärmige Lower Clapton Road, Hackneys sogenannte «Mördermeile», an ihnen vorbeizog, hatten Lenny McLeod und Peter Rhys nur eines im Sinn: die Rettung von Casey Blue.

15

Auf der anderen Seite der Welt ritt das Objekt ihrer Besorgnis unter einem stahlblauen Himmel einen Außengalopp. Es war zwar erst 09:30 Uhr, aber bereits so schwül und feucht, dass man das Gefühl hatte, heiße Watte einzuatmen. Das Polo-Shirt klebte an Caseys Rücken fest. Über Storms Silberfell zogen sich alufarbene Rinnsale.

In der Luft lag eine beinahe greifbare Spannung, die Caseys Adrenalinspiegel dramatisch in die Höhe schießen ließ. Mit seinen knapp 500 Hektar war der Kentucky Horse Park zwar deutlich kleiner als der Badminton Park im britischen Gloucestershire. Doch weil er in typisch amerikanischer Manier sehr großzügig angelegt war, fühlte er sich viel größer an.

Am besten hatte ihr bisher die sogenannte «Breeds Barn» gefallen – ein Stallkomplex, in dem etwa drei Dutzende verschiedener Pferderassen untergebracht waren. Dazu gehörten auch ein paar rehäugige Morgans. Bei einem Besuch beschlug gerade ein Hufschmied, der in Caseys Sofortvergleich mit Peter schlecht abschnitt, ein Clydesdale-Pferd mit kuschelig weich behaarten Hufen. Casey verscheuchte Peters Bild sofort wieder aus ihren Gedanken.

Mrs Smith hatte die Reise ziemlich mitgenommen, was Casey erstaunte, war sie doch im Gegensatz zu ihr die ganze

Strecke bis nach Kentucky geflogen. Dennoch hatte sie gleich am nächsten Tag den ganzen Park besichtigen wollen. Casey hatte sie erst nur widerwillig begleitet, dann schnell ihre Meinung geändert. Das *International Museum of the Horse* war der unumstrittene Höhepunkt gewesen, aber sie hatte sich auch für die Farm mit den Arbeitspferden, die *Hall of Champions*, die Manegen und Führringe begeistert.

In den vier Tagen seit ihrer Ankunft war Casey aus dem Staunen nicht mehr herausgekommen. Sie wusste nicht, ob es nur die Sonne war, aber irgendwie schienen alle und alles hier einen besonderen Glanz zu haben. Einige der Pferde, die Storm bei anderen Gelegenheiten schon hinter sich gelassen hatte, wirkten plötzlich überaus elegant und kräftig. Reiter, die ähnlich viel durchgemacht hatten wie sie, strahlten Glamour und Raffinement aus und waren so teuer gekleidet, als wären sie einer *Vogue* für Reiter entsprungen.

Dabei trug sie die gleiche Markenkleidung. Seit ihrem Sieg in Badminton war ihr Bankkonto gut gefüllt, und dank eines Sponsorvertrags verfügte sie über eine schicke Garderobe – brandneue Stiefel und Reithosen von *Ariat*, Polo-Shirts von *Kingsland* und feine Turnierblusen von *Pikeur* für die Dressur und das Springen. Doch im Vergleich zu dieser ganzen Warmblut-Schickeria kam sich Casey fehl am Platz und schäbig vor.

Tief in ihrem Inneren wusste sie, dass die Kleidung nichts damit zu tun hatte. Die Trennung von Peter, die Inhaftierung ihres Vaters und der Brief des Erpressers hatten ihr Selbstwertgefühl ganz schön angeknackst.

Ethan hatte ihr geraten, ihre Befindlichkeit im Kopf zum Guten zu wenden. Wenn ein Teil von ihr auch heute noch «das Mädchen mit dem Eseltransporter» war, das bei seinem ersten Turnier auf einem 1-Dollar-Pferd in Reithosen aus dem Second-

Hand-Laden aufgekreuzt war, konnte das gar nicht schaden. Selbstzufriedenheit war immer schon ein erster Schritt zur Selbstgefälligkeit. Not und widrige Umstände dagegen stachelten beim Sportler das Verlangen an. Und heftiges Verlangen nach Erfolg war ein wichtiger Bestandteil des Siegeswillens.

«Jetzt verstärkst du den Galopp leicht und dann versammelst du ihn», rief ihr Mrs Smith zu. «Gut so. Weiter mit Schenkelhilfe arbeiten, damit er den Antrieb nicht verliert. Er soll vorwärts denken, damit holt ihr Punkte. Nein, nein, nein – nicht übertreiben. Du hast gut angefangen, aber dann hast du zu viel Schenkelhilfe gegeben. Deshalb galoppiert er jetzt schief. So, und jetzt parier ihn langsam wieder in den Schritt.»

Während Storm langsamer wurde, stieß Casey verärgert Luft zwischen den geschlossenen Lippen hervor. «Wenn ich das beim Training nicht schaffe, wie soll ich es denn morgen unter Druck und unter den Augen tausender Zuschauer schaffen?»

Lächelnd sagte Mrs Smith: «Ob du's glaubst oder nicht, du hast dich verbessert.»

«Sind Sie sicher? Manchmal habe ich das Gefühl, wir machen seit zwei Jahren immer die gleichen Fehler. Ganz egal, was ich versuche, es ist immer zu viel oder zu wenig.»

Mrs Smith, heute in einem schönen blauen Leinenoutfit, sprang von dem Geländer, auf dem sie gesessen hatte, und ging auf Storm zu. Sie rieb ihm die Stirn. «Casey, die Eichen, die dem *White Oaks Equestrian Centre* seinen Namen gegeben haben, sind mehr als hundert Jahre alt und etwa hundert Meter hoch. Hast du sie je wachsen sehen?»

«Äh ... nein.»

«Und, was meinst du? Wachsen sie?»

«Natürlich wachsen sie.»

«Mit Pferden und Reitern verhält es sich genau gleich. Sie lernen ständig weiter, auch wenn man das bei der täglichen Arbeit vielleicht nicht sehen kann. Manchmal kann es sechs Monate dauern, bis auch nur ein kleiner Erfolg sichtbar wird. Das habe ich bei der Dressur gelernt. Für die besten Dressurreiter und -trainer – zum Beispiel den britischen Goldmedaillengewinner Carl Hester oder die deutsche Dressurlegende Klaus Balkenhol – ist es nichts als normal, fünf oder mehr Jahre lang an einer Technik zu feilen.»

«Klar, das ist alles total sensibel und wunderbar», entgegnete ihr Schützling, «aber ich habe keine vier oder fünf Jahre zur Verfügung. Ich habe genau noch vier *Tage*, und dann muss ich bereit sein, diesen Wettkampf zu gewinnen. Irgendwie muss ich es schaffen. Fragen Sie mich nur nicht wie.»

Gerade als sie diese Worte aussprach, spürte Casey eine Schwäche in ihren Armen. Ethan hatte mit ihr Kinesiologie betrieben – eine Technik mit manuellen Muskeltests, die dabei hilft, Körper, Gefühle und Ernährung in ein Gleichgewicht zu bringen. Er hatte ihr gezeigt, dass ein negativer Gedanke einem Muskel sofort seine Kraft entziehen konnte.

«Stell dich hin und streck beide Arme auf Schulterhöhe aus, die Handflächen nach unten. Ja so, wie ein Kreuz». hatte er sie aufgefordert. «Und ruf eine schöne Erinnerung in dir wach. Wenn ich jetzt deine rechte Hand nach unten drücke, musst du versuchen, gegen den Druck anzukämpfen.»

Klar, kein Problem. Casey hatte daran gedacht, wie sie unter dem tosenden Applaus des Publikums das letzte Hindernis genommen hatten, wie sie von Storm abgestiegen war und sich in die Arme von Peter, Mrs Smith und ihrem Vater, den drei Menschen, die ihr am liebsten waren, gestürzt hatte. Der Platzsprecher war so außer sich gewesen, dass sich seine

Stimme beinahe überschlagen hatte. In ihrer Glücksekstase hatte sie plötzlich die Vision gehabt, dass der Sprecher vor lauter Erregung immer dicker wurde und schließlich wie ein aufgeblasener Heliumballon in den Himmel hinauf schwebte.

Aber nicht die Vision an sich, sondern das Gefühl war für sie unvergesslich geblieben – als hätten sich ihre Venen anstelle von Blut mit Glückseligkeit gefüllt.

«Erstaunlich», hatte Ethan bei dem Versuch gesagt, ihre rechte Hand nach unten zu drücken. Casey hatte keinerlei Probleme gehabt, dem Druck zu widerstehen.

Anschließend hatte er sie aufgefordert, sich auf ihre schlimmste Erinnerung zu konzentrieren. Und sie hatte an den Tag gedacht, als sie im Gerichtssaal saß und zusehen musste, wie ihr Vater völlig aufgelöst in Handschellen abgeführt wurde. Dann hatte sie sich Peters kalten und teilnahmslosen Gesichtsausdruck in Erinnerung gerufen in dem Moment, als er die Unschuld ihres Vaters infrage gestellt hatte.

Ein ganz sanfter Druck auf ihren Arm hatte genügt, ihn herunterplumpsen zu lassen, als sei er aus Blei. Sie war bis zur Lähmung geschwächt.

Diese Erfahrung saß tief. Also nahm sich Casey jetzt Ethans Ratschlag zu Herzen und stellte sich vor, wie sie am nächsten Morgen, erfüllt von Kraft und Stolz, in das Dressurviereck reiten würde. Der von ihrem Vater genähte Frack stand ihr perfekt, und sie schwebte auf Storm dahin wie auf einem geflügelten Pferd in einem Traum.

«Du wirst nicht gewinnen können, wenn du ständig an das gesamte Turnier denkst», sagte Mrs Smith, während sie direkt vor ihr das Rückwärtsrichten übten. «Du schaffst es nur, wenn du im Hier und Heute ganz da bist. Wenn du in jedem einzelnen Augenblick gibst, was du geben kannst, dann wirst du im Nachhinein nichts bereuen, ganz egal, wie es ausgeht.»

Casey widersprach ihr nicht. Angelica Smith hatte zu ihrer Zeit mehrmals den ersten Platz in der Dressur geholt und war eine der weltbesten Reiterinnen gewesen. Es gab wohl niemand, der sie hätte besser beraten können. Und etwas war klar: Auch wenn Angelica Smiths Methoden von vielen ihrer Konkurrenten als exzentrisch abgetan wurden, sie funktionierten. Nachdem Casey Storm beinahe zwei Wochen lang ohne Kandare geritten hatte, war er beinahe nicht wiederzuerkennen. Auch mit seiner normalen Gebissstange reagierte er jetzt selbst auf die sanftesten Hilfen vorbildlich. Er bewegte sich besser. Er trug seinen Kopf besser, und sein Nacken war viel weniger verspannt. Vor allem aber hatte er seinen Privatkrieg gegen sie eingestellt, sodass sie sich ihre Arme nicht mehr aus den Schultergelenken reißen musste. Am Vortag hatten sie das Training ganz ausgelassen. Mrs Smith hatte darauf beharrt. Sie sagte, dieser Mittwoch solle ganz im Zeichen des Spaßes und der Entspannung stehen. Also hatten sie sich einen gemütlichen Ausritt durch den smaragdgrünen Park gegönnt, vorbei an gescheckten Appaloosas und amerikanischen Quarter Horses mit kupferrotem oder gold-gelbem Fell.

Storm hatte sich entspannt und voller Elan über den Rasen des Parks bewegt. Alles schien ihn zu faszinieren. Als sie an der *Breeds Barn* vorbeikamen, stellte er seine Ohren so sehr auf, dass sie sich beinahe berührten.

Die Reise hatte bei ihm keinerlei Schaden hinterlassen, dachte Casey. Andrew, der Pferdepfleger der Speditionsfirma, hatte mit seiner Beobachtung offenbar recht: Intelligente Pferde mochten Veränderungen und immer neue Herausforderungen. Was sie nicht ausstehen konnten, war Langeweile.

Jetzt forderte sie Storm zu einem starken Trab auf.

«Versuch's noch mal!», rief ihr Mrs Smith zu. «Es ist wie beim Hochschalten im Auto. Wenn schon im Mitteltrab zu viel Energie steckt, dann sieht der starke Trab nicht viel anders aus. Die Richter wollen einen deutlichen Übergang von einer Gangart zur anderen sehen.»

Casey und Storm wiederholten die Übung noch drei Mal und schlossen das Training mit einer Schlangenlinie und einer Parade ab.

Als Mrs Smith zu ihnen rüberkam, glühte sie – nicht nur wegen der Bruthitze, sondern weil sie zufrieden war. «Alles wird dir morgen nicht gelingen; so ist das einfach. Wichtig ist, dass du jede Bewegung einzeln angehst und sie dann abhakst wie ein überwundenes Hindernis beim Springen oder im Gelände.

Für eine erfolgreiche Dressur braucht man zweierlei: Konzentration und Qualität. Erinnerst du dich an Piggy French in Badminton im Jahre 2011? Der letzte Abschnitt ihrer Dressur, ein versammelter Galopp über die Mittellinie, gefolgt von einer Parade, hat gestandene Männer im Publikum zu Tränen gerührt. Sie erhielt dafür mehrmals eine 9 und eine glatte 10. Natürlich achten die Richter auf die spektakulären Figuren, aber wenn ein Reiter einfache Aufgaben auf ganz außerordentliche Weise löst, kann sich dies auch erheblich in der Wertung niederschlagen.»

Sie umarmte Casey und gab Storm seine Pfefferminzbonbons. «So, und jetzt darfst du dir etwas gönnen. Ich rate dir, mal tüchtig auf die Pauke zu hauen, eine große Portion Pancakes mit Ahornsirup zu verdrücken oder dir ein paar Milchshakes zu genehmigen. Morgen ist ein wichtiger Tag. Aber morgen ist morgen. Erinnere dich an das, was ich dir gesagt habe, und versuche, im Hier und Heute ganz da zu sein.»

Als Casey und Storm das Trainingsgelände verließen, nahm im obersten Geschoss eines Nachbargebäudes eine Frau das Fernglas von den Augen. Sie war eine Endfünfzigerin und längst nicht mehr die Schönheit, die sie einst zu einer der Hauptattraktionen der feinen Gesellschaft von Long Island gemacht hatte. Doch mit ihren hohen Wangenknochen und der glänzenden kastanienbraunen Lockenpracht erregte sie immer noch viel Aufsehen, und dank ihrer Stellung als eine der führenden Richterinnen der amerikanischen Pferdesportszene wurde ihr der Respekt zuteil, den sie für sich beanspruchte.

Vor sechzehn Monaten hatte Elizabeth Vale-Edwards' privilegierter Lebensstil beinahe ein demütigendes Ende gefunden, als ihr Ehemann, ein bekannter Hedgefonds-Manager, bei einer Dinner Party tot zusammengebrochen war. Er hatte eine Erdbeere gegessen, die aus unerfindlichen Gründen in einen Salat geraten war. Und er war extrem allergisch auf Erdbeeren. Erst ein paar Wochen später hatte sie entdeckt, dass ihr verblichener Ehemann mit einer ganzen Reihe von Fehlinvestitionen einen millionenschweren Schuldenberg angehäuft und die Familie in den Konkurs getrieben hatte.

Da sie mit einer Pfändung ihres Vermögens, insbesondere der kostbaren Araberpferde, rechnen musste, hatte Elizabeth bei ihrer Tochter Isabelle Rat gesucht. Diese wiederum hatte sich an ihren Verlobten, einen britischen Kriminalkommissar, gewandt, der ihr immer wieder hilfreich zur Seite gestanden hatte, seit sie und ihre Mutter bei einem Polomatch in England mit ihm ins Gespräch gekommen waren.

Normalerweise hatte Elizabeth für die Polizei nichts als

Verachtung übrig und hätte nicht einmal im Traum daran gedacht, ihre Tochter Isabelle einen Polizisten heiraten zu lassen. Aber Don Alexander war kein gewöhnlicher Polizist. Er war charismatisch, charmant und pflegte aristokratische Umgangsformen. Vor allem aber war er ausgezeichnet vernetzt und galt als vielseitig talentiert. Dank dieser besonderen Fähigkeiten hatte Elizabeth die Zukunft ihrer Familie längst wieder ins Gleis gebracht und war auf dem besten Weg, ihre Position als Königin von Long Island zurückzuerobern.

Hinter ihr öffnete sich eine Tür. «Zufrieden mit meiner Wahl?»

Für einen Augenblick ließ sie ihre ausdruckslose Maske fallen und fauchte ihren Besucher an: «Was machst du hier? Was, wenn uns jemand zusammen sieht?»

Don Alexander setzte sein berühmtes unwiderstehliches Lächeln auf. «Alles halb so wild. Ich bin den Kameras aus dem Weg gegangen. Und falls mich doch jemand erkennen sollte, kann ich immer noch sagen, dass ich in offizieller Funktion hier bin, um in einem Dopingfall zu ermitteln oder so was. Vertrau mir doch, Lizzie, es wird alles rund laufen.»

Normalerweise wurde Elizabeth fuchsteufelswild, wenn man sie *Lizzie* nannte, doch in Dons britischem Akzent klang ihr Name wie eine Figur aus einem Roman von Jane Austen. «In Ordnung, aber du kannst nicht lange bleiben. Wir haben zu tun. Allerdings muss ich zugeben, dass du mit Casey Blue die bisher beste Wahl getroffen hast. Ich kann mich nicht erinnern, je eine so engagierte Sportlerin gesehen zu haben, und ihr Pferd ist extrem vielseitig und talentiert.»

«Du störst dich also nicht mehr daran, dass sie so jung ist?»

«Wenn ich ganz ehrlich bin, wusste ich zu Beginn nicht so recht, ob es gut war, wieder einen Teenager ins Visier zu nehmen. Zu sprunghaft und unzuverlässig. Aber du hattest recht, wie immer. Teenager sind fügsam, aber voller Leidenschaft. Diese slowakische Tennisspielerin, mit der wir letztes Jahr in Wimbledon gearbeitet haben, hat sich ja glänzend geschlagen.

Leider ist Miss Blue aber kein so sicherer Faktor. Ihre Unerfahrenheit könnte zum Problem werden. Glücklicherweise haben wir einen Trumpf in der Hand: ihre hervorragende Trainerin. Wenn es jemand schafft, dass das Mädchen gut durch die Dressur kommt und nach der Geländeprüfung am Sonntag in den Spitzenrängen klassiert ist, dann ist das Angelica Smith – du weißt ja, dass sie selbst einmal eine hervorragende Dressurreiterin gewesen ist.»

«Ich verstehe aber nicht, warum du bei Caseys Dressur nicht als Richterin amtieren willst», sagte Don jetzt leicht gereizt. «Das wäre doch der einfachste Weg, das Ergebnis in unserem Sinn zu frisieren. Du musst ihr einfach viele 8 und 9 geben.»

«Weil das, mein lieber Don, der direkteste Weg ins Gefängnis wäre. Und wenn ich sie jurieren würde, dann müsste ich sie so benoten, dass ich mich nicht verdächtig mache. Und dann würde ich ihr vermutlich zu schlechte Noten geben. Nein, es ist besser, wenn sie von einer neutralen Person beurteilt wird. Ich habe ja einen Ersatzrichter. Und wie sieht's auf deiner Seite aus? Wie gut sind die Beweise gegen den Vater des Mädchens? Ist die Anklage felsenfest?»

«Sie ist so felsenfest wie ein Streichholzfloß in einem Wirbelsturm. Sogar eine blinde Maus könnte sie zerpflücken. Es wäre ein Leichtes zu beweisen, dass der Handschuh, den wir dem Gericht vorgelegt haben, aus der Indiziensammlung von Blues früherem Einbruch stammt. Wir haben ihn einfach mit ein paar Tropfen Blut des Wachmanns beträufelt.

Aber kein Stress! Grady hat den alten McLeod auf den Fall angesetzt, der in ein paar Monaten in Ruhestand geht. Früher war er für seine scharfe Spürnase bekannt, aber inzwischen ist er ausgebrannt und beschäftigt sich mehr mit seiner Stute als mit der Lösung von Verbrechen. Und er wird einen Teufel tun, seine Pension zu riskieren. Der gute Mann verlässt kaum noch sein Büro. Und falls er zufällig herausfinden sollte, dass die Beweise – wie soll ich sagen – nicht ganz sauber sind, dann wird das kaum vor Sonntagabend geschehen. Also haben wir jede Menge Zeit. Wenn Casey ihren Auftrag in unserem Sinne erfüllt hat, werden wir ihren Vater selbst in die Freiheit entlassen. Das ist ja das Schöne bei diesem Plan. Niemand muss leiden.»

«Außer Roland Blue, der einen Monat in einer Zelle schmoren muss für ein Verbrechen, das er nicht begangen hat.»

«Was sind denn das für Töne? Hat dir plötzlich jemand ein Gewissen eingepflanzt?»

Elizabeth ging nicht auf ihn ein. «Das Geld hast du organisiert? Die Wetten sind abgeschlossen?»

Don wischte sich ein imaginäres Stäubchen vom Ärmel seines weißen Hemds und ließ sich auf der Ecke eines Pults nieder. «Entspannen Sie sich, Madam. Alles wird seinen geplanten Gang nehmen. Unsere Kontaktperson in New Jersey hat den Zettel in Storms Koffer geschmuggelt. Casey ist also vorbereitet und wird unsere Forderung erfüllen. Nur ruhig Blut! Jetzt können wir uns zurücklehnen. Der Spaß möge beginnen!»

Elizabeth lachte. «Einfach schön, wie Sie das sagen, Herr Kriminalinspektor. Einfach wunderschön. Gut, dann vergesse ich meine Sorgen und freue mich darauf, am Montagmorgen den Stand meines Bankkontos abzurufen.»

16

Das *Kentucky Three Day Event* dauerte in Wirklichkeit vier Tage, weil für die Dressurprüfung zwei Tage benötigt wurden. Casey war am zweiten Tag dran. Als sie sich für ihren Einsatz aufwärmte, hallten Worte und Musik der Fernsehübertragung, die sie sich vor ein paar Stunden angesehen hatte, wie der Soundtrack eines Films in ihren Ohren nach.

«Guten Tag, meine Damen und Herren, und willkommen beim *Rolex Kentucky Three Day Event* im schönen Bluegrass State», hatte der TV-Kommentator gesagt, während sie in eine weiße Reithose stieg und ihre frisch gestärkte Bluse zuknöpfte. «Willkommen beim wichtigsten Termin im amerikanischen Reitsportkalender. Erleben Sie, wie sich in den nächsten Tagen die drei Disziplinen des Vielseitigkeitsreitens Schlag auf Schlag folgen. Zuerst die Dressur: Hier zählt die Präzision, mit der Pferd und Reiter eine komplexe Choreografie ballettähnlicher Figuren vorführen. Dann steigt die Geländeprüfung, wo es auf kontrollierte Leidenschaft ankommt, und schließlich das Springreiten, der Wettlauf gegen Zeit und Hindernisse. Und glauben Sie mir, alle, die hier antreten, wollen am Schluss ganz oben auf dem Siegerpodest stehen.»

Casey musste über die «ballettähnlichen Figuren» lächeln, als sie in ihre glänzenden neuen Reitstiefel stieg. Abgesehen von einer einzigen Dressur-Hauptprobe hatte Mrs Smith sie und Storm in den letzten drei Tagen einer kuriosen Mischung aus Sprintübungen und dem sogenannten «Spieltraining» unterzogen. Dabei ließ sie sich von der Pferdesportart *Horse Agility* inspirieren. So musste Casey beispielsweise vorauslaufen und die Sprünge und Hindernisse vor Storm überwinden, der ihr dann auf spielerische Weise folgte. Auf einen Beobachter wirkte das Ganze wohl kaum wie Ballettkunst, sondern eher als Nummer eines absurden Komikerpaars.

Doch wie die meisten von Mrs Smiths Ideen schien auch dieses Konzept aufzugehen. Casey konnte sich nicht erinnern, Storm je so zufrieden bei einem Turnier erlebt zu haben, was sich wiederum positiv auf sie selbst auswirkte. Während sie tief und rhythmisch atmete, forderte sie von ihm einen starken Galopp, wobei sie sich darauf konzentrierte, den letzten Markierungsbuchstaben so genau wie möglich anzureiten. Laut Mrs Smith waren hier die wertvollsten Punkte zu holen. Dank dieser Detailpflege habe Mary King in Kentucky gewonnen. Ja, sie habe um jeden einzelnen Punkt gekämpft.

Am Rande der Aufwärmzone tippte Mrs Smith auf ihre Armbanduhr. Bei der Vorbereitung auf die Dressur hatten sie nichts dem Zufall überlassen. Casey hatte sich ihre Figuren so sehr einverleibt, dass sie sie im Schlaf beherrschte (als der Wecker losging, war sie gerade dabei, Storm fünf Tritte rückwärts zu richten), und sie hatten die Zeit, die benötigt wurde, um vom Aufwärmplatz in das Dressurviereck zu gelangen, auf die Sekunde genau eingeplant. Denn müssten Casey und Storm nach einer frühzeitigen Ankunft auf ihren Einsatz warten, könnte Storm unruhig werden. Wenn sie aber zeitlich zu knapp im Stadion ankämen, würden Caseys Nerven zu flattern beginnen, was Storm bestimmt mitkriegen würde.

Während sie auf ihre Trainerin zuritt, spürte sie das kühle Seidenfutter der Frackärmel auf ihren Handgelenken. Für einen Moment entspannte sich ihr Gesicht. Ihr Vater hatte ihr diesen Frack eigenhändig genäht. Er war dunkelblau und zur Erinnerung an ihre Mutter in der Achselpartie und an den Manschetten mit Rosenstickereien verziert. Als sie vorhin in den Frack geschlüpft war, hatte sie die Nähe zu ihrem Vater gespürt und sich etwas weniger schuldig dafür gefühlt, ihn in England zurückgelassen zu haben. Es war, als seien er und ihre Mutter auch hier und würden eine schützende Hand über sie halten.

Leider konnte selbst die beste Vorbereitung nichts gegen das Schicksal ausrichten, das Sam Tides Pferd beim Verlassen des Stadions so heftig scheuen ließ, dass er gegen eine Werbebande geschleudert wurde und sich dabei einen Arm und zwei Rippen brach. Die Veranstaltung musste unterbrochen werden, während Rettungssanitäter zum Unfallort eilten und er schließlich von einer Ambulanz abtransportiert wurde. Zusätzliche Verwirrung entstand, als die Richterin Elizabeth Vale-Edwards plötzlich unpässlich wurde und kurzfristig ein Ersatzrichter mobilisiert werden musste. So wurde Caseys ursprüngliche Startzeit von 14:10 Uhr zuerst auf 14:20 Uhr und schließlich auf 14:35 Uhr verschoben.

Während sie wartete und Minute um Minute nervöser wurde, kam Scott McHendry, ein guter Freund von Peter, auf sie zu. Caseys Herz zog sich zusammen, als sie ihn sah. Sie waren oft zu dritt zusammen gewesen. Er beglückwünschte sie zu ihrem Sieg in Badminton, und dann sprachen sie kurz über die möglichen Titelanwärter in Kentucky.

Er setzte gerade zu einer langen Lobrede über das Frühstück in seinem Motel an, als Casey etwas tat, was sie sich eigentlich hatte verkneifen wollen. Sie fragte ihn nach Peter.

Scotts Augen, die zuerst seitwärts, dann aufwärts wanderten, verrieten, dass er nach einer Ausflucht suchte. «Peter? Den habe ich schon seit Urzeiten nicht mehr gesehen. Da weißt du bestimmt mehr als ich. Äh ... solltet ihr euch nicht aufwärmen?»

Casey roch den Braten sofort. «Scott, was ist los? Wo ist er? Wenn du etwas weißt, musst du es mir sagen.»

«Casey, das ist wirklich der falsche Zeitpunkt. Du startest gleich zur Dressur. Sprechen wir später mal darüber.»

«NEIN», rief Casey so heftig, dass ein anderer Reiter sich zu ihr umdrehte und sie anstarrte. «Sag's mir jetzt, ich muss es wissen.»

Scott wand sich vor Verlegenheit, auf seiner Stirn bildeten sich Schweißperlen. «Jetzt hör mir mal zu, Casey, du stellst diese Frage der falschen Person. Du solltest mit Peter sprechen.»

«Bitte Scott, ich hab' fast keine Zeit mehr.»

«Okay, gestern hatte ich bei einem Pferd ein Problem mit einem Huf, und da habe ich versucht, ihn zu erreichen. Allerdings geht er schon seit drei Wochen nicht mehr an sein Handy. Also habe ich seinen Vater angerufen, und der hat mir gesagt, Peter habe eine unbefristete Auszeit genommen, weil er in London sei und dort einem Inspektor bei der Lösung eines Falls helfe.»

Casey wurde leichenblass. «Bei was für einem Fall?»

«Es hat irgendwas mit den Anschuldigungen gegen deinen Vater zu tun, glaube ich. Hör mal, mir tut das wirklich leid. Ich wollte nicht, dass du das so erfahren musst. Ich habe dir ja gesagt, das sei der falsche Ort und der falsche Zeitpunkt.»

«Genau so ist es», sagte Mrs Smith, die gerade noch die letzten Gesprächsfetzen mitbekommen hatte. Sie blickte ihn eiskalt an. «Auf Wiedersehen, Mr McHendry.»

Scott machte sich so hastig davon, dass er beinahe über seine eigenen Füße gestolpert wäre.

Casey war am Ende. Ihre Augen waren tränennass, und sie schlotterte am ganzen Leib. Und nun sprang ihre Verunsicherung auf Storm über. Mrs Smith versuchte, ihn zu beruhigen.

«Das darf doch nicht wahr sein. Ist das Peters Art, sich bei mir zu rächen? Er hilft der Polizei, Beweismittel gegen meinen Vater zu finden?»

Plötzlich war alles andere unwichtig. Der Erpresser, seine Forderung, die bevorstehende Dressurprüfung, die drohende Niederlage am Sonntag. Sie saß in sich zusammengesunken im Sattel.

Mrs Smith griff nach ihrer Hand, die im Handschuh steckte. «Ist es dir gar nie in den Sinn gekommen, dass ihm dein Vater so wichtig sein könnte, dass er seinen Job kurzfristig an den Nagel gehängt hat, um mit der Polizei Beweise zu suchen, die deinen Vater entlasten könnten?»

«Casey Blue», sagte nun der Ringsteward. «Sie sind gleich dran.»

Casey blieb nur der Bruchteil einer Sekunde, um nachzudenken. War der Junge, den sie kannte und liebte, in der Lage, etwas so Grausames zu tun und sie damit zu verletzen? Oder war er dabei, das zu tun, was Mrs Smith soeben angesprochen hatte? Versuchte er, ihr aus der Ferne zu helfen?

In Trance ritt sie auf den Dressurplatz und zeigte kaum eine Reaktion, während Storm auf die Kandare biss. Trotz der Verspätung waren die in den grün-goldenen Farben des Sponsors gehaltenen Tribünen brechend voll. Die Arena war so groß, die Stimmung voll knisternder Spannung. Casey war eingeschüchtert. Sie sah sich und Storm über eine riesige Videowand flimmern.

Storm war sehr unruhig. Er warf sie beinahe ab, als er vor einer Kamera scheute. Casey nahm sich zusammen, setzte sich tief in den Sattel und führte ihn bewusst nochmals an der Kamera vorbei. Mrs Smith hatte sie auf eine solche Situation vorbereitet.

«Ich habe schon mehrere Fiaskos erlebt, weil ein Pferd vor einem Blumenkasten oder sonst einem völlig harmlosen Objekt Angst hatte. Deshalb musst du Storm vor Beginn der Prüfung alles zeigen, was er auch nur im Entferntesten als Bedrohung wahrnehmen könnte.»

Casey wusste, dass sie recht hatte. Wenn sie sich überhaupt eine Chance ausrechnen wollte, musste Storm voll konzentriert sein und sich wohlfühlen.

Plötzlich schoss ihr ein Bild durch den Kopf. Es war spätabends nach ihrem Sieg in Badminton. Sie saß zusammen mit Peter und ihrem Vater noch in der Küche. Die Freunde, mit denen sie gefeiert hatten, waren längst gegangen. Peter hielt unter dem Tisch verstohlen ihre Hand. Sie lachten. Als dann ihr Vater aufstand, um ihnen noch eine heiße Schokolade zu machen, hatte Peter die Gelegenheit genutzt, sie mit einem Kuss zu überraschen und ihr tief in die Augen zu schauen. Damals hatte ihr sein Blick den Atem genommen.

Und jetzt, in dieser Sekunde, wusste sie mit absoluter Sicherheit: was immer Peter gerade unternehmen mochte, er tat es für sie. Ein beinahe übernatürliches Gefühl – wie warmes, goldenes Licht – durchströmte sie. Sie legte eine flache Hand auf Storms Hals. Dies war in den letzten einundzwanzig Tagen zu ihrem Zeichen geworden. So sagte sie ihm: «Vertrau mir. Du kannst an mich glauben. Ich verspreche dir, alles wird gut.»

Sie ritt im versammelten Galopp in das Dressurviereck.

Storm war aufgeregt, reagierte aber gut auf ihre Hilfen. Nach einer fast perfekten Parade setzte Casey zu einem strahlenden Lächeln an und grüßte die Richter. Dann führte sie Storm im versammelten Trab auf die rechte Seite. Ihre Prüfung sollte rund fünf Minuten und fünfzehn Sekunden dauern. Sie war fest entschlossen, alles zu geben, was sie konnte.

«Ich kann mich nicht erinnern, je so stolz auf dich gewesen zu sein», sagte Mrs Smith. «48,5 Punkte und der neunte Zwischenrang bei achtundfünfzig Teilnehmern ist an sich schon sensationell. Und dass du das geschafft hast, nachdem dir dieser schwachsinnige Junge den Kopf mit dem ganzen Unsinn über Peter vollgeschwatzt hatte, macht deine Leistung noch bemerkenswerter. Deine linke Traversale war etwas vom Besten, was ich je gesehen habe. Bei mir hättest du eine glatte 10 bekommen.»

Casey strahlte. «Danke. Ich bin mit der 9 ganz zufrieden. Seltsamerweise haben mich Scotts Worte dazu angestachelt, wirklich alles zu geben, vor allem, nachdem es bei mir *klick* gemacht hat, dass Peter der Polizei hilft, weil er Papa helfen will. Plötzlich waren alle auf meiner Seite. Das war gut für mich. Sie können sich gar nicht vorstellen, wie gut das war für mich.»

Erst als Casey in ihrem Hotelzimmer verschwunden war, ließ sich ihre Trainerin mit dem Rücken gegen die Wand gelehnt und vor Schmerzen gekrümmt zu Boden gleiten. Mit einer Hand massierte sie sich den Bauch. Vielleicht hatte es ja mit der Anspannung des aufregenden Tages zu tun, aber jetzt waren die Schmerzen beinahe unerträglich geworden. Es hatte sie unheimlich viel gekostet, das Abendessen mit Casey zu überstehen, ohne sich etwas anmerken zu lassen.

Mit Mühe kämpfte sie sich den kurzen Weg über den Hotelflur in ihr Zimmer. Auf dem Boden bemerkte sie einen Umschlag, den jemand unter der Tür in das Zimmer geschoben hatte. Sie hob ihn auf. Er war an sie, nicht an Casey, adressiert. Aber wie der ursprüngliche Erpresserbrief war die Adresse aus Einzelbuchstaben zusammengesetzt, die jemand aus Zeitungen und Zeitschriften herausgeschnitten hatte.

Nachdem sie ihn zu Ende gelesen hatte, setzte sie sich erst mal hin, denn sie fürchtete, an Ort und Stelle zusammenzubrechen. Die Schmerzen und der Schock waren zu viel für sie. Der Brief zitterte in ihrer Hand. Schließlich schaffte sie es bis zum Safe, wo sie ihn einschloss. Am liebsten hätte sie ihn verbrannt, doch sie wusste, dass er sich später einmal als wichtiges Beweismittel herausstellen könnte.

Sie ging zum Telefon. Die Drohung in dem Brief richtete sich zwar gegen ihren Schützling, doch indirekt machte er Angelica Smith für Caseys Sicherheit verantwortlich: Wenn Casey und Storm am Ende der Geländeprüfung nicht an erster Stelle lagen, würden sie großen Schaden erleiden.

Sie fuhr zusammen. Die Stimme der Dame am Empfang riss sie aus ihren Gedanken. «Guten Abend, hier ist die Rezeption, was kann ich für Sie tun?»

Mrs Smith zögerte. Wenn sie jetzt die falsche Entscheidung traf, würde Casey unter Umständen mit dem Leben dafür bezahlen müssen. Doch keine Entscheidung zu treffen, war mittlerweile auch keine Alternative mehr. Ihre reiche Erfahrung hatte sie gelehrt, dass es in Gefahrensituationen meist richtig war, dem Instinkt zu vertrauen. Und deshalb hörte sie jetzt auf ihren Bauch.

«Guten Abend. Ich brauche eine Verbindung mit London, England: Metropolitan Police, Kriminalinspektor Lenny McLeod, bitte.»

17

Als Lenny McLeod nach dem Gespräch mit Angelica Smith den Hörer auflegte, merkte Peter sofort, dass die Karten neu gemischt waren. Sie beide waren wie zwei Generäle, die zusammengekommen waren, um einen Schlachtplan zu entwerfen. Es war ein riskanter Plan. Aber es war ein Plan.

«Bis wann kannst du dir deinen Reisepass besorgen?», fragte McLeod.

«Was ist los? Wo fahren wir hin?»

«Casey ist in Lebensgefahr. Wir fliegen nach Lexington, und zwar subito. Also: Bis wann hast du deinen Pass?»

Peter spürte, wie der Gedanke, jemand könnte Casey etwas antun, die Wut in seinem Inneren hochkochen ließ. Jetzt war er McLeod noch dankbarer, dass er ihn bei den Ermittlungen mitmachen ließ. Auch wenn es ein schmerzhafter Prozess war, so war es doch viel besser, als untätig herumzusitzen. Er blickte auf die Uhr. «Es ist jetzt etwas nach 17 Uhr. Wenn ich kurz nach Ende der Rushhour losfahre, sollte ich so um Mitternacht zu Hause sein. Ich könnte dann bei Morgengrauen zurückfahren und bis Mittag, wenn nicht sogar etwas früher, wieder in London sein.»

McLeod schüttelte den Kopf. «Ne, passt nicht. Wir müssen hier zusammen die Nacht durcharbeiten und nehmen morgen den ersten Flieger nach Amerika. Wir müssen deinen Pass per Kurier direkt zum Flughafen liefern lassen. Wir werden erst in Lexington eintreffen, wenn Casey die Geländeprüfung schon hinter sich hat, aber ich glaube – im Gegensatz zu Angelica Smith – nicht, dass die Erpresser ihr etwas antun würden, sollte sie nach der zweiten Prüfung nicht an der Spitze liegen. Sicher zetteln sie nicht diese ganze Geschichte an, um ihre einzige Trumpfkarte dann mitten im Wettbewerb aus dem Rennen zu nehmen. Nein, sie werden bis zum Springreiten warten. Und spätestens dann müssen wir vor Ort sein, koste es, was es wolle. Caseys Leben hängt an einem Faden.»

«Und wie sagen Sie es Grady?»

«Der Herr Hauptkommissar wird hören, was er hören will.»

«Und das wäre?»

«Dass ich irgendeine unangenehme Krankheit habe und für eine Weile kürzertreten muss. Deshalb muss ich die Ermittlungsarbeit im Fall Roland Blue niederlegen.»

«Gicht?» Grady bellte das Wort in den Hörer seines Telefons, ohne seinen Abscheu zu verbergen. «Gibt's die Krankheit überhaupt noch? Ich hatte gemeint, die sei spätestens unter Queen Victoria ausgerottet worden.»

«Leider Gottes ist dem nicht so. Und ihre Symptome sind höchst unangenehm. Ich kann sie Ihnen gerne beschreiben.»

«Um Himmels willen, nein, ersparen Sie mir die Einzelheiten. Das ist wirklich unglücklich, McLeod, wo ich doch so sehr auf Sie gezählt habe. Wie lange werden Sie außer Gefecht sein?»

«Keine Ahnung, Sir. Und es tut mir leid, dass ich Sie im

Stich lasse, Herr Hauptkommissar, vor allem nachdem Sie mir vertrauensvoll diesen Fall übertragen haben.»

«Lassen wir das, McLeod. Da kann man nichts machen. Lassen Sie sich Zeit, bis Sie wieder ganz gesund sind. Glücklicherweise läuft im Fall Blue alles rund. Und falls wider Erwarten Probleme auftauchen sollten, kriegen wir die hier locker in den Griff. Dann wünsche ich Ihnen gute Besserung, und hoffentlich bis bald.»

«Danke, Herr Hauptkommissar. Ich bin froh, dass Sie den Fall im Griff haben.»

«Und wie, McLeod!»

McLeod stand in der Halle des Bahnhofs Paddington und blickte auf die Abfahrtsanzeige. «Eigentlich sollte die Bahnsteignummer längst angezeigt sein. Meinst du, der Heathrow Express hat Verspätung?»

«Ich hoffe nicht, sonst verpassen wir unseren Flug, und es wäre ganz allein unsere Schuld», sagte Peter. «Ich habe Ihnen ja gesagt, wir sollten eine Stunde früher los. Ich verstehe nicht, wie man nur so viel Zeit im Badezimmer verbringen kann.»

«Und ich verstehe nicht, warum du unbedingt alle deine Hemden bügeln musstest, bevor du sie im Koffer verstaut hast. Wenn du sie wieder rausholst, werden sie eh zerknittert sein. Mann, wo bleibt bloß dieser verfluchte Zug?»

Nachdem sie vier ganze Tage zusammen verbracht hatten, war zwischen dem angegrauten Kommissar und dem jungen Hufschmied so etwas wie eine Freundschaft fürs Leben entstanden. Doch mittlerweile waren sie auch dermaßen erschöpft, dass sie sich wie ein altes Ehepaar herumzankten.

Meistens hatten sie es immerhin auf drei Stunden Schlaf pro Nacht gebracht. Aber in der letzten Nacht hatte Peter überhaupt nicht geschlafen. Nicht, dass McLeods Sofa unbequem gewesen wäre. Ganz im Gegenteil. Überhaupt war Peter überrascht über die einfache, aber geschmackvolle Einrichtung dieser Wohnung, die trotz ihrer zurückhaltenden Farbgebung sehr gemütlich war. Es sprang jedoch sofort ins Auge, dass ihr Bewohner zwei große Leidenschaften hatte: Pferde und Musik. Überall lehnten Gitarren und stapelten sich CDs. Die Bücherregale waren prall gefüllt mit Werken über Pferde, und an den Wänden hingen zahlreiche Pferdebilder und -poster.

Nein, Peter war müde, weil er zusammen mit McLeod jede Sekunde damit verbracht hatte, Ungereimtheiten im außerberuflichen Leben von Grady und Don Alexander zu finden und einem möglichen Zusammenhang mit Casey auf die Spur zu kommen. Ihre Arbeit wurde dadurch erschwert, dass ihre Auskunftspersonen unbedingt vertrauenswürdig sein und Verschwiegenheit darüber bewahren mussten, dass McLeod gegen seinen Vorgesetzten ermittelte und dabei noch von einer Zivilperson unterstützt wurde.

Nur eine Person weihten sie vollumfänglich in die *Operation Storm* – ihr interner Deckname für den Fall – ein: Ravi Singh, Roland Blues Arbeitgeber und Besitzer des Half Moon Tailor Shop. Dieser war von der Unschuld seines Mitarbeiters und Freunds überzeugt und gerne bereit zu helfen, wo er nur konnte.

Der erste größere Durchbruch ging auf McLeods Konto. Bei seinen Recherchen über Don Alexander war er auf einen Artikel in einem New Yorker Boulevardblatt gestoßen, in dem die Rede davon war, dass Don Alexanders neue Schwiegermutter von ihrem betrügerischen Ex-Ehemann ruiniert worden war. Gleichzeitig hatte er jedoch Berichte gefunden, wonach Elizabeth Vale-Edwards ohne erkennbare Unterstützung ihr Leben in Long Island in Saus und Braus weiterführte.

Don Alexander seinerseits schien von der neuen Liaison profitiert zu haben. Seit seiner ersten Begegnung mit Isabelle bei einem Polospiel vor achtzehn Monaten hatte er sich einen Mercedes-Sportwagen angeschafft, mehrmals Luxusurlaub gemacht und die Mitgliedschaft eines exklusiven Privatklubs im angesagten Londoner Stadtteil Shoreditch erworben. Seinen Freunden hatte er angeblich erzählt, die Familie seiner zukünftigen Ehefrau sei äußerst großzügig. Nun stellte sich aber heraus, dass diese gar nicht über das nötige Einkommen verfügte, um sich freigiebig zu zeigen. Also musste das Geld aus einer anderen, möglicherweise zweifelhaften Quelle stammen.

Weitere Nachforschungen ergaben, dass Elizabeth Vale-Edwards eine angesehene Turnierrichterin war und mittlerweile auch der Jury des *Kentucky Three Day Event* angehörte.

Spätestens da schrillten bei dem Detektivduo alle Alarmglocken. Und Mrs Smiths Anruf hatte ihren Verdacht bestätigt.

«Damit haben Sie jetzt doch bestimmt genügend Beweise, um mit der Sache an einen von Gradys Vorgesetzten zu gelangen», hatte Peter gedrängt. «Wenn Casey in Lebensgefahr ist, muss die Polizei heute eingreifen, nicht erst am Sonntag, wenn es vielleicht schon zu spät ist. Mrs Smith muss sie daran hindern, bei der Geländeprüfung an den Start zu gehen.»

Doch davon hatte McLeod nichts wissen wollen. «Wenn wir den Plan der Erpresser publik machen, während die Sache läuft, setzen wir Casey nur noch einer größeren Gefahr aus. Überdies könnten die Erpresser – um wen auch immer es sich handelt, und wir haben noch keinerlei Beweise – ungestraft davonkommen. Wir müssen ihnen Gelegenheit zum ersten

Schritt bieten, um sie auf frischer Tat zu ertappen. Mach dir keine Sorgen. Ich habe mit einem Kollegen beim FBI Kontakt aufgenommen. Er befasst sich vor Ort mit dem Fall, und wir werden unsere Ermittlungen bis kurz vor unserem Abflug weiterführen. Ich bin sicher, wir werden herausfinden, wer hinter der ganzen Sache steckt, und rechtzeitig eintreffen, um Casey zu beschützen.»

«Sie *hoffen* wohl, dass wir rechtzeitig in Kentucky eintreffen. Denn eine Garantie gibt es nicht.»

«Ja, da hast du recht. Eine Garantie gibt es nicht.»

Gerade als McLeod zum gefühlt zwanzigsten Mal die Anzeigetafel konsultieren wollte, wurde er von einem Tumult in seiner Nähe aufgeschreckt. Ein mit Tätowierungen übersäter Koloss bahnte sich – wild mit den Armen rudernd – einen Weg durch die Menschenmassen. Schweiß trat ihm aus den Poren.

«Verfluchter Bulle!», rief er.

«Rick Crawley! Was in aller Welt machst du denn hier? Willst du das Land verlassen? Hast du eine Bank überfallen und jetzt haust du ab in die Karibik?»

Big Red war völlig außer Atem. Er beugte sich vornüber und stützte die Arme auf den Knien ab. «Ich bin hier, um dir einen Gefallen zu tun, und du machst mich gleich wieder fertig.»

«Wie kommst du bloß darauf? Es würde mir doch nicht im Traum einfallen, schlecht zu denken von einem Mann, der wegen Diebstahl, Betrug und Anwendung von Gewalt eingesessen hat. Peter, darf ich dir den ehrenwerten Bürger Rick Crawley vorstellen. Welchen Gefallen wolltest du mir denn tun, Big Red, wenn ich fragen darf?»

«Hey, du könntest meinen Ruf zerstören, wenn du so daherquatschst. Hör nicht auf ihn, Junge. Das ist alles erstunken und erlogen. Du hast es zwar nicht verdient, Bulle, aber ich habe etwas, das dich vielleicht interessieren könnte. Eigentlich wolle ich es Ravi vom Half Moon Tailor Shop geben. Weißt du, es ist nicht gut für mich, wenn man mich in Gesellschaft mit der Polente sieht.»

Jetzt wurde die Bahnsteignummer für ihren Zug angezeigt. McLeod ergriff seinen Koffer. «Aber dalli bitte, Crawley. Wir müssen unseren Flieger erwischen.»

«Okay, Ravi wollte unbedingt, dass ich es dir persönlich gebe. Er meint, es entscheidet über Leben und Tod. Er hat mir erzählt, dass du zusammen mit Caseys Freund – das bist wohl du, Jüngling – gleich zu so'ner Rettungsaktion abfliegst, aber dass ich euch vielleicht noch erwische, wenn ich Gas gebe.»

«In vier Minuten fährt unser Zug», sagte Peter aufgeregt.

«Immer mit der Ruhe, Junge», brummte Crawley. Er griff in die Tasche seines Sakkos und fischte einen USB-Stick heraus.

McLeod hielt den Stick in der Hand. «Ist das das, was ich glaube, dass es ist?»

Crawley wischte sich mit einem Taschentuch den Schweiß von der Stirn. «Also, hör mal zu. Als Roland im Knast war, ist seine Tochter zu mir gekommen. Hat mir jede Menge Beschuldigungen an den Kopf geworfen, genau wie du. Zuerst hat mich das Mädchen nur genervt, aber ich habe ihren Mut bewundert. Und ich habe an ihren Vater gedacht. Ein guter Mensch. Durch und durch, bis in die letzte Faser seines Körpers. Ich konnte einfach nicht glauben, dass er in diesen Kunstraub verwickelt war. Das war eine üble Sache. Ganz übel. Und ich war mir sicher, dass man ihm die Sache angehängt hat.»

«Komm zur Sache, Crawley», mahnte ihn McLeod.

«Dann hab ich in der Zeitung gelesen, dass sich das Band der Überwachungskamera, das seine Unschuld bewiesen hätte, verdünnisiert hat. Ich hab mit einem Kumpel gesprochen, der im Redwing Tower wohnt. Er hat mir gesagt, dass er aus Sicherheitsgründen seine eigenen Kameras installiert hat. Wir haben uns sein Material angeschaut und gesehen, dass Roland in seine Wohnung zurückgekehrt ist, nachdem er Ravi nach Hause begleitet hat. Danach hat sich seine Wohnungstür nicht mehr geöffnet bis zum nächsten Morgen.»

Er blinzelte McLeod komplizenhaft zu. «Jetzt musst du ihn freilassen, nicht wahr? Du kannst ihn nicht festhalten, wenn er völlig unschuldig ist. Und vergiss nicht, Bulle, du bist mir jetzt etwas schuldig. Du und Caseys Alter auch.»

McLeod seufzte. «Jetzt hör mal gut zu, Crawley. Du bist ein Krimineller, und ich bin ein Polizeibeamter. Das heißt, dass ich dir nichts schulde außer Gerechtigkeit. Und das trifft auch für Caseys Vater zu, der ohne eigenes Verschulden in diese Situation manövriert wurde. Du allerdingst schuldest der Gesellschaft eine ganze Menge. Damit sage ich nicht, dass ich dir für deine Hilfe nicht dankbar bin. Was du getan hast, ist großartig. Und das werde ich dir auch nie vergessen. Aber wenn ich dir einen guten Rat geben darf: Du solltest diese Geschichte als gutes Karma für dich sehen. Du hast etwas Ehrenwertes getan und damit einen kleinen Schritt zur Wiedergutmachung deiner bisherigen Verfehlungen gemacht und dazu beigetragen, dass die Welt ein klein bisschen besser wird.»

Crawley gab ein aufgesetztes Stöhnen von sich, aber es tat ihm sichtlich gut, ausnahmsweise einen positiven Beitrag für die Welt geleistet zu haben. Gleichzeitig machte er McLeod auch klar, dass er ihn aufspüren und wie einen Käfer zertreten würde, falls er «Roland und seinem Ponymädchen» keine Gerechtigkeit zukommen ließ.

Er beehrte Peter mit seinem gewohnten Schraubstock-Händedruck und war ganz überrascht, als der Junge ihm unverwandt in die Augen sah und zurückdrückte. Peter brauchte seine Hände im täglichen Umgang mit den Hufen temperamentvoller Vielseitigkeitspferde und wilder Vollbluthengste. Gegen die war Rick Crawleys Zupacken harmlos.

Der Riese blickte ihn plötzlich mit Respekt an. «Wenn du dein Mädchen in Kentucky siehst, dann wünsche ihr viel Glück von Big Red.»

Als Crawley «dein Mädchen» sagte, verknotete sich Peters Magen. Er hatte für sich schon beschlossen, aus Lexington abzureisen, sobald er Casey in Sicherheit wusste. «Sicher. Danke für Ihre Hilfe. Das könnte die Wende in diesem Fall bedeuten.»

McLeod blickte der massigen Gestalt hinterher, die sich ihren Weg durch die Reisenden bahnte, und schüttelte den Kopf. «Rick Crawley, ausgerechnet Rick Crawley! Und da gibt es Leute, die behaupten, das Wort ‹Sühne› sei in der Unterwelt ein Fremdwort!»

18

Während eines Großteils seiner fast dreißigjährigen Geschichte fand das *Kentucky Three Day Event* eine Woche vor Badminton gegen Ende April statt. Das machte durchaus Sinn, denn zu dieser Jahreszeit standen die Azaleen und Rhododendren in voller Blüte, und es herrschten perfekte Temperaturen für das Vielseitigkeitsreiten. Dieses Jahr war jedoch zwischen rivalisierenden Fernsehanstalten ein Terminstreit entbrannt, sodass sich die Veranstalter schließlich gezwungen sahen, das Turnier auf Ende Mai zu verschieben – eine Zeit, in der die Temperaturen im Süden der USA bereits tropische Werte erreichten. Und so war es am Tag der Geländeprüfung derart heiß, dass man auf der Kühlerhaube eines Autos ohne Weiteres ein Spiegelei hätte braten können.

Caseys Startzeit war auf 14:50 Uhr festgelegt worden. Bis zu jener Zeit waren im Erste-Hilfe-Zelt schon zahlreiche Besucher wegen Dehydrierung oder Sonnenstich medizinisch versorgt worden, und einige der europäischen Pferde waren der enorm hohen Feuchtigkeit und Hitze nicht gewachsen und brauchten für den Geländeparcours deutlich mehr als die vorgegebene Zeit von elf Minuten und elf Sekunden.

Gerade hier zahlten sich Ethans harte Trainingsmethode für Casey und Mrs Smiths Erfahrung mit alternativen Therapien für Storm jetzt so richtig aus. Nach einem entspannenden Spazierritt durch den Park im Morgengrauen, einer Massage und einer Vorlesestunde, während der seine Beine mit einer Aloe-Vera-Packung gekühlt wurden, war Storm die Gelassenheit selbst. Auch Casey fühlte sich frisch und munter. Klar, sie spürte ihre Nerven und das Adrenalin schoss durch ihren Körper, aber sie war voll konzentriert. Sie hatte jeglichen Gedanken an den Erpresser aus ihrem Hirn verscheucht. Wenn sie eine fehlerfreie Geländeprüfung hinlegen wollte, dann durfte sie an nichts anderes denken als an das nächste Hindernis, die nächste Gangart, den nächsten Schritt.

Für die Teilnehmer war der Geländeparcours schon vor Tagen zur Begehung freigegeben worden. Und so hatten ihn Mrs Smith und Casey so oft abgeschritten und ausgemessen, dass sie schließlich jeden einzelnen Grashalm kannten.

«Du musst die Strecke so gut kennen, dass du – würdest du um Mitternacht an einem Fallschirm und mit verbundenen Augen auf den Parcours abgeworfen – sofort wüsstest, wo du bist», sagte Mrs Smith. «Über die etwas mehr als sechs Kilometer lange Strecke sind achtundzwanzig Hindernisse verteilt. Das kleinste Zögern, eine Unentschlossenheit vor irgendeinem Sprung kann rasch mal eine Auslassung, Verweigerung oder einen Abwurf zur Folge haben. Oder stell dir vor: Du entscheidest dich beim letzten Wassergraben für den kürzesten Weg und es geht schief, dabei hättest du dir mit einer kleinen Zeitstrafe einen fehlerfreien Ritt erkaufen können – du würdest dich grün und blau ärgern.

Du darfst nie vergessen, dass deine Augen Storms Augen sind. Er würde einfach blind drauflos galoppieren. Seine Fähigkeit, einen Parcours innerhalb der vorgegebenen Zeit und ohne Fehler zu absolvieren, ist nur so gut wie deine Fähigkeit, ihm zu vermitteln, was er zu erwarten hat. Und du weißt, diese Strecke ist voller Tücken.»

Das wusste Casey in der Tat, und darauf bereitete sie sich in Gedanken vor, während sie auf den Start wartete. William Fox-Pitt, ein ehemaliger Sieger, hatte sie davor gewarnt, dass die von Derek di Grazia entworfenen Parcours auf den ersten Blick harmlos wirkten. Dieser Gestalter verstand es, derart raffiniert mit dem Gelände zu spielen, dass höchst anforderungsreiche Hindernisse so aussahen, als würde sie jeder Neuling mit links schaffen. Schlecht vorbereitete Reiter merkten meist zu spät, dass sie einer Täuschung aufgesessen waren.

«Deshalb darfst du dich nicht mitreißen lassen», hatte ihr Mrs Smith in der Aufwärmzone noch geraten. «Zeige Storm jedes Hindernis. Sei vorsichtig. Ich bin bei dir, vom ersten bis zum letzten Schritt.»

Casey grinste. «Wie ein Engel auf meiner Schulter?»

«Ja, wie ein Engel auf deiner Schulter.»

Storm schoss davon. Casey sah verschwommene Bäume und bunte Picknicker vorbeiziehen und hörte von oben den Ruf einer Schar Wildgänse. Schon übersprangen sie das erste Hindernis, jetzt waren sie endgültig unterwegs. Unterwegs, um das Leben ihres Vaters zu retten.

Vom fiesen Erpresserbrief des Vortages an Mrs Smith wusste sie nichts. Ihre Trainerin hatte ihr auch das Telefongespräch mit McLeod verschwiegen. Der Inspektor wollte auf keinen Fall, dass Casey etwas davon erfuhr. Es würde sie nur unnötig ablenken, und ihre Widersacher könnten Verdacht schöpfen, dass man dabei war, ihnen auf die Schliche zu kommen.

Er hatte Mrs Smith eine Notfallnummer beim FBI gegeben, sich aber über den Fortschritt der Ermittlungen bedeckt gehalten. «Keine Angst!», hatte er sie beschwichtigt. «Die Kavallerie ist schon im Anmarsch und sollte am Samstagabend gegen zehn in Lexington eintreffen.»

Bis zu diesem Zeitpunkt würden sich FBI-Beobachter unter die Zuschauer mischen und bei Gefahr für Caseys Sicherheit sorgen.

Von diesen Vorkehrungen gänzlich unbelastet trieb Casey ihr Pferd abwärts auf das fünfte Hindernis zu – die erste echte Herausforderung des Parcours. Mrs Smith hatte sie gewarnt, dass die Schwierigkeit bei diesem Hindernis nicht der Wassergraben, sondern der schlagartig aufbrausende Lärm des Publikums sei. «Storm wird aus dem Wäldchen und der bisher einigermaßen ruhigen Strecke der ersten Hindernisse plötzlich in diesen Lärm eintauchen und vermutlich stark erschrecken. Darauf musst du dich gefasst machen.»

Casey nahm sich den Ratschlag ihrer Trainerin zu Herzen. Während sie Storm vorwärtstrieb, redete sie ihm ruhig zu. Sie platschten in das Wasser, dass es nur so spritzte – drei Schritte über die Holzstange, vier weitere aus dem Teich hinaus, eine Böschung hinauf zum Sprung über die *Goose*, eine übergroße, in einem Blumenbeet sitzende Gans aus Holz, und schon ging es im munteren Galopp weiter. Storms Ohren waren hoch aufgestellt, und die Art, wie er sich bewegte, strahlte Freude aus. Casey spürte es: Storm war in seinem Element.

Als er über das sechste Hindernis, die *Tobacco Stripping Bench*, setzte, fiel der ganze Stress des vergangenen Monats von Caseys Schultern ab. Alles war plötzlich vergessen. Dafür, für diese unvergesslichen Momente, lebte sie. Und Storms Glückseligkeit sprang auf sie über. Sie waren eins, als sie den *Trakehner* hinter sich ließen und dann nach einer scharfen Linkskurve mit der *Brush Water Challenge* ein weiteres Wasserhindernis in Angriff nahmen.

Storm schien endlos lange durch die Luft zu fliegen, bis er schließlich wuchtig im Wasser landete. Jetzt musste Casey ihr ganzes Können und die hart trainierte Balance abrufen, um im Sattel zu bleiben, den Kurs zu halten und auf die etwas höher gelegene Miniaturhütte auf der anderen Seite des Teichs zuzusteuern, die es zu überspringen galt. Dann folgte eine willkommene Verschnaufpause mit drei einfachen Sprüngen. Das zwölfte Hindernis bestand aus einem umgestürzten Baumstamm, an dem ein riesengroßes Eichhörnchen nagte. Ein Lächeln ging über Caseys Lippen, als Storm den Sprung mit Leichtigkeit schaffte.

Vor wenigen Wochen noch wäre Storm mit seinem Rennpferdinstinkt im Geschwindigkeitsrausch über den *Sheep Shelter*, einen kleinen Schafunterstand, gehetzt, um dann völlig außer Kontrolle weiter zu beschleunigen. Heute landete er zwar in hohem Tempo, aber Casey konnte ihn gut im Zaum halten und ihn so auf die *Double Corners*, zwei eng angelegte Eckhindernisse, vorbereiten, die er mühelos meisterte, und bevor sie es sich versah, hatten sie den Wendepunkt geschafft und nahmen die zweite Streckenhälfte in Angriff.

Immer wieder schlug ihnen in Wellen die Hitze entgegen. Das neunzehnte Hindernis, der *Water Complex*, lag wie eine flimmernde Fata Morgana vor ihnen.

In der vergangenen Nacht hatte Casey kaum ein Auge zugetan. In unruhigen Gedanken hatte sie eine Sorge nach der anderen vor sich aufgetürmt. Bestimmt ein Dutzend Mal hatte sie Peter eine SMS geschrieben, doch jedes Mal wieder gelöscht. Sie hatte sich nach seiner Stimme gesehnt. Warum hatte sie ihm ihre Liebe nie gestanden? Warum hatte sie nur zugelassen, dass ihre Geschichte eine derart traurige Wende nehmen musste?

Vor allem aber hatte sie sich Sorgen wegen der Geländeprüfung gemacht. Was wäre, wenn sie das Schicksal ihres Vaters verspielte oder der Erpresser sich nicht an den einseitigen Vertrag hielt? Aber am meisten Angst hatte ihr der Gedanke eingejagt, dass er sie und Storm bei der Gelegenheit attackieren könnte, wenn sie am verletzlichsten waren: auf dem Geländeparcours. Immer wieder war ihr den Mann mit der Horrorfratze erschienen. Weil es sonst keine Verdächtigen gab, war sie davon ausgegangen, dass er auch der Erpresser sein musste.

Mit Meditation und einem kurzen Ausritt bei Morgengrauen hatte sie es schließlich geschafft, diese Bilder zu verscheuchen, aber in der Gluthitze wurde sie jetzt von ihrem Schlafmangel eingeholt. Schwindelig schwankte sie im Sattel, als Storm über das Gatter sprang und in das Wasser eintauchte. Kraftvoll arbeitete er sich durch den Teich, schaffte die beiden hölzernen Enten mit Leichtigkeit und erreichte unter tosendem Applaus das andere Ufer. Sein silbernes Fell war nass und voller Schaum, aber er atmete ruhiger als in dieser Phase in Badminton.

Als Storm die *Normandy Bank* überflog, fühlte sich Casey schon beinahe euphorisch. Noch sieben Hindernisse bis zum Ziel.

Keeper's Brush war ein hoher, aber an sich unproblematischer Sprung. Dafür waren bei den Hindernissen vierundzwanzig und fünfundzwanzig Präzision und höchste Konzentration gefragt. Hier hatte Allison Springer 2011 nach einer perfekten Dressur auf ihrem Vollblüter Arthur kurz die Orientierung verloren, was schließlich zu einem Sturz und ihrer Disqualifikation führte.

«Es ist erst vorbei, wenn es vorbei ist», hatte Mrs Smith sie gewarnt. «Ein Fehltritt, und das leichteste Hindernis der Welt kann deine Träume zerstören.»

Die letzte große Herausforderung waren die *Offset Brushes*, eine Reihe von versetzten Bürstenhindernissen. Caseys Uhr piepste. Sie war der Zeit etwas voraus. So nahm sie sich Mrs Smiths Ratschlag zu Herzen, auf Nummer sicher zu gehen und die längere Route zu wählen. Zeitstrafen musste sie jetzt dank Storms explosivem Tempo wohl kaum mehr befürchten. Und schon flogen sie über das zweitletzte Hindernis: *The Arch*, einen bogenförmigen Baumstamm. «Vorwärts, Storm!», rief sie.

Nun flogen sie auf das letzte Hindernis, den *Produce Stand*, zu. Die Zuschauer mit ihren lächelnden, freundlichen Gesichtern standen Spalier. Noch *ein* Sprung, und sie hatten einen fehlerfreien Ritt hingelegt. Noch *ein* Sprung ...

Doch plötzlich kam ein kläffender Hund unter den Absperrseilen hervorgerannt. Storm machte einen wilden Schlenker. Nie hätte Casey gedacht, dass ihr Ethans grausame Medizinballübungen irgendwann einmal wirklich helfen würden. Doch ohne sie wäre sie bestimmt im hohen Bogen aus dem Sattel geflogen. Jetzt schaffte sie es mit knapper Not, sich an Storms Mähne festzukrallen.

Wutentbrannt setzte Storm zum Sprung über den *Produce Stand*, eine Marktauslage mit allerlei buntem Obst und Blumen, an, noch bevor Casey wieder sicher im Sattel saß. Mit aller Kraft hielt sie sich an Storm fest. Er hatte das Hindernis beinahe überwunden, als er mit einem Huf an der Kante des Hindernisses aufschlug.

Mit einem flauen Gefühl in Caseys Magengegend kündigte sich ein Sturz an, und gleichzeitig schien alles in Zeitlupe abzulaufen. Sie sah das entsetzte Gesicht eines kleinen Mädchens, das mit offenem Mund das entfesselte Pferd anstarrte. Dann hörte sie wieder das aufgeregte Hundegebell und das Dröhnen eines Flugzeugs in der Ferne.

Und dann erhaschte sie ganz am Rande ihres Blickfeldes nur schemenhaft die Gestalt des Mannes, der sie in White Oaks angegriffen hatte. Sein Gang verriet ihn.

In diesem Moment schoss ihr der Gedanke durch den Kopf: Er hatte es von allem Anfang an darauf abgesehen, sie und Storm zu erledigen. Bisher war es ihm nicht gelungen. Also würde er jetzt zuschlagen.

Sie machte sich auf eine harte Landung gefasst. Doch nichts dergleichen geschah. Geschickt wie eine Katze fing sich Storm im allerletzten Augenblick auf. Noch in der Luft verlagerte er sein Gewicht, sodass er unbeholfen, aber sicher landete und sofort in Richtung Ziellinie weiterstürmte. Wie durch ein Wunder schaffte es Casey, im Sattel zu bleiben.

Mit einem Blick über die Schulter sah sie den Mann sofort. Doch von einer Horrorfratze keine Spur. Er war gut aussehend, gepflegt und trug eine schwarze Hose mit blauem Polo-Shirt. Er hielt ein Handy am Ohr und hatte den Schauplatz bereits hinter sich gelassen. Fehlalarm! Sie war noch am Leben, und es war noch nichts verloren.

Storm war erschöpft, aber nicht so erschöpft, dass er nicht noch einen fulminanten Schlussssprint hinlegen konnte. Als sie schließlich mit einer Zeitunterschreitung von vier Sekunden die Ziellinie passierten, war er kaum noch zu bremsen. Seine silberfarbenen Flanken waren von Schweiß überströmt. Aber er schien so zufrieden mit sich selbst, dass er fast unfreiwillig komisch wirkte.

«Du bist ein Zauberpferd», raunte ihm Casey zu, während

sie sich aus dem Sattel gleiten ließ und zuerst ihn, dann Mrs Smith umarmte. «Einverstanden, Mrs Smith?»

Die Trainerin lachte. «Einverstanden, er ist ein Superstar, aber allein hätte er es niemals geschafft. Casey, das war Geländereiten vom Allerfeinsten. Wenn dieser idiotische Hundebesitzer nicht gewesen wäre, hättet ihr eine beinahe fehlerfreie Runde hingelegt. Reittechnisch gab es da wirklich nichts auszusetzen.»

Zu Caseys großem Erstaunen brach ihre sonst so nüchterne und gelassene Trainerin in Tränen aus. «Oh mein Gott, ich bin ja so froh, dass du in Sicherheit bist.»

«Warum sollte ich nicht in Sicherheit sein?», sagte Casey und fiel ihr gleich ein weiteres Mal um den Hals. «Bei Storm bin ich immer in Sicherheit.»

Dennoch wusste sie, was Mrs Smith wusste: Sie waren nur ganz knapp einer Katastrophe entgangen. Ein Millimeter nur fehlte, und sie hätten den meistgefürchteten Unfall erlitten, der gleichzeitig als häufigste Todesursache des Vielseitigkeitssports galt: der Rotationssturz.

Bei diesen Stürzen überschlugen sich die Pferde und landeten dabei oft auf ihren Reitern, was meistens tödlich ausging. Es gab zwar mittlerweile Airbag-Westen, die sich bei einem Sturz automatisch mit Luft füllten, doch auch sie boten keinen vollständigen Schutz.

Leise sagte sie zu ihrer Trainerin: «Mrs Smith, es ist beinahe geschafft. Das war ein weiterer Schritt zur Rettung meines Vaters. Jetzt bleibt uns nur noch die Hoffnung, dass unser Brieffreund Wort hält. Wenn er sich nicht an sein Versprechen hält, weiß ich nicht, was wir noch tun können.»

Bevor Mrs Smith antworten konnte, war Casey von Reportern umringt. Sie wollten alle nur eines wissen: Wie schätzte die jüngste Badminton-Siegerin selbst ihre Chancen ein, nun auch noch in Kentucky zu siegen?

«Was soll ich sagen?», gab sie zur Antwort. «Im Springen liegt nicht gerade Storms Stärke.» Sie warf einen Blick auf die Anzeigetafel. Sie lag auf dem vierten Platz im Zwischenstand. Mit einem breiten Grinsen fügte sie hinzu: «Aber wenn ich Jock Padget, Jenny Elverson oder Blake Tetherington wäre, würde ich morgen ab und zu einen Blick in den Rückspiegel werfen.»

Im Schatten einer Platane stand der Mann mit dem blauen Polo-Shirt und sprach triumphierend in sein Mobiltelefon: «Hast du das gesehen, Lizzie? Besser hätten wir es nicht inszenieren können. Aber ich hab' gemeint, mich trifft der Schlag, als das Pferd das letzte Hindernis touchiert hat. Das Girl mischt ganz vorne mit, genau wie wir es geplant hatten. Und wer verklickert ihr jetzt, dass sie morgen verlieren muss? Du oder ich?»

19

Genau um 04:02 Uhr, als Lenny McLeod und Peter nach einer kurzen Nacht die Lobby eines atmosphärelosen, ganz in Beige gehaltenen Hotels in Chicago verließen, klingelte in Caseys Hotelzimmer das Telefon.

Casey kämpfte sich aus einem Albtraum, in dem sie und Storm von einem kopflosen Reiter verfolgt wurden, tastete nach dem Telefon und sagte schließlich noch völlig verschlafen: «Hallo?»

«Guten Morgen, Casey Blue!», meldete sich eine freundliche Frauenstimme. «Das ist Ihr Weckruf.»

Casey schaltete das Licht ein und sah blinzelnd auf ihre Uhr. Nach und nach begannen ihre Gehirnzellen zu arbeiten. Es war Sonntag, der Tag des Springreitens. Eigentlich hatte sie ausschlafen wollen, um Körper und Geist nach der anstrengenden Geländeprüfung eine Erholungspause zu gönnen. Sie hatte Mrs Smith eindringlich gebeten, sie nicht wecken zu lassen.

«Ich habe keinen Weckruf bestellt.»

Doch dann beschlich sie eine dunkle Ahnung. Sie fragte: «Wer sind Sie?»

«Würdest du mir glauben, wenn ich sagen würde: eine gute Bekannte? Wahrscheinlich nicht. Aber leg jetzt nicht auf. Das wäre ein dummer, ja ein fataler Fehler. Wenn du tust, was wir sagen, hast du nichts von uns zu befürchten. Du bist ein sehr wichtiger Bestandteil unserer Operation, Casey. Du musst jetzt die Aufgabe zu Ende führen, die wir dir gestellt haben. Nebenbei gesagt: Wir sind sehr zufrieden mit dir. Du und dein abgehalfterter Gaul, ihr seid wirklich über euch hinausgewachsen.»

«Wie krank sind Sie?» Casey kreischte die Worte fast in den Hörer. «Sie gehören in die Klapsmühle. Sie zerstören das Leben meines Vaters. Und meines auch. Und darüber hinaus sind Sie feige. Warum haben Sie nicht den Mut, mir das direkt ins Gesicht zu sagen?»

Die Leitung blieb still. Casey ließ sich gegen das Kopfende des Bettes fallen. Wenn diese schreckliche Erfahrung erst einmal vorbei war, würde sie einen rechtschaffenen Kommissar, falls es so was überhaupt gab, davon überzeugen, diejenigen, die für diesen Horror verantwortlich waren, zu jagen und zu verfolgen, wenn nötig bis ans Ende der Welt. Kannte sie die Stimme? Wenn es nicht möglich sein sollte, den Anruf zurückzuverfolgen, musste sie die Frau identifizieren können, aufgrund ihres Akzents, ihrer Sprachmuster, der Tonfarbe ihrer Stimme.

Und das war vielleicht der größte Schock überhaupt: Mindestens ein Mitglied der Bande, die sie peinigte und quälte, war eine Frau.

«Wenn Sie so zufrieden sind mit mir, warum reißen Sie mich mitten in der Nacht aus dem Schlaf? Wenn Sie mir Angst einjagen und mir den Schlaf rauben, werde ich heute bestimmt keine gute Leistung bringen können.»

«Genau deshalb rufe ich an. Wir haben den Plan geändert. Du darfst nicht mehr gewinnen. Du musst jetzt verlieren.»

«Das soll wohl ein Witz sein?»

«Ist es aber nicht.»

Casey kochte vor Wut. Sie ließ beinahe den Telefonhörer

fallen. «Sind Sie jetzt völlig durchgedreht? Können Sie sich überhaupt eine Vorstellung machen, wie hart ich gearbeitet habe, um dort zu stehen, wo ich jetzt stehe? Sie und ihre kriminellen Komplizen haben mir in White Oaks den schwarzen Mann über den Parcours gehetzt. Ich wäre fast umgekommen bei dem Sturz. Dann habe ich mein Pferd bis zum Äußersten getrieben. Und jetzt sagen sie mir, dass das alles umsonst gewesen sein soll. Dass ich den ganzen letzten Monat mit einer Chipstüte vor dem Fernseher hätte verbringen können. Dann wäre ich nach Kentucky geflogen und hätte hier locker verlieren können. Das verlangen Sie jetzt doch von mir.»

«Wenn du nicht sofort deinen Ton änderst, lege ich auf», mahnte die Anruferin. «Hast du denn immer noch nicht verstanden, worum es hier geht? Ist das denn so schwer zu begreifen? Aber ich kann dich beruhigen. Wenn die ganze Sache durch ist, werden alle zufrieden sein. Wir sind ein gutes Stück reicher geworden, und du bekommst das Videomaterial, das beweist, dass dein Vater unschuldig ist.»

Ihr eiskaltes Lachen ließ Casey erschaudern. «Bevor ich jetzt auflege, möchte ich nochmals klarstellen, was heute Nachmittag beim Springreiten passieren muss. In dem unwahrscheinlichen Fall, dass ihr nahe dran seid, das Springen zu gewinnen, musst du das letzte Hindernis reißen.»

«Nein.»

«Nein?»

«Nein», sagte Casey. «Das werde ich nicht tun. Warum sollte ich auch? Was ist, wenn Sie den Plan nochmals ändern? Was ist, wenn ich die Chance habe, zu gewinnen und das letzte Hindernis absichtlich reiße und Sie mir das Material dann doch nicht übergeben? Dann bleibt mein Vater im Gefängnis, und ich habe die Gelegenheit verpasst, die jüngste Reiterin der

Geschichte zu werden, die sowohl Badminton als auch Kentucky gewonnen hat – genau das, was mein Vater mir sehnlichst wünscht.»

«Du hast keine Wahl. Du musst uns vertrauen, dass wir dir das Video nach deiner Niederlage aushändigen lassen», sagte die Frau ungerührt. «Wenn du uns linkst, linken wir dich auch. Dein Vater wird sein Leben lang hinter Gittern bleiben. Aber ich glaube kaum, dass du dich so entscheiden wirst. Du gehörst nicht zu den Mädchen, denen ein Sieg mehr bedeutet als die Liebe.»

«Sie kennen mich nicht», gab Casey störrisch zurück. «Vielleicht täuschen Sie sich ja.»

«Jetzt hast du noch die Wahl, Casey. Triffst du die falsche Entscheidung, werden *wir* dafür sorgen, dass du keine andere Wahl mehr hast, als zu verlieren.»

20

Die Stallungen lagen beinahe verlassen im pfirsichfarbenen Licht des Morgengrauens, als Casey am frühen Sonntagmorgen auf dem Turniergelände eintraf. Sie trug eine alte schokobraune Reithose, die sie aus England mitgebracht hatte, und ihr graues Lieblings-T-Shirt mit den abgeschnittenen Ärmeln. Storm freute sich so über ihr Kommen, dass er fast die Stalltür eintrat, bevor sie sie öffnen konnte.

Casey legte ihren Kopf gegen seine Stirn und atmete seinen himmlischen Geruch ein. Nach der Verhaftung ihres Vaters hatte sie für kurze Zeit vergessen, dass sie in schwierigen Zeiten immer bei Storm Zuflucht suchen konnte. Dabei hatte ihr Mrs Smith so oft gesagt: «Pferde sind immer auf Empfang. Pferde warten immer.»

Sie fuhr mit den Händen über Storms Fesselgelenke und war erleichtert, dass sie trotz der anstrengenden Geländeprüfung weder geschwollen noch schmerzempfindlich waren. Storm hatte zwar bisher keine Probleme mit Entzündungen gehabt, aber man konnte nie wissen. Er war nach dem Zwischenfall mit dem wild bellenden Hund beim letzten Hindernis sehr hart aufgekommen. Aber es wäre eine Ironie des Schicksals, wenn er nach allem, was sie durchgemacht hatten, die kurze tierärztliche Prüfung vor dem Springreiten nicht bestehen würde.

Nachdem sie ihn kurz gestriegelt und ihm ein paar Pellets gegeben hatte, legte sie ihm ein Halfter an und führte ihn in den Hof zur Aufstiegshilfe. Sie schwang sich auf seinen bloßen Rücken. Storm fühlte sich unter ihr warm und kräftig an.

«Bist du lebensmüde?», rief ihr im Vorbeigehen ein verschlafener Stallbursche zu. «Wenn er im Park durchgeht, ist die Sache für euch gelaufen. Der Junge scheint ganz schön Temperament zu haben.»

Casey wedelte ihm mit dem losen Ende des Führstricks zu. Beim Gatter rief sie über die Schulter zurück: «Ja, der hat ganz schön Temperament. Aber da habe ich nichts dagegen. Storm und ich nehmen es sogar mit dem Wind auf.»

Sie war ganz und gar nicht lebensmüde. Im Gegenteil. Gleich nach dem schockierenden Anruf am frühen Morgen hatte sie eine Blitzdusche genommen, sich die Zähne geputzt und war mit dem Shuttlebus des Hotels in fünf Minuten zum Kentucky Horse Park gefahren. Wenn sie den Tag irgendwie überleben und ihre Gegner überflügeln wollte, musste sie ganz in Storms Nähe sein. An seiner Seite und eins mit ihm.

Eigentlich hatten ihr die Erpresser das Leben erleichtert. Vorher hatte sie sich endlose Sorgen über das Springen gemacht. Jetzt brach keine Welt mehr zusammen, sollte sie ein Hindernis reißen. Sie würde das Videomaterial bekommen, und ihr Vater wäre ein freier Mann. Warum also konnte sie sich mit dem Gedanken, absichtlich zu verlieren, nicht anfreunden?

Mit der vergebenen Chance des historischen Titelgewinns, des *Grand Slam*, hatte es nichts zu tun. Ohne Liebe waren die größten Siege wertlos – nichts als Namen in Rekordbüchern und silberne Pokale, die auf irgendwelchen Regalen verstaubten. Nur die Liebe von Freunden und Verwandten machte solche Titel zu etwas Besonderem. Die Liebe verlieh ihnen ihre echte Bedeutung.

Nein, sie war wütend, weil diese Unbekannten meinten, sie könnten sie wie eine Marionette an Fäden herumtanzen lassen.

Casey und Storm liebten nichts so sehr wie den Sieg, ja sie *lebten* für den Sieg. Badminton hatte ihnen gezeigt, dass mit harter Arbeit und den richtigen Trainingsmethoden viele Siege möglich waren. Und jetzt befahl man ihnen, etwas zu tun, das ihnen einfach gegen den Strich ging.

Sie hätte den Forderungen der Erpresser entsprechen können, solange sie mit einem Sieg die Freilassung ihres Vaters hätte bewirken können. Das wäre eigentlich sogar eine ehrenvolle Aufgabe gewesen, die auch niemandem wehgetan hätte. Jetzt aber verlangte man von ihr etwas, das gegen Gesetz, Moral und Ehre verstieß, etwas, das ihrem Charakter dermaßen zuwiderlief, dass die Karten für sie völlig neu gemischt waren.

Storm galoppierte entspannt und locker durch den Park. Hinter der Statue des legendären Rennpferdes *Man O'War* stieg langsam der rote Ball der aufgehenden Sonne in den Himmel. Casey spürte, wie sich ihre Stimmung aufhellte. Wenn man durch einen fröhlichen Chor von Vogelstimmen ritt, konnte man einfach nicht schlechter Laune sein. Auf dem Pfad zum See näherte sich ein Palomino dem Zaun seiner Koppel, um sie zu begrüßen. Er hinterließ smaragdgrüne Hufabdrücke im Gras, das unter dem Morgentau wie ein flauschiger Teppich aussah.

Casey wusste, dass es riskant war, Storm nur mit Halfter und ohne Sattel zu reiten, und dennoch wagte sie es. Sie wollte ihn an das Training in White Oaks und den Strand von Camber Sands erinnern. Wenn Storm sich frei fühlte, war das der stärkste Trumpf, den sie beim bevorstehenden Springen ausspielen konnte.

Einige der Reitlehrer von White Oaks hatten aus ihrer Kritik an Mrs Smiths Methoden keinen Hehl gemacht. Morag hatte gesagt, sie habe in ihren dreiundzwanzig Jahren als Reitlehrerin noch niemanden getroffen, dem es in den Sinn gekommen wäre, ein Pferd für die anspruchsvollste Reiterprüfung der Welt nur mit einem Führstrick zu trainieren.

«Als wolltest du unbedingt auf dem letzten Platz landen», hatte sie spöttisch gesagt. «Ich verstehe echt nicht, was ihr beiden eigentlich wollt. Ihr seid in Badminton mit eurer Methode erfolgreich gewesen. Jetzt wollt ihr in drei Wochen alles über den Haufen werfen und arbeitet mit einem Führstrick, als wäre Storm ein Maultier. Das ist doch purer Wahnsinn. Sorry, aber anders kann man das nicht ausdrücken.»

Eigentlich hatten sie den Führstrick nur am Strand sowie beim Aufwärmen und Trockenreiten verwendet. Ansonsten arbeiteten sie mit einer Kandarenzäumung oder einem Hannoverschen Reithalfter wie beim Geländereiten. Mrs Smith ging es nur um eine Annäherung zwischen Storm und Casey und eine Optimierung der Hilfen.

«Wenn du die Hilfen vernünftig einsetzt, wird auch das Pferd vernünftig reagieren. Wenn du immer wieder halbe Paraden, alle Gangarten und jedes Tempo übst, wird Storm eine Balance und Versammlung lernen, wie man sie nur von den besten Dressurpferden kennt.»

Zuerst hatte sich Casey darüber geärgert, dass sie nicht häufiger Springen trainierten, aber Mrs Smith konnte sie davon überzeugen, dass sich alles wie von selbst ergeben würde, nachdem sie diese Grundarbeit erst einmal hinter sich hatten.

«Es gibt bei allen Disziplinen zwei Grundbedingungen für den Erfolg: eine positive Körperspannung, gekoppelt mit einem leichten und lockeren Gang. Wenn du es schaffst, beides miteinander zu verbinden, dann ist das schon die halbe Miete.»

Casey dirigierte Storm zum Wasser. Ganz egal, ob sie nun den Forderungen der Erpresser nachgab und absichtlich verlor oder sich gegen sie auflehnte und um den Sieg kämpfte – die halbe Miete genügte nicht. Sie brauchte auch die andere Hälfte.

Der Gedanke, wie sie sich die zweite Hälfte beschaffen könnte, war ihr an diesem Morgen gekommen, als sie den Hörer aufgelegt hatte und wutentbrannt im Bett lag. Jetzt kam ihr die Idee allerdings schon wieder ziemlich ausgefallen und unbesonnen vor. Schließlich mussten sie in weniger als drei Stunden zur tierärztlichen Prüfung antreten. Doch innerlich hatte sie sich schon dafür entschieden.

Die aufgehende Sonne hatte die Wasseroberfläche des Teichs mit einem kräftigen Rosa überzogen. Sie kräuselte sich, als sie mit Storm langsam in den Teich eintauchte. Behutsam und bedächtig bewegte er sich Schritt für Schritt durch die Seerosen. Er wusste nicht so richtig, wie er sich verhalten sollte, und versuchte zu beschleunigen. Mit Stielaugen sah er, wie die Enten auseinanderstoben. Was sollte er jetzt tun? Ein Hindernis überspringen? Doch dann nahm er Caseys Wunsch wahr, dass er sich nur entspannen und das Bad genießen sollte, und beruhigte sich sofort.

Casey war noch nie mit einem Pferd geschwommen und sie glaubte auch nicht, dass Storm schon einmal im tiefen Wasser gewesen war. In Camber Sands waren sie durch die im Sand auslaufenden Wellen über den Strand galoppiert, doch sie hatten sich nicht in das Wasser gewagt. Wie sie erwartet hatte, fiel hier im Teich der Boden steil ab.

Sobald Storm den Halt unter seinen Hufen verlor, tauchte er schnaubend unter. Einen Augenblick lang stieg in Casey eine panische Angst auf. Vielleicht hatte sie eben einen kolossalen Fehler gemacht. Storms Rücken sank immer tiefer, und das kalte Wasser umspülte ihre Nieren, sodass sie nach Luft ringen musste.

Und plötzlich begann Storm zu schwimmen. Es fühlte sich an, als würde er ohne jede Anstrengung durch das Wasser gleiten. Als wären sie keine an die Erde gebundenen Sterblichen mehr, als wären alle Sorgen dieser Welt von ihnen abgefallen. Sie waren zu Fabelwesen geworden, erfüllt von Freude, erstrahlend im Licht. Ein Mädchen und ein silbernes Einhorn? Oder vielleicht sogar eine Kentaurin – halb Mädchen, halb Pferd.

Das rosagolden schimmernde Wasser teilte sich vor ihnen. Ein heiteres Lachen sprudelte aus Casey heraus. Storm schwamm sicher in Richtung Ufer und hängte dann – wie ein Kind, das noch nicht genug Spaß gehabt hatte – eine zweite Runde an, bevor er im Galopp durch das blassrot aufspritzende Uferwasser aus dem Teich preschte. Casey, die sich auf den Strick und ihre Beinhilfen verlassen musste, um Storm zu lenken, hatte überhaupt keine Angst. Jetzt wusste sie, dass es richtig gewesen, mit Storm hierherzukommen. Zusammen hatten sie etwas erlebt, das ihnen der beste Sattel und zehn Jahre Training nicht hätten geben können. Sie waren ein Herz, ein Körper, eine Seele.

Sie waren eins geworden.

21

«Bitte beruhigen Sie sich, Sir», sagte die Dame hinter dem Check-in-Schalter am Flughafen. Sie hatte so viel Wimperntusche aufgetragen, dass sie mit ihren überschweren Augenlidern wie eine übermüdete Eidechse aussah.

«Aber Sie haben es mir versprochen», schimpfte McLeod. «Ich hatte Ihnen gesagt, dass es um Leben und Tod geht und sie hatten mir zwei Plätze im ersten Flieger von heute Morgen versprochen, als wir gestern hier gestrandet sind.»

«Sir, wenn Sie mich weiter so anschreien, werde ich persönlich dafür sorgen, dass Sie auch heute nicht mehr von Chicago wegkommen.»

«Bitte, Madam, entschuldigen Sie. Es tut mir wirklich leid. Aber ich habe kein Auge zugetan. Deshalb dürfen Sie nicht erstaunt sein, dass ich verärgert bin. Das Einzige, was uns davon abgehalten hat, heute Nacht mit dem Auto die sieben Stunden von Chicago nach Lexington zu fahren, war Ihr feierliches Versprechen, uns auf den 05:30-Flug zu buchen, was Sie – gemäß Ihren eigenen Angaben – vergessen haben. Und jetzt sagen Sie uns, wir seien auf dem 09:30-Flug, der aber wegen eines technischen Defekts mindestens eine Stunde Verspätung hat.»

«Und woran genau soll ich bei dieser Sache schuld sein?» Mit trotzigem Blick auf die lange Warteschlange hinter McLeod fügte sie hinzu: «Was erwarten Sie eigentlich alle von mir? Soll ich vielleicht mit dem Schraubenschlüssel aufs Rollfeld und den Defekt selbst beheben?»

«Natürlich nicht», sagte Peter und versuchte, sie mit einem Lächeln zu besänftigen. «Wir sind Ihnen dankbar, dass Sie nichts unversucht lassen, das Beste aus dieser schwierigen Situation zu machen.»

Er schob McLeod sanft vom Schalter weg, besorgte Kaffee und Bagels mit Cream Cheese und trug das Ganze auf einem Tablett zu zwei freien Plätzen in der Wartezone.

«Alles wird gut», sagte er beruhigend zu McLeod, auch wenn er selbst nicht daran glaubte. Er hatte das Ladegerät für sein Handy im Hotel vergessen und war für Caseys Anrufe und Mitteilungen unerreichbar.

McLeod nahm einen Schluck Kaffee und blätterte den Sportteil einer Lokalzeitung durch. «Hier steht, dass Casey um 14:52 Uhr beim Springen startet. Wenn unser Flieger wirklich nur eine Stunde Verspätung hat und wir es selbst bei starkem Verkehr in einer Stunde vom Flughafen zum Kentucky Horse Park schaffen, könnte noch alles gut gehen. Du hast recht.»

Jahrelang hatte sich Angelica Smith gegen die Anschaffung eines Mobiltelefons gestemmt. Aus einem einfachen Grund: Sie brauchte keines. Doch jetzt war alles anders. Denn jetzt kam sie sich plötzlich vor wie ein Dinosaurier mit einem Spatzenhirn.

Hätte sie nämlich ein Handy besessen und McLeods Telefonnummer gespeichert gehabt, hätte sie ihn über den Weckruf für Casey und die überraschende Wendung informieren können, dass die Erpresser die Karten neu gemischt hatten und Casey und Storm jetzt plötzlich verlieren mussten. Sie hätte Peter anrufen und ihn darum bitten können, Casey vom Aussteigen zu überzeugen.

Sie hätte auch eine Ahnung gehabt, wann diese sogenannte «Kavallerie» eintreffen sollte und wie sie aussehen würde. Doch so blieb ihr keine andere Wahl, als jedes Gesicht in ihrem Umfeld kritisch zu mustern.

Plötzlich kamen ihr Stallburschen und Reiter, die sie schon seit Jahren kannte, verdächtig vor. Und was war mit der Frau mit dem braunen Kurzhaarschnitt und der Sonnenbrille, die gegen einen Zaun gelehnt vorgab, in einem Programm zu lesen, das sie umgekehrt in den Händen hielt? War sie eine FBI-Agentin oder gehörte sie der Erpresserbande an?

Als ein Herr mit goldblondem Haar sich bei ihr in eher überheblichem Ton nach Caseys Siegeschancen erkundigte, fauchte sie ihn an: «Hören Sie mal, Casey Blue gehört zu den besten jungen Reiterinnen in der Szene. Natürlich hat sie Chancen, den Titel zu holen.»

Nie zuvor hatte Angelica Smith so viel Angst um ihren Schützling verspürt, und ihre nervliche Anspannung steigerte sich vorübergehend noch, als sie mit ansehen musste, wie Storm auf dem Abreiteplatz eine Stange riss. Sie schluckte ihre Verzweiflung runter und hoffte, ihr Lächeln wirke nicht allzu aufgesetzt.

«Lass dich nicht aus der Ruhe bringen. Du hast dich seriös vorbereitet. Darauf kannst du bauen. So kurz vor dem Start solltest du dich nur auf zwei Dinge konzentrieren: Du willst, dass Storm die Hindernisse locker nimmt und dass du ihn zwischen den Sprüngen gut dirigieren kannst. Lass ihn auf der Zirkellinie traben und am Schenkel weichen, damit er sich lösen kann und mitdenkt. Gut so. Jetzt spring mit ihm über das Kreuz und jetzt gleich der Steilsprung. Bewahre den Schenkeldruck, bleib weich in der Hand und konzentriere dich auf einen optimalen Absprung.»

Nachdem Storm beide Hindernisse ohne Zwischenfall bewältigt hatte, erhöhte Mrs Smith das Kreuz und baute den Steilsprung zu einem Oxer um. Dank einer frühmorgendlichen Behandlung durch einen chinesischen Akupunkteur war sie beinahe schmerzfrei. Sie fühlte sich eigentlich wach und voller Energie, bereit für beinahe jede Herausforderung.

Natürlich hatte sie keine Ahnung, wie diese Herausforderung aussehen könnte. Obwohl es ihr selbst widerstrebte, hatte sie alles versucht, um Casey vom Start bei dem Springen abzubringen.

Doch Casey hatte sich auch durch das zweifellos belastende Telefonat nicht beeindrucken lassen. «Nein, ich werde das Handtuch nicht werfen. Ich habe den ganzen langen Weg hinter mir. Deshalb ziehe ich das jetzt durch. Ich lasse mir von denen keinen Knüppel zwischen die Beine werfen.»

«Heißt das, dass du ihren Forderungen entgegenkommst und mit Absicht ein Hindernis reißt oder eine Verweigerung vortäuschst, solltest du eine Siegeschance haben? Oder reitest du um den Pokal?»

«Das weiß ich noch nicht. Darüber entscheide ich erst, wenn ich auf dem Platz bin.»

Und noch bevor Mrs Smith Storm am Zaumzeug zurückhalten und einen letzten Versuch unternehmen konnte, Casey umzustimmen, waren die beiden davongaloppiert.

Dabei war Caseys Gelassenheit mehr Schein als Sein. Nach dem Frühstück hatte sie kapituliert und Peter eine SMS geschickt. Zuerst hatte sie geschrieben: *Ich habe gehört, dass du dich für meinen Vater einsetzt. Vielen lieben Dank. Ich werde dir immer dafür dankbar sein. Deine Casey :-x.*

Nach längerem Hin und Her hatte sie die Nachricht gelöscht und stattdessen geschrieben: *Du fehlst. :-x*

Jetzt, sechs Stunden später, hatte sie immer noch keine Antwort erhalten.

Es blieben nur noch wenige Minuten bis zur wichtigsten Prüfung ihres Lebens. Und einmal mehr kreisten ihre Gedanken um Peter. Wenn Scott die ganze Sache nun falsch verstanden hatte? Wenn Peter wirklich McLeod bei den Ermittlungen half, warum hatte er sich nicht bei ihr gemeldet? Wenn er auch nur das klitzekleinste Gefühl für sie übrig hatte, warum antwortete er dann nicht auf ihre SMS? Nicht mal ein ermunterndes *Viel Glück!* hatte er ihr geschickt.

Der Steward winkte sie herbei.

Mrs Smith stellte sich zu ihr und sagte eindringlich: «Casey, ihr müsst los. Und zwar jetzt!»

Caseys Handy piepste. Sie zögerte.

«Gib mir das und dann los! Konzentrier dich. Du weißt, was zählt: flüssig, geduldig, leicht und klar in den Hilfen.»

Casey warf ihr das Handy zu und trabte mit Storm durch das Gatter, alle ihre Gedanken klar auf die bevorstehende Aufgabe ausgerichtet. Vor ihr waren elf Konkurrenten fehlerfrei geblieben. Storm war müde, aber bereit, alles für sie zu geben. So konnte er ihre Liebe erwidern. Er hatte schon bei der Geländeprüfung mit Leib und Seele für sie gekämpft. Beim letzten Sprung hatte er vielleicht sogar sein und ihr Leben gerettet. Nach alledem hatte er es nicht verdient, auf Befehl verlieren zu müssen.

Als Erstes galt es jetzt, dem Publikum zu zeigen, aus welch hartem Holz Storm geschnitzt war. Sie wollten die Zuschauer toben sehen. Erst dann würden sie den Forderungen der Erpresser nachgeben.

Plötzlich stellte sich ihnen ein Mann in den Weg. Obwohl er im grellen Sonnenlicht von Kentucky blass und ungepflegt wirkte, hatte er eine Ausstrahlung, mit der es die meisten Größen aus Wirtschaft und Politik unter den schattenspendenden weißen Markisen im Stadionrund niemals hätten aufnehmen können.

«Zurück!», rief der Steward. «Treten Sie zurück.»

«Nein, lassen Sie mich!», sagte der Unbekannte. «Ich bin ein britischer Kriminalbeamter und habe dieser jungen Dame eine wichtige Botschaft zu überbringen.»

Ein Raunen ging durch die herumstehenden Funktionäre, Stallburschen und Reiter.

Casey war völlig perplex. «Inspektor McLeod? Was machen Sie denn hier?»

«Das erkläre ich dir später. Du musst im Moment nur wissen, dass wir die nötigen Beweise haben. Dein Vater wird innerhalb der nächsten paar Stunden freigelassen. Und jetzt zeige ihnen, was du kannst, Casey Blue! Übrigens, Peter ist mit mir rübergeflogen und wünscht dir viel Glück.»

22

Als Casey in leichtem Galopp in das Stadion einritt, wälzten sich McLeods Worte wie ein glühender Lavastrom durch ihren Kopf: «Dein Vater wird innerhalb der nächsten paar Stunden freigelassen.»

Sie hatte keinerlei Ahnung, wie das alles zustande gekommen war. Peter und der Kriminalinspektor befanden sich in Kentucky und waren anscheinend drauf und dran, den Coup der Erpresserbande zu vereiteln. Das alles grenzte an ein Wunder.

Doch darauf durfte sie jetzt keinen Gedanken verschwenden. Sie hatte unverhofft ein Geschenk bekommen, und jetzt blieben ihr zweiundneunzig Sekunden, um das Beste daraus zu machen. Dreizehn Hindernisse und insgesamt sechzehn Sprünge lagen jetzt noch zwischen ihr und dem Titel. Für Storm und sie gab es jetzt nur eine Aufgabe: ein fehlerfreier Ritt innerhalb der vorgegebenen Zeit.

Die Bedingungen waren beinahe perfekt. Über ihr hingen blubbernde Milchshake-Wolken am Himmel. Unter ihr lag der aus einem PVC-Sand-Gemisch bestehende Boden, der gleichzeitig weich und robust war. Dank einer leichten Brise war es nicht mehr so drückend heiß. Dennoch war im spannungsgeladenen Stadion außer dem Sirren der Hitze kein Ton zu hören.

Nachdem Casey und Storm den Oxer gemeistert hatten, stand das Publikum wie ein Mann hinter ihnen. Die führenden Reiter waren noch nicht gestartet, aber das Mädchen mit ihrem 1-Dollar-Pferd hatte es den Zuschauern angetan. Und Storm flog geschmeidig wie Quecksilber über ein bunt bemaltes Hindernis nach dem anderen.

Vorher hatten Casey und Mrs Smith Clayton Fredericks, Oliver Townend, Sinead Halpin und Fraser Goff beim Springen beobachtet. Aufmerksam hatten sie verfolgt, welche Linie sie wählten, welche Abkürzungen sie nahmen und wie sie die Distanzen zwischen den Sprüngen taxierten. Fraser und sein Apfelschimmel *Reckless Lad*, ein untadeliges Militarypferd, das aber dafür berüchtigt war, beim Springen mitunter völlig unbekümmert ein Hindernis nach dem anderen zu reißen, sammelten insgesamt vierundzwanzig Strafpunkte.

Casey konnte mit Fraser mitfühlen. Nach den massiven Hindernissen des Geländeparcours kamen ihr die Stangen, Barren und selbst die Mauern der Springprüfung geradezu zerbrechlich leicht vor. Schon bei der kleinsten Berührung flogen sie in allen Richtungen davon. Casey hatte schon Albträume gehabt, dass sie zusammen mit Storm einen Negativrekord für die Anzahl von Abwürfen während einer einzigen Springprüfung aufstellen würde.

Doch jetzt plagten sie keine Albträume. Ethan hatte ihr beigebracht, dass Sportler, die nur versuchten, einen Sieg zu erringen, eigentlich gar nicht an sich selbst glaubten. Sie musste bis in die letzte Faser ihres Körpers daran glauben, dass bei guter Leistung und guter Taktik der Titel für sie greifbar nah war.

Und jetzt, da ihr Vater so gut wie frei war, ging es beim Siegen um viel mehr als nur den Titel. Jetzt wollte sie es den Erpressern zeigen – tapfer und unerschrocken. Jetzt ging es darum, dass Storm und sie eins waren. Ein Kentaur. Jetzt ging es um die Wahrheit.

Jedes Hindernis war nach einem berühmten Gestüt oder einer Sehenswürdigkeit in Kentucky benannt. Casey ließ die Zügel durch ihre Hände gleiten, als Storm einen Sprung nach dem anderen hinter sich brachte: den *Keeneland Race Course Jump*, den *Root and Riddle Equine Hospital Jump*, den einem Stall nachempfundenen, rot-weißen *Calumet Farm Jump* und die grün-goldene Dreierkombination. Unter Casey fühlte sich Storm unbesiegbar. Mit fast unglaublichem Selbstvertrauen flog er über das zwölfte Hindernis, einen Mississippi-Raddampfer in einem stahlblauen Wassergraben.

Beim letzten Sprung galt es, zwei Stangen zu überwinden, die zwei Miniaturausgaben der Zwillingstürme von Churchill Downs, dem Austragungsort des Kentucky Derby, miteinander verbanden. Sie hielten auf dieses Hindernis zu, als sich Casey an die Drohung der morgendlichen Anruferin erinnerte: *In dem unwahrscheinlichen Fall, dass ihr nahe dran seid, das Springen zu gewinnen, musst du das letzte Hindernis reißen ... sonst werden wir dafür sorgen, dass du keine andere Wahl mehr hast, als zu verlieren.*

Ihr Vater war frei. Was konnten sie ihr jetzt noch antun?

Entschlossen trieb sie Storm an das Hindernis heran. Gerade als er mit der Hinterhand Schub aufbaute, durchzuckte ein greller Lichtblitz Caseys Blickfeld. Mit einem markerschütternden Schrei bäumte sich das Pferd auf. Casey flog in Zeitlupe aus dem Sattel. Tausende von Zuschauern waren wie gelähmt – das nahm Casey gerade noch wahr. Dann schoss ein Schmerz durch ihre Schulter, und plötzlich war alles dunkel.

«Casey? Casey! Hörst du mich?»

Casey öffnete die Augen. Peter und Storm starrten sie an, wobei nicht richtig klar war, welcher der beiden den besorgteren Blick hatte. Sie lächelte benommen. «Schon wieder so ein Wiedersehen unter erschwerten Umständen.»

Nun beugte sich auch McLeod über sie. «Warum? Passiert euch das oft?»

«Das ist eine lange Geschichte», sagte Casey. «Äh, könnte mir bitte jemand aufhelfen? Wir müssen die Polizei rufen.»

«Die Polizei bin *ich*.»

«Wenn das so ist, dann müssen sie die Person oder die Personen finden, die verantwortlich ...»

Doch weiter kam sie nicht, weil nun auch noch Mrs Smith mit zwei Sanitätern und einer Trage in einem Tross von Funktionären, die alle wild durcheinander redeten, zu ihnen stieß. Und durch das ganze Chaos ertönte jetzt in der Ferne die Stimme des Platzsprechers: «Casey Storm auf Storm Warning, nach Sturz disqualifiziert.»

Die Erpresser hatten gesiegt.

23

Ein Sturm braute sich zusammen – nicht nur am Himmel. So etwas hatte es noch nie gegeben: Nachdem alle Reiter den Parcours absolviert hatten, wurde Blake Tetherington nach zwei fehlerlosen Auftritten auf der Geländestrecke und beim Springen als Sieger des *Kentucky Three Day Event* ausgerufen. Doch dann legten Mrs Smith und McLeod in Caseys Namen gegen diese Entscheidung Protest ein, wodurch die Siegerehrung bis zur Behandlung des Einspruchs ausgesetzt wurde.

«Warum genießt Casey eine Sonderbehandlung?», fragte Annabel, die Pferdepflegerin vom Transatlantikflug. «Sie ist ja noch jung. Sie ist rübergeflogen, hat eine Superleistung gezeigt, dann gab's eine Verweigerung und sie fiel vom Pferd. So was gehört nun mal zur Reiterei. Abhaken und vorwärts schauen.»

«Es geht nicht um eine Sonderbehandlung, Annabel», sagte ihre Arbeitgeberin Jenny Elverson, deren Pferd *Evergreen Rocket* aus unerklärlichen Gründen im Wassergraben gelandet war, was sie den Titel gekostet hatte. «Casey ist überzeugt, einen Blitz gesehen zu haben, als Storm gerade dabei war abzuspringen. Sie ist überzeugt, dass Sabotage im Spiel war.»

«Kein Wunder, dass sie einen Blitz gesehen hat, wo doch etwa siebzehntausend Zuschauer Fotos geschossen haben. Casey Blue sollte endlich begreifen, dass sich nicht die ganze Welt um sie dreht. Nur weil sie in Badminton gewonnen hat, darf sie nicht erwarten, dass für sie andere Regeln gelten.»

«Das verlangt sie ja gar nicht», erwiderte Jenny, die langsam ungeduldig wurde. «Alles, was sie will, ist Gerechtigkeit. Und es ist kein Zufall, dass ich und die meisten anderen Reiter hinter ihr stehen. Wenn du dir die Wiederholung anschaust, siehst du diesen Blitz, der mitten aus dem Hindernis zu kommen scheint. Außerdem hat dieser gut aussehende britische Polizeiinspektor, der plötzlich aus dem Nichts aufgetaucht ist, unter dem Hindernis kleinste Glasscherben gefunden, womit bewiesen sein soll, dass der grelle Lichtschein von einem Blitzlicht stammte.»

«Wenn Sie meinen», brummte Annabel verdrießlich. «Und was gut aussehende Männer angeht: Mir gefällt der walisische Hufschmied, der Casey aufgeholfen hat, viel besser als ihr britischer Polizist. Haben Sie seine Bizepsmuskeln gesehen? Ich habe Erkundigungen eingeholt und weiß aus zuverlässiger Quelle, dass er Single ist.»

Es war die Aufgabe der Jury-Vorsitzenden Elizabeth Vale-Edwards, offiziell darüber zu informieren, dass die Richter Casey Blues Einspruch wegen Sabotage geprüft und abgelehnt hätten, da sie kein ausreichendes Beweismaterial vorgelegt habe. Elizabeth Vale-Edwards hatte in ihrem Leben schon manch oscarverdächtige Szene hingelegt, vor allem wenn es darum ging, Freunde, die von ihrem verstorbenen Mann abgezockt worden waren, zu besänftigen. Aber heute übertrumpfte sie alle ihre bisherigen Auftritte.

Mit einer perfekten Mischung aus Pathos und unantastbarer

Neutralität verkündete sie vor den versammelten Konkurrenten, Funktionären und Medienleuten, dass die unter dem Hindernis gefundenen Scherbensplitter so winzig klein, ja beinahe staubähnlich seien, dass sie ohne Vorliegen eines gegenteiligen Beweises der Spurensicherung von irgendwoher stammen könnten. Vielleicht waren sie einem Reiter bei der Begehung des Parcours aus der Tasche gefallen oder ein Hindernisbauer hatte sie Tage zuvor dort zurückgelassen. Überdies könnte der auf dem Videomaterial sichtbare Blitz auch auf eine Lichtreflexion oder einen Sonnenstrahl zurückzuführen sein.

«Tatsache ist», fasste Vale-Edwards zusammen, «dass siebenundzwanzig andere Konkurrenten das Springen ohne jeglichen Zwischenfall absolviert haben, elf davon sogar fehlerfrei. Deshalb ist die Jury einstimmig zu dem Schluss gekommen, Casey Blues Protest sei abzulehnen und ihre Disqualifikation zu bestätigen. Wenn ich richtig informiert bin, lässt Casey Blue ihr Pferd Storm Warning gerade tierärztlich untersuchen. Die Jury wünscht der Reiterin und ihrem Pferd alles Gute. Und damit beglückwünsche ich den Sieger Blake Teth ...»

«Würden sie wohl gerne», rief McLeod laut und deutlich durch das wütende Raunen, mit dem die Erklärung der Jury-Vorsitzenden aufgenommen worden war. «Sie würden wohl liebend gerne Casey aus dem Spiel nehmen und Blake Tetherington als Sieger ausrufen, damit Sie ihren Wettgewinn abholen können.»

Vale-Edwards antwortete mit Pokermiene: «Ich habe keine Ahnung, worauf sie hinauswollen, Sir. Wenn Sie offiziell Einspruch erheben wollen, so ist es Ihnen unbenommen ...»

«Ich erhebe offiziell Einspruch, und zwar hier und jetzt», sagte McLeod. «Und ich gebe vor den anwesenden Medienvertretern zu Protokoll, dass ich es unhaltbar finde, wenn

Mitglieder einer Jury ihre Position missbrauchen, um junge Sportler zu erpressen ...»

Die versammelten Medienvertreter und Reiter hielten die Luft an. «... und wenn diese nicht kuschen, zu Sabotage greifen!»

Elizabeth Vale-Edwards blickte ihn hasserfüllt an, blieb im Übrigen jedoch völlig ungerührt. «Ich kenne die Gepflogenheiten in Ihrem Land nicht, Sir, aber wer hier in den Vereinigten Staaten von Amerika in aller Öffentlichkeit ohne Beweise diffamiert wird, erhebt vor Gericht Klage wegen Rufmords. Und genau das werde ich tun. Mein Anwalt wird die nötigen Schritte gegen Sie einleiten.»

«Da freue ich mich aber drauf», sagte McLeod. «Und wie wäre es, wenn Sie in der Zwischenzeit ihre Unschuldsbeteuerungen erhärten würden, indem sie den Inhalt ihrer Taschen vor Ihnen auf den Tisch legen?»

«Das kommt nicht infrage», gab Vale-Edwards zurück und sprang mit einem für ihr Alter erstaunlichen Elan vom Rednerpult. Doch die FBI-Agentin, die sich bisher diskret im Hintergrund gehalten hatte, war schneller als sie. Sie packte Vale-Edwards und nahm sogleich eine sehr öffentliche Untersuchung des Inhalts ihrer Kleidertaschen vor, die schließlich einen knopfgroßen schwarzen Gegenstand zum Vorschein brachte. Sie übergab das mysteriöse Objekt McLeod, legte Vale-Edwards Handschellen an und führte die wild kreischende Jury-Vorsitzende ab.

Nachdem sich die allgemeine Aufregung gelegt hatte, versammelte McLeod die verbleibenden Richter in einem separaten Zimmer und erklärte ihnen in seiner ruhigen, aber bestimmten Art, dass es sich bei dem Gegenstand, den er in der Hand hielt, um eine Fernbedienung handle. Von ihrem

Richtersitz aus habe Vale-Edwards das Blitzlicht genau in dem Moment ausgelöst, als es für Storm und Casey den meisten Schaden anrichtete.

Zusammen mit ihren Komplizen hatte sie beabsichtigt, Storm zu einer Verweigerung des letzten Hindernisses zu zwingen, sollte er zu diesem Zeitpunkt noch vorne liegen, damit der von ihnen auserkorene Reiter Blake Tetherington sie im Klassement noch überholen konnte.

«Wollen Sie damit sagen, dass sie den Ausgang des Wettbewerbs manipulieren wollten?», fragte Susan Hyde, die als stellvertretende Vorsitzende gemäß Geschäftsordnung automatisch die Nachfolge der ausgeschiedenen Jury-Vorsitzenden übernommen hatte. «Das verstehe ich nicht. Was haben sie sich davon versprochen?»

«Wie Sie bestimmt wissen, ist das Phänomen der Spiel- und Wettmanipulation im Sport leider stark verbreitet», sagte McLeod. «Professionelle Betrüger setzen Zehntausende von Dollars auf ein Team oder einen Sportler und schmieren dann den Schiedsrichter oder die Spieler des gegnerischen Teams, damit diese den Ausgang des Wettbewerbs nach ihren Wünschen beeinflussen und ihnen horrende Wetteinnahmen bescheren.

Wir stehen mit unseren Ermittlungen zwar erst am Anfang, aber wir haben Grund zu der Annahme, dass die Hauptverdächtigen in diesem Fall bereits den Ausgang von Wimbledon, der Tour de France und zweier wichtiger Football-Spiele beeinflusst haben. Bei Einzelsportarten wie dem Vielseitigkeitsreiten versuchen sie, Nachwuchssportler zu erpressen, die irgendwo angreifbar sind. Bei der bedauernswerten Casey war dies die Vergangenheit ihres Vaters.»

Fünf Minuten später kehrten die Richter wieder in das Medienzentrum zurück, das sich in der Zwischenzeit zu einer wild brodelnden Gerüchteküche entwickelt hatte. Reporter und Reiter, die dem Nervenzusammenbruch nahe waren, bombardierten sie gleich mit Fragen. Susan Hyde bat um Ruhe und ergriff das Wort.

«Meine Damen und Herren, die Jury ist soeben mit einem Problem konfrontiert worden, das auch für sie neu ist. In meiner einunddreißigjährigen Laufbahn als Richterin im Pferdesport ist mir so etwas noch nie passiert. Bitte haben Sie deshalb etwas Nachsicht mit uns. Zum gegenwärtigen Zeitpunkt kann ich Ihnen einzig sagen, dass wir, nachdem von tierärztlicher Seite keine gesundheitliche Beeinträchtigung des Pferdes festgestellt wurde, Casey Blue mit Storm Warning noch eine zweite Chance zu geben. Natürlich können wir dies nicht einfach auf das letzte Hindernis begrenzen. Sie muss mit ihrem Pferd – wie ihre Konkurrenten auch – alle sechzehn Hindernisse in der bestmöglichen Zeit meistern. Falls sie sich weigert, ein zweites Mal an den Start zu gehen, falls ihr Pferd verletzt oder zu erschöpft ist, wird uns nichts übrig bleiben, als die ausgesprochene Disqualifikation zu bestätigen.»

«Und was ist mit Don Alexander?», fragte Peter den Kriminalinspektor, als sie das Medienzentrum verließen. «Jetzt wissen wir mit Sicherheit, dass seine Schwiegermutter in diesen Betrugsfall verwickelt ist. Das sollte doch Beweis genug dafür sein, dass auch er keine saubere Weste hat. Wir müssen ihn unbedingt finden. Falls Ihre Theorie stimmt, dass er – vielleicht durch eine Maske getarnt – Casey in White Oaks angegriffen hat, dann haben wir es mit einem gefährlichen, gewalttätigen und gewissenlosen Mann zu tun. Wer weiß, vielleicht wird er sich jetzt an Casey rächen.»

Mit finsterer Miene sagte McLeod: «Wenn mich mein Gefühl nicht täuscht, ist er bereits auf der Flucht. Wenn er in das Komplott gegen Casey verwickelt ist, hat er indirekt auch mit dem Raubüberfall auf das Kunstlager zu tun, bei dem der Wachmann niedergeschossen wurde – was übrigens auch für Hauptkommissar Grady zutrifft. Und jetzt, da Roland Blues Unschuld bewiesen ist, wird es auch neue Verdächtige für die Tötung des Wachmanns geben.

Das FBI ist bereits dabei, mit Unterstützung der lokalen Polizei den Kentucky Horse Park nach Don Alexander zu durchkämmen. Das wird keine leichte Aufgabe sein. Er ist gerissen, hoch intelligent und mit den Suchtaktiken der Polizei bestens vertraut. Vielleicht hat er sich auch bereits wieder verkleidet. Sosehr ich mich freue, dass Casey eine zweite Chance bekommt, müssen wir doch wachsam bleiben. Wenn er Gelegenheit erhält, seinen Plan zu Ende zu führen, wird er sie bestimmt ergreifen.»

24

Und so galoppierte Storm Warning um 15:45 Uhr ein zweites Mal in das Stadion. Er trug eine Fliegenhaube, die seine Ohren gegen den Lärm des Publikums schützen sollte und ihn aussehen ließ wie ein edles Ross bei einem mittelalterlichen Turnier. Doch anstelle eines heldenhaften Ritters trug er eine schlanke Reiterin mit sanften Händen auf seinem Rücken, und zu seinem Schutz besaß er keine Rüstung, sondern nur seinen entschlossenen Blick, der die Farbe der Gewitterwolken hatte, die sich über ihnen am Himmel zusammenbrauten.

Eigentlich hätte man Storm auf einer der satten Weiden des Parks frei laufen lassen sollen, wo er sich nach Lust und Laune im Gras hätte wälzen können. Er war erschöpft. Selbst wenn er für sein Leben gerne galoppierte und über Hindernisse sprang, waren die Hitze und die Anstrengung des heutigen Tages, aber auch die lange seltsame Reise zu Beginn dieses Abenteuers nicht spurlos an ihm vorbeigegangen. Er wollte jetzt nur noch eines: nach Hause gehen. Doch zunächst galt es jetzt, für das Mädchen, das er liebte, noch etwas zu erledigen. Er hatte sie enttäuscht, weil er vor dem blendenden Lichtblitz beim letzten Hindernis gescheut und sie abgeworfen hatte. Sie gab zwar vor, sich bei dem schweren Sturz nicht verletzt zu haben. Doch vor ihm und der alten Frau konnte sie nichts verbergen.

Im Schutze seines Stalls hatten die zwei Menschen eifrig darüber diskutiert. Mrs Smith hatte Casey ausgescholten. Sie sagte, kein sportlicher Erfolg sei so wichtig, dass man dafür ein schon angeknackstes Schlüsselbein riskieren dürfe, und sie fragte, «was zum Teufel» denn mit Casey los sei und was sie sich von einem zweiten Start noch erhoffe. Sie komme ihr vor wie ein Vogel, der mit gebrochenen Flügeln weiterfliegen wolle.

Casey hatte zurückgegeben, dass Storm das Fliegen übernehmen würde, und schließlich hätten sie lange genug trainiert, um auch «unsichtbare» Hilfen einzusetzen. «Ich werde mit meinen Beinen und meiner Stimme arbeiten. Storm erledigt den Rest.»

So stand er also da, um seine letzten Reserven, seine letzte Energie abzurufen. Um sie stolz zu machen. Im versammelten Galopp flog er mit gebogenem Hals durch das Stadionrund und wartete auf die Startglocke. Doch bei einem grüngoldenen Banner stieg ihm ein Geruch in die Nase, der ihn mit Angst und Wut erfüllte. Es war der Geruch des Mannes, der versucht hatte, ihn in White Oaks anzugreifen.

Den üblen Geruch in der Nase stürmte er mit eng angelegten Ohren auf den Mann los, der jedoch glücklicherweise (oder unglücklicherweise) seinem Schicksal entkam, weil die Startglocke ertönte. Casey umschlang seine Flanken, und so drehte Storm widerwillig ab und wandte sich seiner Aufgabe zu. Er war bereit. Adrenalin schoss wie Raketentreibstoff durch seine Blutbahnen.

Als Storm bei der Bandenwerbung des Hauptsponsors einen unerwarteten Schlenker machte, fiel Casey beinahe aus dem

Sattel. In letzter Sekunde schaffte sie es, sich an Storms Mähne festzukrallen, doch die ungestüme Bewegung versetzte ihrer schon verletzten Schulter einen solchen Schlag, dass die Schmerzen heftig wurden und sie einen spitzen Schrei ausstieß. Ihr Oberarm war wie betäubt. Benommen wankte sie im Sattel hin und her.

Ein erleichtertes Aufatmen ging durch die Zuschauerränge, als Casey ihr Gleichgewicht wieder gefunden hatte. Das Publikum kannte die Einzelheiten der Seifenoper nicht, die sich hinter den Kulissen abgespielt hatte. Es kursierten nur Gerüchte, wonach man einem Betrug auf der Spur war und ein britischer Inspektor und das FBI sich mit der Angelegenheit befassten.

Überdies war die Vorsitzende der Jury kurzfristig – angeblich aus Krankheitsgründen – durch die stellvertretende Vorsitzende ersetzt worden. Sie war, so hörte man, bereits während der Dressur am Freitag kurz in Ohnmacht gefallen. Allerdings war da und dort auch von einer Absetzung der Jury-Vorsitzenden wegen Amtsmissbrauchs die Rede.

Als Casey und Storm schließlich im Stadion waren, machten bereits Gerüchte die Runde, dass ein Wahnsinniger schon einmal versucht hatte, die Reiterin und ihr Pferd zu erledigen, und sich immer noch auf freiem Fuß befand und jederzeit wieder zuschlagen könnte. Manchen Zuschauern war es offensichtlich nicht mehr wohl in der Haut. Sie warfen misstrauische Blicke auf ihre Nachbarn. Andere wiederum sahen sich bereits als spontane Helden und Retter des erklärten Turnierlieblings.

Doch die meisten waren wegen des aufziehenden Gewitters besorgt. Der Himmel hatte mittlerweile die Farbe von überreifen Pflaumen angenommen. Schwarze Vogelschwärme flatterten aufgeregt davon. Ein heimtückischer Wind war aufgekommen. Caseys zweite Springprüfung versprach das abschließende Drama aller Dramen zu werden. Es wäre jammerschade gewesen, es jetzt noch verschieben oder sogar absagen zu müssen.

Storms silbern glänzendes Fell spiegelte die Gewitterblitze in der Ferne wider, als er schwebend leicht das erste Hindernis nahm. Jetzt kam der Regen und erfüllte das Stadion mit einem herben Eisengeruch. Storm schüttelte den Kopf, weil die Regentropfen sein Blickfeld behinderten. Beim zweiten Hindernis, dem *Keeneland-Sprung*, ertönte plötzlich ein dumpfer Schlag. Storm hatte mit einem Huf eine Stange touchiert. Sie wackelte gefährlich in der Auflage auf und ab, doch wie durch ein Wunder blieb sie an Ort und Stelle.

Man konnte jetzt die Luft in der Arena förmlich schneiden. Als dann noch ein Donnerschlag die spannungsgeladene Atmosphäre zerriss, fuhren Tausende von Zuschauern vor Schreck zusammen. Peter, der mit McLeod am Ausgang des Reitertunnels stand, konnte nicht anders, als immer wieder die Augen zu schließen, sodass der Kriminalinspektor ihm eine Live-Reportage geben musste.

«Jetzt haben sie die Mauer mit knapper Not geschafft. Aber wenn ich ganz ehrlich bin – gut sehen sie nicht aus. Mittlerweile gießt es wie aus Kübeln, und ich bin sicher, Storm hat große Mühe, die Distanzen richtig einzuschätzen. Er muss sich dabei ganz auf Casey verlassen, und die ist ja auch nicht gerade in Topform. Sie reitet nur mit einer Hand. Der andere Arm liegt schlapp auf dem Sattel. Sieht so aus, als sei er gebrochen. Sie muss sich beim Sturz verletzt haben. Oh ... oh ... NEIN!»

«Was?», schrie Peter. «Was ist los?»

«Uff ... Das ist gerade noch mal gut gegangen. Sie ist fast vom Kurs abgekommen, hat sich dann aber in letzter Sekunde doch noch korrigiert. Gut, das siebte Hindernis wäre geschafft. Wäre ich doch nur letzten Monat für einen Check-up zum Arzt gegangen. Ich krieg hier noch einen Herzinfarkt. Oh … nein. Das darf nicht wahr sein!»

«Was ist jetzt los?»

«Wie wär's, wenn du deine Augen aufmachen und selbst hinschauen würdest? Storm ist beim Absprung vor dem letzten Teil der Kombination um ein Haar ausgerutscht und musste sich mit einer Korkenzieherbewegung retten. Wieder hat er eine Stange touchiert, und wieder ist sie liegen geblieben, als hätte man die Gesetze der Schwerkraft und der Logik für ihn aufgehoben. Jetzt fehlt nur noch ein Hindernis: Nummer 13. Wenn das nur keine Unglückszahl für Storm ist.»

Jetzt zwang sich Peter, die Augen aufzureißen. Er wollte Casey mit seinem Willen zum Sieg verhelfen. Dann würde er gehen. Sein Taxi wartete schon. Das war seine einzige Bedingung gewesen, als er McLeod zusagte, mit ihm in die USA zu fliegen: Sobald er Casey in Sicherheit wusste, würde er mit dem nächsten Flug Kentucky verlassen. Der Kriminalinspektor hatte zwar versucht, ihn davon abzubringen, doch ohne Erfolg. Noch ein Sprung, dann würde er verschwinden.

Noch immer regnete es in Strömen. Mittlerweile war nicht mehr klar, wo der Regen aufhörte und der silberfarbene Hengst begann. Das elegante, von ihrem Vater geschneiderte Jackett klebte an Caseys schlankem, kräftigem Körper, während sie sich über Storms Hals beugte. In der Tasche wusste sie die Rosenbrosche, die einst ihrer Mutter gehört hatte. Sie trug sie beim Reiten meistens bei sich.

Storm galoppierte auf das letzte Hindernis zu. *Du schaffst es, alter Junge*, dachte Peter. Gespannt ballte er die Fäuste. *Du kannst es schaffen.*

Casey legte ihre Handfläche auf Storms Nackenband. Damit sagte sie ihm, dass er ihr vertrauen konnte, genauso wie sie ihm vertraute. Damit sagte sie ihm, dass sie für ihn da war – bis zum Ende der Welt. Storm zog die Beine an und setzte zum Flug an.

Das Stadion erbebte unter dem tosenden Applaus der Zuschauer. Casey war bis auf die Knochen nass, aber sie strahlte und setzte gleich zu einer Ehrenrunde an, wobei sie die geballte Faust ihres gesunden Arms triumphierend in die Höhe reckte. In der ganzen Aufregung hörte Peter immer wieder dieselben Worte: *Geschichte, Rekord, Chance auf den Grand Slam* …

Nachdem Casey zuerst von Mrs Smith und dann gefühlt von der Hälfte der Funktionäre und Zuschauer unter großen Schmerzen umarmt worden war, schaffte sie es schließlich, sich zu befreien, und steuerte auf McLeod zu, der in aller Ruhe gegen den Zaun des Abreiteplatzes gelehnt stand. Zu ihrer großen Enttäuschung war er allein.

«Mrs Smith hat mir gesagt, dass ich das alles nur Ihnen zu verdanken habe», sagte sie. «Mein Vater und ich werden nie vergessen, was Sie für uns getan haben. Ich würde mich sehr gerne bei Ihnen revanchieren. Mrs Smith hat mir erzählt, dass Sie eine Morgan-Stute besitzen, für die Sie einen neuen Stall suchen. Als ich vorhin auf den Tierarzt wartete, hat sie Morag, der Betriebsleiterin von White Oaks, eine SMS geschrieben. Und wie es scheint, ist direkt neben Storm ein Platz frei. Ich würde mich freuen, den Stall Ihrer Stute zur Verfügung zu stellen.»

Jetzt kam der Medienbeauftragte, einen riesengroßen Schirm in der Hand, herbeigeeilt. «Gratulation, Casey. Tolle Leistung. War ja spannender als ein Krimi und ein Actionfilm zusammen. Kaum zu glauben, dass eine hochgeachtete Richterin und vielleicht auch noch ein Kriminalpolizist in den Fall verwickelt sein sollen. Und das alles wegen eines Wettgewinns? Schockierend. Sie können sich vorstellen, dass die Reporter es kaum erwarten können, Ihre Seite der Story zu hören. Würde es Ihnen etwas ausmachen, mit mir zu kommen?»

«Kein Problem», sagte Casey und stützte dabei ihren verletzten Arm. «Ich muss nur vorher noch dringend jemanden sehen.»

«Und wer ist das, wenn ich fragen darf?»

«Der Junge, den ich liebe.» Dann fragte sie zu McLeod gewandt: «Wo ist Peter? Ich muss Peter sehen.»

Doch der junge Hufschmied hatte das Stadion längst verlassen.

25

«Fenster, Mitte oder Gang?»

Peter wurde aus dem Elend herauskapituliert, in dem er versunken war, seit er den Kentucky Horse Park verlassen hatte. Sein Kopf pulsierte. «Wie bitte?»

Die Dame am Check-in-Schalter sah zum ersten Mal auf, seit Peter ihr seinen Pass hingestreckt hatte, und wurde bei seinem Anblick auf einen Schlag viel freundlicher. «Wo wollen Sie denn sitzen? Fenster, Mitte oder Gang?»

«Ist mir egal, was für Sie einfacher ist.»

«Einfacher ist es, wenn du gehst», sagte jetzt jemand hinter ihm. «Besser ist es, wenn du bleibst.»

Peter drehte sich langsam um. Vor ihm stand Casey, pitschnass, immer noch in der vor Dreck strotzenden Reithose, den Stiefeln und dem durchnässten T-Shirt. Ihr rechter Arm hing in einer Schlinge. Das dunkle Haar fiel in tropfenden Ringellöckchen herab, und ihre grauen Augen mit dem hellblauen Ring um die Pupillen saßen übergroß in den tiefen Höhlen ihres aschfahlen Gesichts. Auf einer Wange klebte ein Regentropfen. Oder war es eine Träne? – «Besser für wen?»

«Besser für mich.» Dann machte sie eine Pause und fügte hoffnungsvoll hinzu: «Schön wäre es, wenn es auch für dich besser wäre.»

Er nahm Reisepass und Bordkarte entgegen, wobei er den Augenkontakt mit der Check-in-Dame vermied. «Danke.»

«Schon in Ordnung. Ich wünsche Ihnen einen guten Flug.»

Um Caseys Füße hatte sich eine Pfütze gebildet.

«Für mich ist es besser, wenn ich nach Großbritannien zurückfliege, wieder zur Arbeit gehe und mein normales Leben weiterführe», sagte Peter. «Für mich ist es besser, wenn ich alles vergesse, was geschehen ist. Wir hätten einfach gute Freunde bleiben sollen. Es war doch so gut mit uns. Es war falsch, dass wir den nächsten Schritt gemacht haben. Nun bleibt uns gar nichts mehr. Und jetzt», er blickte auf die Uhr, «lass mich gehen. Ich muss noch durch die Sicherheitskontrolle. Casey, ich bin glücklich für dich. Was du heute geschafft hast, war einfach unglaublich. Du und Storm habt den ganzen Ruhm verdient, der jetzt auf euch zukommt. Es war pure Magie, was du heute beim Springen gezeigt hast.»

«Das war nur wegen dir», sagte Casey. «Für die Magie bist du verantwortlich. Wenn du McLeod nicht dazu gebracht hättest, den Fall neu aufzurollen, wäre mein Vater kein freier Mann und Storm und ich wären auf dem Heimflug, ohne irgendetwas erreicht zu haben. Weißt du, ich verstehe dich nicht. Wenn ich dir gleichgültig bin, warum hast du das alles für mich getan?»

Mittlerweile hatten sie die Aufmerksamkeit der Umstehenden auf sich gelenkt. Peter warf seine Reisetasche über die Schulter und setzte sich in Richtung der Sicherheitskontrolle in Bewegung. «Ich habe nicht gesagt, dass du mir gleichgültig bist. Aber das war nicht der Grund, warum ich es getan habe. Ich habe es getan, weil es richtig war. Ich habe es getan, weil sich ein offensichtlicher Justizirrtum anbahnte und ich nicht einfach tatenlos zuschauen konnte. Wenn ich damit etwas bewirken konnte, so freut es mich.»

Er blickte zur Anzeigetafel hoch und sagte: «Ich muss jetzt gehen. Casey, fahr zurück zum Stadion und feiere mit Mrs Smith und den anderen Reitern. Wir können Freunde bleiben. Lass uns mal Kaffee trinken gehen.»

Casey war völlig niedergeschlagen. «Das ist es also. Der endgültige Abschied?»

Peter lächelte traurig. «Ja, das ist es wohl.»

Mittlerweile hatte die Masse der Reisenden ihn beinahe schon verschlungen. Casey reckte den Hals und rief ihm hinterher: «Peter Rhys, hat dir eigentlich schon mal jemand gesagt, wie enorm stur du bist?»

Doch Peter drehte sich nicht um. Er antwortete auch nicht. Langsam verlor Casey ihn aus den Augen. Gleich würde er ganz verschwinden, und dann war es endgültig zu spät. Für den Rest ihres Lebens würde sie bereuen, nicht getan zu haben, was sie sich selbst versprochen hatte: ihm ihre Gefühle zu gestehen.

Jetzt sah sie Peter nochmals. Er stand ganz vorne und war gerade dabei, seine Tasche auf das Rollband zu legen. Gleich würde sie von dem Röntgengerät verschluckt werden. Casey lief los und rief: «Peter, stopp!»

Doch nun schienen sich alle und alles gegen sie verschworen zu haben. Als sie bei der Sicherheitskontrolle angelangt war, war von Peter keine Spur mehr zu sehen. Sie blinzelte, weil sie ihren eigenen Augen misstraute. Dann kehrte sie um und bahnte sich langsam ihren Weg durch die ihr entgegenströmenden Flugpassagiere. Tränen liefen ihr über das Gesicht.

«Hey, junge Dame, haben Sie nicht gerade das *Kentucky Three Day Event* gewonnen?», polterte ein Mann mit einem breiten Grinsen und einem Stetson auf dem Kopf. «Das ist doch wahrhaftig kein Grund zum Heulen.» Seine Frau zog ihn ungehalten davon.

Und dann stand er plötzlich vor ihr. Peter. Ein Papiertaschentuch in der Hand. Er stellte sich schützend vor sie und führte sie aus dem Terminalgebäude hinaus. Dort blieben sie eine ganze Weile in einem verlassenen Busunterstand stehen und blickten verlegen um sich, um sich nicht gegenseitig in die Augen sehen zu müssen. Es hatte zu regnen aufgehört, und das Sonnenlicht bildete in den Pfützen auf der Fahrbahn regenbogenfarbene Muster.

Casey wischte sich die Tränen aus dem Gesicht. Sie schämte sich. «Ich hatte gemeint, du wärst gegangen.»

«Ich konnte nicht. Ich konnte all das Unausgesprochene nicht einfach zurücklassen.»

«Das Unausgesprochene war mein Fehler. Ich habe Mühe, über meine Gefühle zu sprechen. Manchmal kommt es mir vor, als könnte ich meine Sprache nur durch das Reiten wirklich finden.»

«Das ist in Ordnung», sagte Peter ruhig. «Das verstehe ich. Hundert Prozent.»

«Nein, das ist nicht in Ordnung. Das ist das pure Gegenteil von *in Ordnung*. Aber wie dem auch sei: Ich habe mich schon lächerlich gemacht, also kann ich das jetzt auch gleich zu Ende bringen. Also hör mir gut zu: Du kannst jetzt nach Wales zurückkehren, wenn das wirklich deinem Wunsch entspricht. Aber wenn du deine Meinung in den nächsten fünf Minuten änderst – oder von mir aus auch später, falls du überhaupt je deine Meinung änderst –, so wäre da dieses durchnässte, von Schlamm triefende und völlig erschöpfte Mädchen, das dich von ganzem Herzen liebt.»

«Ja, und wie heißt dieses Mädchen?»

«Das Mädchen bin ich, du Dummkopf. Ein Teil von mir hat dich vom ersten Augenblick an, als ich dich gesehen habe, geliebt. Ich war einfach zu stolz, dazu zu stehen. Es tut mir so leid, ich hätte es dir früher sagen müssen. Und jetzt ist es wahrscheinlich längst zu spät.»

Peter sah sie mit einem offenen Lächeln an. «Es ist nie zu spät. Ich weiß sowieso nicht, ob und wie ich das überstanden hätte. Ich liebe dich auch, Casey. Ich wusste nur nicht, ob du meine Gefühle teilst. Und am Ende bin ich zu dem Schluss gekommen, dass du ohne mich glücklicher wirst.»

«Nun, das war ein Fehlschluss, Peter. Ich brauche dich und ganz besonders brauche ich jetzt …»

«Was?»

Sie stellte sich auf die Zehenspitzen und presste ihre Lippen auf seinen Mund. «Das.»

Caseys erster Kuss war der beste Augenblick in Peters Leben gewesen. Doch ihr zweiter Kuss sollte sich als noch besser herausstellen.

Als sich ihre Lippen schließlich trennten, hielt er seine Arme hinter ihrem Rücken verschränkt. Er wollte sie nicht mehr gehen lassen. «Und was machen wir jetzt, abgesehen davon, dass wir trockene Kleider für dich finden müssen?»

«Zuallererst sollten wir wohl deinen Flug annullieren», sagte Casey, um dann mit einem scheuen Lächeln hinzuzufügen: «Und dann hoffe ich, dass du mich nochmals küsst, vielleicht an einem Ort, wo wir zwei unter uns sein können. Und danach wäre doch eigentlich eine Feier angesagt.»

Peter lachte. «Und danach kommt *Burghley* und die Chance auf den *Grand Slam*. Wenn wir zusammen sind, ist alles möglich.»

«Wer weiß, vielleicht ist mir *alles* nicht gut genug», sagte Casey. «Vielleicht reicht mir das nicht. Wie sagt man doch so schön: ‹Nächste Haltestelle: Mond.›»

DANKSAGUNG

Die Arbeit an der Serie über Casey und Storm Warning gehört zu den schönsten Erfahrungen meines Lebens. Ich habe jede einzelne Stunde genossen, die ich in der Welt des Vielseitigkeitsreitens verbringen durfte. Allerdings war das Recherchieren eine recht anspruchsvolle Aufgabe, die ich ohne Vanessa Bee, Gründerin des International Horse Agility Club, und George Mitchell, den wohl ausgewiesensten Fitness-Experten Großbritanniens, kaum geschafft hätte.

Ganz besonders dankbar bin ich der einzigartigen Jilly Cooper, die das wohl unterhaltsamste Pferdebuch aller Zeiten geschrieben hat. Sie hat mich großzügig mit Rat und Tat unterstützt. Ich hoffe, dass sich unsere Wege eines Tages wieder kreuzen werden.

Weiterhin möchte ich meiner Agentin Catherine Clarke danken, aber auch meiner PR-Agentin Alex Hippisley-Cox und allen bei Orion Children's Books, insbesondere meiner Lektorin Fiona Kennedy, Susan Lamb, Lisa Milton, Jo Carpenter, Alexandra Nicholas und Sarah Vanden-Abeele. Und auch wenn Worte nicht genug sind, um meinen Dank an Julia auszudrücken, sie kommen aus tiefstem Herzen.

Lauren St John

fi 80787 / 1

Die berührende Suche eines Mädchens nach ihrem Vater und die Geschichte einer ersten Liebe

Eve fliegt mit ihrer Mutter nach Istanbul, um ihren Vater ausfindig zu machen. Fünfzehn Jahre lang hat ihre Mutter alle Fragen nach ihm abgeblockt. Als er dann tatsächlich vor Eve steht, hat sie das Gefühl, endlich den fehlenden Teil ihrer Identität gefunden zu haben. Und dann ist da auch noch ihr Dolmetscher Sinan, in den sie sich Hals über Kopf verliebt …

Deniz Selek
Aprikosensommer
288 Seiten
Band 0066

Das gesamte Programm gibt es unter
www.fischerverlage.de

fi 8-0066 / 1

Ein Muss für alle Pferde-Fans

Die 15-jährige Casey weiß, was es bedeutet, ganz unten zu sein: Als Halbwaise lebt sie mit ihrem Vater zusammen, dem niemand mehr traut – dabei ist er der klügste Mensch der Welt. Denn er weiß, dass es nur eines gibt, was die Zukunft verändern kann: Du darfst niemals aufhören, an deine Träume zu glauben. Deswegen träumt Casey noch immer davon, eine erfolgreiche Reiterin zu werden. Als sie Storm zum ersten Mal sieht, zögert sie nicht eine Sekunde, den abgemagerten, verängstigen Hengst vor dem Abdecker zu retten – für den symbolischen Kaufwert von einem Dollar. Sie ahnt nicht, dass dieser Dollar ihre Zukunft bedeutet – und ihr Glück.

Lauren St. John
One Dollar Horse
Aus dem Englischen
von Christoph Renfer
318 Seiten
Band 0129

Das gesamte Programm gibt es unter
www.fischerverlage.de

fi 8-0129 / 1

Noch eine Fortsetzung in Sicht!

Eine hoch talentierte junge Reiterin wie Casey Blue mit ihrem sagenhaften Pferd Storm Warning weckt bei den Konkurrenten manchen Neid. Umso mehr nach ihren spektakulären Erfolgen in Badminton und Kentucky, die ihr die Chance auf die höchste Auszeichnung im Vielseitigkeitsreiten, den Grand Slam, eröffnen. Casey hat schon viel durchgemacht, aber jetzt betritt ein Mann die Szene, der vor nichts zurückscheut.

Lauren St John

Fire Storm

Erscheint im Herbst 2015

Und wenn dich der Sieg nun das Leben kosten würde?

Verlag Freies Geistesleben